U0940366

北京秘密

你不知道的『全域文化』之城

李　斌◎主编
新华社记者集体创作
王　凯　沈湘平　孙劲松◎作序

北京联合出版公司
Beijing United Publishing Co.,Ltd.

图书在版编目（CIP）数据

北京秘密：你不知道的“全域文化”之城 / 李斌主编 . -- 北京：北京联合出版公司，2019.4
ISBN 978-7-5596-2955-5

Ⅰ . ①北… Ⅱ . ①李… Ⅲ . ①新闻报道 – 作品集 – 中国 – 当代 Ⅳ . ① I253.4

中国版本图书馆 CIP 数据核字（2019）第 038232 号

北京秘密：你不知道的“全域文化”之城
作　　者：李　斌
总 发 行：北京华景时代文化传媒有限公司
责任编辑：夏应鹏
封面设计：SPEED 工作室樱瑄
版式设计：张　敏
责任审读：林春梅　刘配书

北京联合出版公司出版
（北京市西城区德外大街 83 号楼 9 层 100088）
北京中科印刷有限公司印刷　　新华书店经销
字数 288 千字　　710 毫米 ×1000 毫米　　1/16　　24.5 印张
2019 年 4 月第 1 版　　2019 年 4 月第 1 次印刷
ISBN 978-7-5596-2955-5
定价：69.80 元

作者谱

第一编　老城涅槃

李　斌　孔祥鑫　阳　娜　张漫子　罗晓光　季小波　关桂峰
孟　菁　谢　晗　魏梦佳　王君璐

第二编　古都密码

方立新　李　斌　谢锐佳　乌梦达　黄海波　孙　琪　林苗苗
侠　克　魏梦佳　刘苗苗　孔祥鑫　赵琬微

第三编　城市灵魂

李　斌　侠　克　屈　婷　李　萌

第四编　千秋梦想

李　斌　吉　宁　张漫子　关桂峰　郜思聪　侠　克　郭宇靖
夏子麟　田晨旭

推荐语

《北京秘密：你不知道的“全域文化”之城》没有“戏说”，这里都是“故事”。作者凭着对北京的挚爱，咀嚼着专家的灼见，采撷着公众的智慧，揭示着古都的文化内涵……

只有了解才会热爱，只有热爱才会保护，只有保护才能发展。让我们随着作者一道去追寻、探索，做千年古都文化的守望者、推动者。

——邱跃（北京名城委专家、北京城市规划学会理事长）

美国著名学者威廉·麦克高希在《世界文明史》一书中称“古巴比伦、古埃及、古印度、中国、古希腊是世界上的五大文明发源地”。北京，作为世界历史文化名城，是中华文明源远流长的伟大见证，丰富的历史文化遗产是城市的金名片，卷帙浩繁的历史文献更是举世独有，它们完整记录了北京城绵延发展的历史脉络，且这一传统延续至今。

《北京秘密：你不知道的“全域文化”之城》以“全域文化”历史观展开一系列调查与研究，在回顾历史的同时，揭示这座千年古都与快速发展的社会之间的历史关系。正如侯仁之先生所言“知之愈深，爱之弥坚”，热爱北京，从了解北京，从品读本书开始吧。

——崔勇（正阳书局创始人、砖读空间守护人）

推荐序一

城市的发展就像人的成长

王　凯

由李斌同志主编的关于北京历史文化名城的系列报道，是近年来难得一见的新闻报道精品。

之所以这么说，一是所报道的北京城无疑是世界一流的历史文化名城精品。北京城里的宫城殿坛、寺庙观祠，以及气势恢宏的中轴线、规整方正的老城，正如培根所言，曾是地球上最伟大的人工杰作。北京城外近域的“三山五园”、远域的燕山太行，以及在大山大水下的诸多山形景胜，不仅是世界城池选址的杰作，也堪称天地人和谐发展的典范。至于城里城外诸多历史遗存中所蕴含的历史文化信息更是辉煌灿烂。以北京为案例弘扬祖国的历史文化，起到了引领全国的作用，更符合习近平总书记倡导的擦亮首都历史文化这张“金名片”的要求。

二是作为新闻工作者，深入基层、精研历史，把党在新时期对历史文化工作的高度重视，以系列报道的方式予以展现是十分难得的。俗话说一个人做一件好事并不难，难的是一辈子做好事。我要说宣传一次历史文化并不难，难的是全面系统地宣传。本书比较全面地介绍了北京的历史、文化以及历史文化名城建设方面的工作，对全国范围的历史文化保护和发展起到了积极的促进作用。

城市的发展就像人的成长，有其童年、少年、青年、中年和老年，任何一段历史都是珍贵的。我们不经意拆掉的几栋建筑、几片街区，其实就像我们撕掉了我们小时候的照片，删去了那段珍贵的记忆。因此，全面系统地保护城市的历史和文化，不仅仅是城市规划建设管理者的事情，更是全社会的事情。习近平总书记指出，我们的城市要“望得见山、看得见水、记得住乡愁”，让我们共同努力，保护好、传承好、利用好我们的历史文化资源，把中国的城市建设成为既是人民群众的宜居家园，也是人类历史的文化遗产。

读完《北京秘密：你不知道的“全域文化”之城》这本书，想到这些，是为序。

注：王凯，中国城市规划设计研究院副院长、教授级高级城市规划师、工学博士

推荐序二

全域文化：首都文化建设的再觉醒

沈湘平

人人都知道北京是举世闻名的历史文化名城，从“我爱北京天安门”到“北京北京”，多少天南海北的人们乘着这样的歌声来到北京，在这里工作、生活。当人们车轮滚滚、脚步匆匆，穿行在钢筋、水泥、沥青、玻璃构成的现代森林时，往往只知道自己身处一个超大城市，未必能真切领悟到北京独特的美好。即便偶尔探访掩映在城市森林深处的胡同大院、皇家园林、故居展馆，惊艳、惊叹之余也不免生出欣赏盆景、隔着玻璃罩朝拜的距离感，未必能鲜活地领悟到这个城市历久弥新的独特魅力。熟知并非真知，因着她独特的时空经历，北京是一座谜一般的折叠城市，没有掌握这座城市的密码，就只能生活在表层，再长时间也触及不到内在的灵魂，只是做了这个伟大城市的匆匆过客。

李斌先生是我的老乡，典型的“吃得苦、耐得烦、霸得蛮”的湖南人性格。这些年来，他和他的同事以罕见的热情与执着，走过这个城市条条街道，细究她的每一个角落、每一个事物，一篇篇令人耳目一新的报道，徐徐铺就蔚为壮观、令人震撼的新时代首都文化画卷。这幅画卷带着我们细细品味这习以为常却并非真知的城市，为我们解密，让我们读懂北京，使我们重新发现北京。李斌先生既是一位资深的媒体人，也是一位文化学者、一位城市的思考者，因此他不仅有媒体人独到的敏感，而且有着思想者洞察的深邃。在多年关于北京城市建设特别是文化建设的挖掘报道中，他逐渐形成了关于解密北京、建设首都文化的理论范式——“全域文化”理论。

“全域文化”理论无疑不是书斋中理论推演的产物，而是对一个普遍性问题的解答，这个问题就是：一方面，在渊源厚重的文化古都北京，处处有历史、到处有故事，每一寸土地都富含着丰厚的文化层垒；另一方面，在现实中，这些历史、故事和文化要么被现代化所强力遮蔽、格式化，要么被分隔为孤岛甚至是斑斑点点的碎片。全域文化建设就是试图进行一种深度的历史考古和文化地理勘测，发现这个城市层垒着的历史文化机理，寻找成为孤岛或碎片式遗存之间的逻辑与系谱，使之成为系统、有机的整体文化，目的就在于让处处都有的历史都能呈现出来，让随处都有的故事都能贯通起来。也就是努力让北京的文化真正立体地活起来，在信息时代复原作为城市灵魂的生命记忆。

在我看来，从一般性的城市文化保护到建设“全景化、全覆盖、全民参与”的全域文化，与其说是一种深化，毋宁理解为一种理论范式的跃迁，于北京则可谓是文化建设的再次觉醒。建设全国文化中心，首先要写好首都文化建设这篇大文章。而这篇文章要真正写“好”，就必须在天地一体、古今贯通、虚实相生的大系统中全方位地切入人们的现实生活，透入人们的思想观念。只有这样，这种文化才是真实的，有生命的，可持续的。推而广之，“全域文化”理论也不仅仅适用于北京，而是适用于每一个城市，每一个城市都是一个“我们不知道”的城市，需要系统的解码和构建。

如今，“全域文化”理论在北京部分地区已经付诸实践，但对于整个北京来说还是有待培育和实现的理想。李斌先生和他的同事们，把偌大的北京看作希望的田野，在这里寻觅、发现和编织，赤诚地守护着这座城市的乡愁。他们把这种守护当作一种严肃的使命，并且逐渐朝向一门严格的科学。作为一个从事相关研究的学者和普通北京市民，我要向他们致以深深敬意和真诚感谢！

注：沈湘平，北京师范大学北京文化发展研究院执行院长

推荐序三

让"全域文化"落地城市每个角落

——北京城六次里程碑式的发展转进

孙劲松

说来惭愧，作为一个生在北京、长在北京的半"老"北京人，直到8年前因为工作变动，岗位职责倒逼，我才发现我对生活工作了几十年的这个伟大城市的历史文化知之甚少。蒙新华社北京分社李斌总编之不弃，让我为《北京秘密：你不知道的"全域文化"之城》这本书写几句"推荐语"，却之不恭，只得尽我所能写下一些真实的读后感。

《北京秘密：你不知道的"全域文化"之城》这本书收录了2014年习近平总书记视察北京重要讲话发表以来，李斌总编率新华社北京分社诸位记者聚焦北京历史文化名城的保护与发展采写的一系列长篇通讯报道。以一己之目力所及，作为国家通讯社的新华社，在几年时间里持续不断关注、用笔墨来记录和"深耕"一个城市的历史文化保护与发展，是前所未有的。北京有3000多年的建城史和800多年的建都史，关于北京城市起源最早的文字记载来自《礼记》："武王克殷反商，未及下车，而封黄帝之后于蓟。"此后关于北京的历史文献和专著图书汗牛充栋，近些年更是层出不穷。把《北京秘密：你不知道的"全域文化"之城》

这本书与这些文献和图书比较，它也十分独特——既有回望历史的深邃，又有立足时代的鲜活，更饱含了对北京这座历史名城深厚的热爱与情怀。

因为工作关系，这本书收录的很多文字在刊发之前我都得享先睹之快，于我而言更大为受益的是，在接受李斌总编及其团队采访、交流过程中“受迫式”开窍，对如何保护与发展我们的历史文化有了全新的认知，对如何做好工作更是打开了另外一扇天窗。记得是在党的十九大召开前夕，发稿前一天的晚上，李总编发来《北京，一条街巷储存的民族“复兴密码”》，从我区的李大钊故居讲起，沿着新文化街、西绒线胡同，直到国家博物馆的民族复兴展览，串联起三公里“线路”上原本孤立的文物古迹和先辈的革命足迹，清晰而且生动地解读了中国共产党从创立到带领国家和人民“站起来”“富起来”到“强起来”的历史进程。那晚，反复研读了三遍后，我异常兴奋地和李斌总编微信加电话交流近两个小时，既有字斟句酌的探讨，更多的是受报道启发后的脑洞大开。那天之后，我便时不时地“骚扰”李斌总编，请教、探讨关于“全域文化”的话题，李斌总编则以动辄万字长篇报道来回应，来来往往，一发而不可收——我暗自庆幸在过往的“小学”生涯中能遇到李斌总编这样的“良师”并读到与时俱进的“教材”。

《北京秘密：你不知道的“全域文化”之城》这本书的独特性还在于其生逢其时。北京这座伟大的城市有文字可考的3000多年历史绵延至今，经历了六个里程碑式的发展转进：第一次是蓟建城，这是北京建城肇始，确定了北京城市的基准坐标；第二次是金中都，是北京首次按照都城规格仿汴梁而建造；第三次是元大都，按照《周礼·考工记》建造的大国都城，而且把城池由莲花河水系迁移到高梁河水系，确定了以后北京城市发展的中心；第四次是明永乐迁都北京和嘉靖筑外城，形成了北京凸字形城市格局和7.8公里的壮美城市中轴线；第五次是新中国成立以后，规划了长安街这条横轴，使北京伴随着国家的现代化进程，从一个封建农耕时代的王朝都城逐步发展成现代化国际大都市；第六次就是《北京城市总体规划（2016年—2035年）》（简称“新版总规”）。新版总规是以习近平总书记两次视察北京重要讲话精神为根本遵循，并由习近平总书记亲自主持中央政治局常委会审定的。这版总规亮点多多，其编定与党的十九大报告的起草同期同步，规划期到2035年，远景指向2050年，隐然其中的战略眼光与之前的几版总规不可同日而语。特别是将北京置身于京津冀协同发展国家战略之中，首次跳出北京规划北京，落子雄安新区，提出了“一核两翼”的布局，实际上是为北京作为社会主义现代化强国首都指明了发展方向，更为北京伴随民族伟大复兴的历史进程实现城市新的发展定下了一个千年大计。新版总规的出台和实施对于北京的历史文化保护和城市的发展而言无疑都是划时代的，因此，这部新华社北京分社倾力集成的记录，当算应运而生。

作为新闻工作者，率先感知时代转进的脉搏，见证并记录这样一个历史时段，并把这个“秘密”解读给人们听，让更多的受众能够认知我们所处的新时代，跟上时代前进的步伐，置身于北京的发展和民族伟大复兴的进程中同频共振，应该是这本书作者没有说出的“秘密”。

作为读者，我想后续的更多读者也会和我一样，读之受益良多，也更盼望着李斌总编和新华社北京分社能更多地探访“北京秘密”，让北京这座城的“全域文化”理念落地在城市的每个角落，扎根在每个北京市民的心里。

注：孙劲松，北京市西城区文化委员会主任

景山上眺望北京城（本书图片除特别标注之外，均为李斌摄影）

前言

倾听历史回响 探问“北京秘密”

李 斌

2018年8月13日，当我休假归来，意外收到文津奖得主、长期从事城市规划和环境问题研究的朱祖希先生的书《北京城：中国历代都城的最后结晶》。一拿到书，对历史尤其北京历史感兴趣的我立刻捧读起来……

“我们伟大的祖国，是一个历史悠久的文明古国。我们的首都北京，是历史悠久的文化古都。一座城市，只有当你深入地了解了它的过去，才能更好地理解它的现在，并展望它的将来……”朱祖希，这位八旬老人，至今清晰记得1955年入学北大后第一节课上著名地理历史学家侯仁之先生的话语。

一堂课，影响一个人的一生。

一座城，折射一个国的历史。

古都北京，就是这样的一座城。

正因为如此，2014年2月25日至26日，习近平总书记到北京考察时，察看了玉河历史文化风貌保护工作展览和河堤遗址，看望了老街坊，听了大家对老城区改造的想法，就北京老城区改造和历史文化遗产保护提出了一系列明确要求：“历史文化是城市的灵魂，要像爱惜自己的生命一样保护好城市历史文化遗产”“北京是世界著名古都，丰富的历史文化遗产是一张金名片，传承保护好这份宝贵的历史文化遗产是首都的职责”……

北京，究竟蕴藏着怎样的历史文化遗产？有着怎样尘封已久或有待揭示的秘密？

喧嚣大街、静谧胡同的背后，蕴藏着怎样的密码，让人们能透过历史的尘埃，看到时代演进的逻辑，看到一个清晰的未来？

5 年多来，伴随认识程度的加深，“找到北”的北京城，一改过往的大拆大建，下大决心，加强城市历史文化遗产的保护……

而过去几年时间里，历史视角，成为我们作为“守望者”“推动者”观察事物的一个必备视角：无论什么事情，都要历史地看、全面地看。

“西城、东城，每一平方厘米下面，都有好几层故事。”

2016 年年末，我和同事，一起就北京这个“中华文明金名片”进行调研，在北京市规划和国土资源管理委员会采访时，没想到副主任王炜反过来问我“怎么看习近平总书记所说的‘金名片’”。

稍微想了想，我回答说：“这得放在 5000 多年文明史和世界首都的发展史两个坐标上看。”王炜表示同意，并举了不少例子，说北京的文化底蕴深厚，处处都是历史，比如西城区有条老墙根街，就是辽代“南京”的城墙根，是当时内城的东北隅，和砖塔胡同属于一个年代，是北京最老的胡同之一。

历史就在身边，就在脚下。

——古蓟城、唐幽州城、辽南京城、金中都城、元大都城、明清北京城……

——3000 多年建城史、800 多年建都史……

夺取燕云十六州、史思明幽州称帝、维新变法、五四运动……遥想当年，作为历史内涵极其厚重的世界著名古都，多少历史风云、传说在北京这片土地上上演过？

海陵王完颜亮、忽必烈、马可 · 波罗、李自成、郭守敬、丘处机……燕国时候的蓟城，就已经成为“天下名都”，自那时以来，有多少伟人名人在这里“登台”亮相过？比如说，除了人们众所周知的清十三陵，在北京西南一隅的房山，还埋藏着北京地区年代最早的帝王陵：完颜阿骨打等金朝 10 多个皇帝的陵墓……

这座千年古都，究竟蕴藏着怎样的密码？北京，究竟有着怎样的秘密？比如说，有谁能想到，广安门外滨河公园西侧的西二环路，就正好压在金中都城纵贯全城的中轴线上？

一系列的追寻、探问，于是有了这本《北京秘密：你不知道的“全域文化”之城》。

——“北京秘密”，是历史的，富有强烈启示意义。

一个企业，可以透视一个产业；

一所学校，可以折射一个民族；

一条街道，可以反映一个国度。

历史是最好的老师，也是最好的教材。从 120 岁的最高学府——北京大学，到 60 年前集全国名中医建设的中医院即中国中医科学院广安门中医院；从李大钊故居到国家博物馆的 3 公里初心之路，到十里变百里的 600 岁“神州第一街”；从京郊桃园，到极具现代感的汽车工厂；我和同事一起，走进北京，走进老城，在历史和现实的强烈交织中，在人和物的“讲述”里，探寻古都里的一个个密码、表象背后蕴藏的本质。

有谁能想到，北大勺园，竟然是200多年前希望打开中国贸易之门的英特使马嘎尔尼朝见清帝时曾经居住的地方？1860年，已改名集贤院的勺园，和圆明园一起为英法帝国主义侵略者焚毁……

有谁能想到，广安门中医院里的中医们传承发展，竟能用针灸治疗女性压力性尿失禁、用耳针治疗癫痫和轻中度抑郁症？而仝小林团队6项中医治疗糖尿病的研究成果及辨治理论体系，竟然“破天荒”作为名为“糖尿病与中医药”的一章，被收入《中国2型糖尿病防治指南》(2017版)？

——“北京秘密”，是人文的，给人以人生启迪。

古人说，山不在高，有仙则名；水不在深，有龙则灵。套用这句话可以说：城不在大，有名人就行；街不在老，有故事就好。因为名人先贤的身上，往往凝聚着人类一些最宝贵的品质、精神，给后人以启发、勇气甚至光明，照亮前行的道路……

作为千年古都，从辽金元明清到近现代，北京这块热土上镌刻下太多帝王将相、革命志士、英雄豪杰、文人墨客的历史痕迹。

于是，我走进北京宣南名人故居、会馆进行探访。东莞会馆、龚自珍故居、沈家本故居、杨椒山祠、湖南会馆、浏阳会馆……这些故居、会馆，或腾退利用，或正在腾退，或者，还没有纳入政府视野，虽然当下的命运各不相同，但却透射北京城的发展变化：随着老城保护的加强，更多的会馆、故居有望重见天日。

于是，我沿着鲁迅在京生活14年留下的足迹，多次走访前身是大杂院如今基本腾退等待修缮的绍兴会馆、位于教育街一号的清政府学部暨民国教育部旧址、北京市第三十五中学高中部内的“周氏兄弟旧居”、他曾经避乱的北京东方饭店等地，探寻这位世界名人的成长发展历程和其启示意义。

于是，在中国第一台“细胞刀”手术20年之际，我们沿着改革开放40年的历史脉络，走进另一所60“岁”的医院——首都医科大学宣武医院探访，走进功能神经外科李勇杰教授和他的团队，探秘刀尖上的“勇”者之舞。

——“北京秘密”，是现实的、富有挑战性的，令人警醒。

世界读书日前夕，我们走进“砖读空间”这一富有古都韵味的特色阅读空间，倾听一个人的书局的故事，感受一座古城营造“书香之城”的梦想，聆听一位年轻“老北京”的呼唤：“应该有‘北京学’知识体系”。

世界水日到来前夕，我们分析北京新总规，发现一个“水”字竟然出现272次，一幅到2035年的北京“水乡”蓝图已经跃然纸上，并多方求教，探析这座城市也许有些奢侈的“水乡”梦：如果单纯从水资源角度，北京要重圆“水乡”梦还有很长的路要走，但是如果从文化角度观察，恢复水的历史景观、重圆“水乡”梦不是没有可能。

世界人口日到来之际，我们走访北京市有关部门、养老机构、社区街道后发现，中国人口老龄化态势远比想象的要严重，已经成为“全世界都没有遇到过”的大规模老龄化难题，这场抗击衰老的“战争”才刚刚拉开序幕，这既是一场阻击战、攻坚战，还是一场持久战。

…………

解析“北京秘密”，探寻首都之路。

2018年5月，受我们一系列调研尤其是《北京，一条街巷储存的民族“复兴密码”》启发，北京市西城区设计了一副“红色足迹 文化之旅”游戏棋，选取了蓟城纪念柱、天宁寺塔、李大钊故居、郭沫若纪念馆、平民通讯社旧址、湖广会馆、湖南会馆等52个反映红色文化、历史文化的“点”，通过2到4人下棋游戏的方式寓教于乐。棋盘是一张可以四折的硬纸，正面是棋盘，背面是游戏规则和52个“点”的介绍。据说游戏棋已经免费给中小学和社区下发1000多副。

“北京秘密”，能成为人们喜闻乐见的游戏棋，让人欣喜。

“北京秘密”，就是一个个“北京问号”——以问题为导向，这样的“问号”，还有许多亟需我们去提问、去分析……

如果说北京是一本书，一本厚厚的历史书——也许，《北京秘密：你不知道的“全城文化”之城》，就是你“打开”北京这本书的小小指南。

是为序。

李斌：高级记者，新华社北京分社副社长、总编辑。策划出版中国首套“四极”考察丛书，独著《二探北极》，合著《你还是你吗——人类基因组报告》，主编《领跑力：企业、城市和国家的引领之道》《极度调查：告诉你一个“立体中国”》。

目 录

第一编 老城涅槃

第二编 古都密码

第三编 城市灵魂

第四编 千秋梦想

第一编

老城涅槃

导言

历史之城

自从习近平总书记2014年在北京考察，对北京发展战略定位一锤定音确定为“四个中心”，并指出发展的根本路径——京津冀协同发展后，北京总算“找到了北”，有了更加清晰的发展定位、发展方向。

到目前为止，从全国范围内看，提出“全国科技创新中心”的城市有两个——北京、上海，而提出“全国文化中心”定位的只有一个城市——北京。

正是基于建设国际和谐宜居之都的战略目标和首都功能定位，基于“北京是世界著名古都，丰富的历史文化遗产是一张金名片”的深刻认识，北京历史文化遗产保护发生了历史性转变，简单说，就是“老城不能再拆”了！

城市是人类文明的重要标志之一，“老城”更是历史和文化的集中承载体。然而，曾几何时，伴随经济发展、人口增长、城市扩大，“老城”的前身“旧城”，往往在轰隆隆的推土机声中惨遭“荼毒”，名人故居甚至文物古迹遭受破坏，“旧城”面积一点点缩小，“旧城改造”几乎成为大规模拆迁的代名词。3000多年建城史、800多年建都史……作为世界著名古都，北京的“旧城”同样难逃类似命运。

“对绵延5000多年的中华文明，我们应该多一份尊重，多一份思考”——这是以习近平同志为核心的党中央新的执政理念，体现在北京，就是老城正在“涅槃”和重生。

——“找到北”以后的北京城，究竟发生着怎样的变化？这种变化是敲敲边鼓而已，还是“脱胎换骨”？

——作为“金名片”，北京的历史文化遗产保护、利用究竟处于一个怎样的阶段？究竟怎样算这笔保护账？里面蕴藏着怎样的“政治经济学”？

——我们敏锐发现，作为描绘未来发展蓝图的北京新总规里，以往常常说的“旧城”被“老城”替代了，一字之变意味着什么？已经公开提到的“老城重组”究竟会是怎样一个“重组”法？

——城市精细化管理，要像绣花一样精细。而一向被诟病的北京城市管理，“绣花”绣得怎样？

带着一系列疑问，我们走进北京城，走进老城……

北京是首都，其一举一动都有风向标意义。北京“老城”涅槃，释放出强烈信号：各地尤其是100多座国家历史文化名城，都要“尊重”老城，把“老城”放在应有的合适的位置，要从文化自信、民族精神的高度去认识“老城”。

加强精细化管理，在保护原有历史建筑、文化的同时加以活化利用，最大限度保护城市原有风貌，我们有理由相信：北京这座“不朽之城”必将更加璀璨辉煌！

历史，就在身边，就在脚下……

往昔的古都，今天的北京城，一座历史之城，一座历史名城，一座世界级的历史文化之城……

第一章

北京，找到“北”后

引言

北京找到了“北”！

新中国成立以后，北京的城市战略定位几度摇摆，曾经一度作为经济中心加以建设。

2014 年是这座千年古都发展的一道分水岭。

这一年，习近平总书记考察北京，为这座城市确定了新的战略定位：全国政治中心、文化中心、国际交往中心、科技创新中心。

北京找到了“北”！

定位一变，其他都得调整。过去几年，这座特大城市悄然发生了深刻变化……

北京，这座拥有 3000 多年建城史、800 多年建都史的历史文化名城，在 1949 年被再次确定为国都后，几经寻找自己的发展方向和定位，终于找到了“北”——

2014 年，在这里出生、长大的习近平总书记考察北京时一锤定音，进一步明确了城市战略定位：坚持和强化首都全国政治中心、文化中心、国际交往中心、科技创新中心的核心功能，深入实施人文北京、科技北京、绿色北京战略，努力把北京建设成为国际一流的和谐宜居之都。

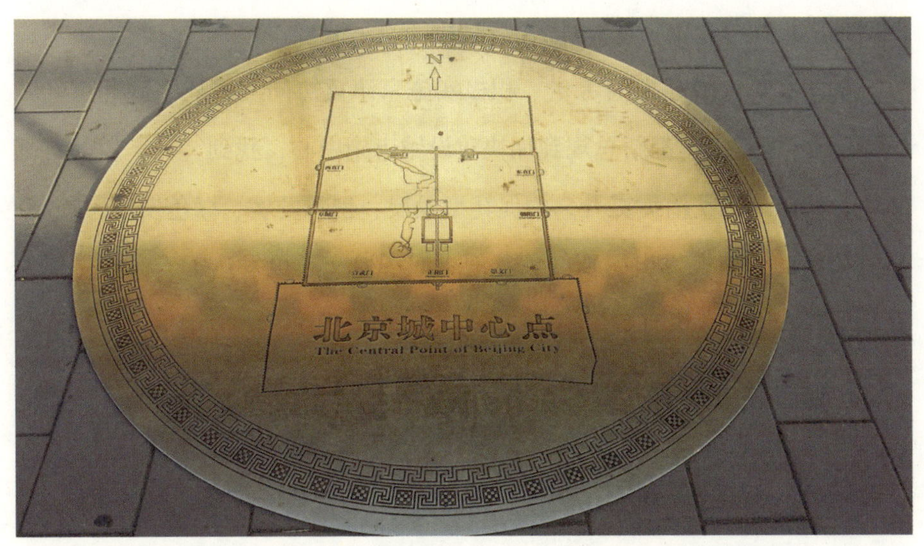

“北京城中心点”标志，位于景山公园万春亭

景山上眺望北京城北中轴线

“建设一个什么样的首都，怎样建设首都”，党的十八大以来，这个问题时刻横亘在每一位首都管理者、建设者的心头。

从站在更大战略空间考量、积极实施京津冀协同发展战略到北京老城“绣花”，从制定首都新总规到加快建设城市副中心，找到“北”后的首都北京，积极疏解整治促提升，力促转型发展、创新发展、绿色发展，1.6 万平方公里的土地焕发出崭新气象：地更绿了，交通更发达了，产业更加中高端了，人民群众更有获得感了……

剥掉“白菜帮”做好“白菜心”

在朝阳区安华西里社区，曾经的违法建筑物——一个玻璃幕墙的大房子，变成了市民休闲健身公园。

北京的一条条主干街道、一个个背街小巷，无论是临时搭建的“小门脸”，还是大规模建设的工业大院，都在陆续变身为城市的绿地公园。

拆除违建，留白增绿——从拆违到治违的转变，不过是近年来北京持续开展的“疏解整治促提升”专项行动的一个方面。包括整治开墙打洞、城乡接合部改造、疏解一般制造业等 10 个方面在内的专项行动，让北京这座千年古都正在发生“脱胎换骨”的变化。

2017 年 1 月至 8 月，北京市拆除违法建筑物 3834 万平方米，拆除量达到 2016 年的 2.9 倍；整治“开墙打洞”2.5 万余处，完成全年计划的 155.7%；疏解退出一般制造业企业 599 家，完成全年计划的 119.8%；整治“散乱污”企业 4858 家，完成全年计划的 83.3%……

历经新中国成立70年来尤其是改革开放40年的发展，北京已经成为一座现代化的国际大都市。2014年和2017年，习近平总书记两次考察北京并发表重要讲话，系统阐述了关系首都发展的方向性、根本性问题。

“建设国际一流的和谐宜居之都，是以习近平同志为核心的党中央对首都发展提出的新要求，寄予的新期望，也是北京这座伟大城市新的历史使命。”北京市委书记蔡奇说，北京要更加突出减量集约，严格控制城市规模，“瘦身健体”，有效解决“大城市病”。“有所为，也要有所不为。”

面对人口过多、交通拥堵、大气污染等“大城市病”困扰，北京按照以水定城、以水定人的要求，确定常住人口规模2020年控制在2300万人以内；城乡建设用地规模将在目前2921平方公里的基础上，到2020年减至2860平方公里左右，2030年减至2760平方公里左右。

建设用地，不增反减！这在历史上是第一次。

“北京将严格控制城乡建设用地总规模，实行增减挂钩、减量发展。”在描绘未来北京的发展蓝图——新版北京城市总体规划中，一个鲜明特点就是突出减量发展，北京确定了人口总量上限、生态控制线和城市开发边界三条红线。

事实上，找到“北”的北京，从2015年起，就制定实施并修订完善了全国首个以治理“大城市病”为目标的新增产业禁止和限制目录。根据该目录，北京市禁限行业占国民经济行业分类的比重达到55%，城六区达到79%。

从“集聚资源求增长”到“疏解功能谋发展”，北京正实现前所未有的转变。京津冀协同发展上升为国家战略以来，诸多领域都在发生深刻的变化：北京累计调整疏解“动批”（动物园服装批发）、大红门、天意等批发市场商户370余家，清理淘汰一般性制造企业1300多家；北京城市学院、建筑大学等累计向五环外新校区疏解学生1.6万人……

而自新增产业禁限目录实施以来，北京市不予办理的工商登记业务累计达1.7万件。“聚”和“招”的态势进一步扭转。

数据显示，从严调控的制造业、农林牧渔业、批发和零售业2016年新设市场主体数分别下降72.75%、26.42%、18.36%，未列入禁限目录的金融业、文化体育娱乐业、科技服务业同比分别增长12.77%、26.76%、22.53%。

“这‘三升三降’表明通过疏解功能做‘减法’，北京正剥掉‘白菜帮’，集中发展‘白菜心’，加快构建‘高精尖’经济结构，探索走出一条减量发展、瘦身健体、提质增效的新路。”北京市推进京津冀协同发展领导小组办公室副主任刘伯正对于未来满怀信心。

2017年4月，中共中央、国务院决定设立河北雄安新区。新型产业、绿色产业、融合产业，有较高附加值、较强竞争主导权的高精尖产业集群，金融、科技、文化创意等现代服务业，将成为雄安新区未来的产业面貌。

“河北雄安新区将打造成北京非首都功能疏解集中承载地，规划建设北京城市副中心同样是疏解非首都功能的一项标志性工作。”刘伯正说。雄安新区将与北京城市副中心共同形成北京新的“两翼”。这对于有效缓解北京“大城市病”，提升河北经济社会发展质量和水平，加快构建以首都为核心的世界级城市群，具有重大现实意义和深远历史意义。

对于北京而言，有序疏解非首都功能是全面落实京津冀协同发展重大国家战略的关键环节和重中之重；而疏解非首都功能更是带动了京津冀地区的携手相融，互补发展。

首钢京唐公司二期、城建重工专用车及新能源汽车生产基地等一批重大合作项目开工建设；天津滨海－中关村科技园管委会正式揭牌并签约45个入园项目；年产整车30万辆的北京现代第四工厂在沧州正式投产，实现了“一个工厂带动一个产业基地”；北京·沧州渤海新区生物医药产业园吸引了86个生物医药转移项目落户，成为“产业承接集聚化、园区建设专业化、异地监管协同化”的范例……

围绕集中构建“4+N”产业合作格局，京津冀产业协同发展已经变“大水漫灌”为“精准滴灌”，在重大产业合作项目的带动下，北京对津冀的投资呈井喷态势，2016年北京企业在津冀的投资为2039亿元，比2014年增长了3.35倍。

瘦身意在健体，减速为了提质。“减量发展实际上是为了更好发展。”中国城市规划设计研究院副院长王凯说，首都减量发展释放了中国城市发展的新信号：更注重质量、更宜居，让人们的生活更加美好。

北京市深入实施创新驱动发展战略，建设全国科技创新中心，加速形成具有国际影响力的竞争优势和增长动能，进一步发挥示范引领和辐射带动作用。

以配送机器人为代表的智慧物流、全球最大的重组蛋白库、全球首张用于临床诊断的致聋基因检测芯片……在2017年9月16日开幕的“全国大众创业万众创新活动周”北京亦庄会场活动中，来自北京经济技术开发区20个技术创新中心的106家企业精彩亮相，集中展示了开发区科技创新中心建设以来的260多项关键技术、创新产品。

包括中关村科学城、怀柔科学城、未来科技城、北京经济技术开发区在内，“三城一区”主平台成为首都北京创新发展的主抓手。

“坚持做‘菜心’、不做‘白菜帮子’，大力发展服务经济、知识经济、绿色经济，服务于与首都城市战略定位相匹配的总部经济，支持在京创新型企业总部发展。”蔡奇说。北京正构建“高精尖”经济结构，发展质量正稳步提升。

数据显示，党的十八大以来的5年中，北京地区生产总值年均增长7.3%，2016年达到2.49万亿元，第三产业比重超过80%，一般公共预算收入突破5000亿元。中关村国家自主创新示范区总收入跃过4.5万亿元，科技进步对经济增长贡献率提升至60%。单位地区生产总值能耗、水耗保值全国领先水平，城乡一体化发展格局初步形成。

从“独角兽之城”到“高精尖”经济结构

从清华大学东门向南，一条仅有380米长的街区，正在成为中国智能制造产业的创新引擎。这就是中关村智造大街，也是中关村科学城主轴——中关村大街的延伸。

开街一年多时间里，在中关村智造大街的3.2万平方米土地上，已围绕智能制造产业链关键环节聚集企业88家，入驻率超过95%。整体入驻企业及项目共计368个，新增发明专利1800多项，大街平均每一米关联的企业收入达2.6亿元人民币。一个具有国际创新力的智能制造产业高地，已经在北京中关村逐渐成形。

过去几十年来，中关村核心区一直走在中国科技创新最前沿，聚集了大量的创新要素，已形成了国内最齐全、最完整的战略性新兴产业集群，在工业控制、人工智能与大数据、下一代互联网、集成电路等前沿技术领域都有前瞻布局。

在中关村智造大街，不仅有 MEMS 传感器、量子点芯片、人工智能、工业大数据安全等核心产业，也集聚了消费级模块化机器人 CellRobot、语义分析系统“深度好奇”、新一代微型双光子荧光显微镜等“高精尖”原创技术。

研制出中国首款嵌入式神经网络处理器“星光智能一号”并实现量产；已实现千万级脑神经网络的计算建模与模拟；北斗导航技术水平领跑全国；京东方发布全球最薄 64 英寸 8K 超高清显示及 82 英寸 10K 曲面显示产品……

找到“北”的北京，正加快从“北京制造”向“北京创造”转变。

2017 年上半年，北京高技术制造业和战略性新兴产业增加值分别增长 18.2% 和 12.7%。2016 年下半年至 2017 年年末，北京已创建 5 家国家级和市级产业创新中心。这表明，北京正处于构建高精尖经济结构、建设具有全球影响力的科技创新中心的关键时期，呈现高端产业引领增长的态势。

为打造高精尖经济结构，北京 2015 年制定发布了《〈中国制造 2025〉北京行动纲要》，提出未来 5~10 年全面实施“3458”行动计划，重点培育“新产业生态”，实施包括集成电路、智能制造系统和服务、新一代健康诊疗与服务、云计算与大数据等在内的八大产业专项。

比如，为发展云计算与大数据产业，北京采取“基金 + 基地”模式，先后布局了中国云产业园、中关村云计算产业基地等专业园区，并汇聚了包括以百度、金山、乐视、京东等知名企业为代表的近百家云产业相关企业，中关村就汇集了 60% 左右的大数据企业。此外，还设立了总规模达 200 亿元的高精尖产业发展基金。

在人工智能领域，2016 年北京拥有人工智能企业 240 多家，专利申请数累计 7841 项。据不完全统计，中关村人工智能企业实现总收入 4122.5 亿元。

技术进步倒逼产业转型，这一态势在北京北人印刷设备有限公司得到了印证。北人是一家从事印刷机生产的企业，但近年来持续遭遇产能过剩。2012 年，公司十几个业务单元，绝大部分处于亏损状态。

“当年公司开始‘止血’，关停并转亏损业务单元 10 个，探索产业智能化转型。”公司董事长张培武说。此后团队打造了一个印刷智能工厂，总体人员数量减少了 40%，而生产能力提升了 30%，成本下降了 35%。

同时，北人所在的办公楼也开始转型为孵化“智能制造”“机器人”的产业空间，目前已聚近数十家研发生产企业。

北京中关村，创新创业生态升级，正展示科技硬实力。

北京，这片科技型企业发展的宝地，培育出了一批独角兽企业。科技部火炬中心联合长城企业战略研究所 2017 年上半年发布的《2016 年中国独角兽企业发展报告》显示，2016 年中国独角兽企业达 131 家，其中中关村有 65 家，占全国独角兽企业总数的一半。

小米以手机、电视、路由器为核心，发展生态链产品，其移动电源、手环、空气净化器等产品市场份额位列国内第一，带动了制造业的升级换代；大数据、人工智能等技术创新触发了滴滴出行的诞生；人脸识别、人工智能技术让旷视科技迅速成长……中关村已成为一个仅次于硅谷的原创产业孕育之地，而创业创新领域已经由过去的互联网、创意设计等逐步拓展到人工智能、颠覆性新材料等专业性前沿领域，科技硬实力显著增强。

自 2014 年 6 月开街以来，中关村创业大街及入驻机构累计孵化团队

1900个，其中海归和外籍团队222个；获得融资743个，融资成功率达39%，总融资额91.04亿元，平均融资额1225万元。其中，融资超过1亿元的企业40多家，独角兽企业两家。

越来越多的创业公司支撑起产业转型升级的新需求。在海淀，陈柏炜正带领着“梦之墨”团队测试着液态金属打印机的全新应用场景。这项创新成果批量应用后，将可在纸张上、皮肤上打印“金属”，让神经连接与修复、受损骨骼快速替换、肿瘤血管阻塞治疗等应用难题得到突破。

与“梦之墨”相似，格灵深瞳科技研发“皓目行为分析仪”、地平线科技“智能驾驶辅助系统”、紫晶立方的“3D打印技术”等，更将为传统产业升级带来源头技术支撑。

大众创新创业持续活跃。北京市众创空间发展到以科技型专业化平台为载体实现资源开放共享的3.0模式，“双创”活动正在向科技含量更高、更理性、更规范的方向发展。创业孵化机构超过350家，其中125家机构入选国家级众创空间。服务创新创业企业超过2万家，活跃在中关村的天使投资人超过1万人，占全国的80%。

在注重原创成果转化的同时，中关村还有一些机构放眼全球，一方面走出去布局全球前沿技术领域，在海外设立创新中心；另一方面吸引国际高端技术公司进驻，将国际高端科技力量“引进来”为我所用。北京将集聚全球科技创新资源，抢占国际技术创新发展先机。

位于北京市海淀区知春路北航科技园的安创空间，是英国ARM公司（全球移动芯片知名厂商）在华投资的第一家以技术服务为核心，以ARM生态系统资源为特色，聚焦于智能硬件和物联网创业的孵化及加速平台。

安创空间CEO（首席执行官）陈鹏表示，安创空间在ARM公司全球品牌生态基础上，一方面为创业者提供别人难以获取的产业上下游的产业资源，另一方面在资本层面上助推创业者发展。

实际上，越来越多的海外科技企业开始在北京布局，比如英特尔在华开设联合实验室，微软在中关村成立微软亚太研发集团和微软加速器，ARM 联合中科创达成立安创空间，苹果在中关村朝阳园设立研发机构，法国电力也开始依赖中国创新等，这成为北京中关村创新创业生态中的新现象。

北京长城企业战略研究所所长王德禄认为，中关村最大的价值在于创造力，实现“从 0 到 1”的创新，然后孵化延伸，逐步辐射到全国，引领性很强。中关村作为全国科技创新高地，成了科技企业辐射区域乃至全国的重要出发点。

北京，这座全国科技创新中心之城，正彰显其强劲的创新能力。

一大批重大创新成果正在北京涌现。世界首款 55nm（纳米）全系统多核高精度卫星导航定位芯片、世界首个碳纳米管集成电路计算器、全球首个 5G 大规模天线设备、全球首个 3D 打印颈椎椎体植入材料、世界上调控精度最高的多级纳米生物分子机器人……越来越多的创新成果正在从“跟跑”向“领跑”跨越。

在北京，金融、信息、科技等高端服务业增速均快于全市经济增速，对经济增长的贡献率合计超过一半。2016 年 1 月至 11 月，中关村国家自主创新示范区规模（限额）以上高新技术企业实现总收入 3.7 万亿元，比 2013 年全年总收入增加 6000 多万元。科技对经济增长的贡献率超过 60%。

北京是创新要素最活跃的集聚地。据统计，截至 2016 年年底，在北京，两院院士有 766 人，各类科研院所 412 家，创业投资 / 股权投资管理机构近 4000 家，管理资金总量约 1.6 万亿元，科技型企业累计 43.3 万家，新三板挂牌企业 1470 家。

不仅如此，北京也是科技辐射全国的重要阵地。“十二五”期间，北京技术合同成交额的 70% 以上辐射到京外省市和国外，覆盖全国全部地级以上城市，对京外省市创新驱动发展的支撑度超过 40%。

朝着世界文化名城迈进

北京，是世界文化遗产最多的城市。

“历史文化是城市的灵魂，要像爱惜自己的生命一样保护好城市历史文化遗产。”2014 年 2 月 25 日至 26 日，习近平总书记考察北京时的讲话，掷地有声！

找到“北”的北京，高度重新审视“历史文化”。

2016 年 6 月，北京市发布《关于全面深化改革提升城市规划建设管理水平的意见》，提出了“全面保护”的理念：构建全面保护格局，完善全面保护机制。

“全面保护就是要分层次、分类型、分时间、分地域地保护北京古都风貌的所有历史文化要素，塑造兼具历史感与现代感的大国首都。”北京市规划国土委副主任王飞说。

从保护明清北京城中轴线，到凸显“凸”字形城郭与宫城、皇城、内城、外城四重城郭构成的独特城市格局，再到恢复北京特有的“胡同 – 四合院”传统建筑形态，北京计划从 10 个方面强化旧城整体保护。

“北京历史文化积淀很深，形成了独一无二的城市气质和城市景观。”在北京市文物局副局长于平眼里，文物是首都北京这张中华文明“金名片”的核心内涵。

近年来，北京积极探索可推广、可复制的核心区风貌保护和升级改造之路：大高玄殿、景山寿皇殿等文物建筑得到修缮；历代帝王庙、孔庙等全国重点文物保护单位对社会开放；南中轴路、明城墙等遗址基本恢复历史风貌，建成遗址公园……

不论什么事，理念需先行。

“多点一城、老城重组”“推进实施老城重组”“推进老城区平房院落修缮改造、棚户区改造和环境整治”“推动老城直管公房管理体制改革”……从中央财经领导小组第九次会议审议研究京津冀协同发展规划纲要，到2016年相继公布的《北京市国民经济和社会发展第十三个五年规划纲要》和《北京市“十三五”时期加强全国文化中心建设规划》，“老城”理念，逐渐进入中央和首都决策者的视野。

老城，不能再拆了！

北京历史城区，面积约62.5平方公里。曾几何时，伴随城市发展、人口聚集，北京的历史文化印记逐步消失：在隆隆的推土机声里，老城区的胡同、名人故居一点点减少。

“21世纪初，我们这片本来听说要拆的，后来听说投资的房地产商资金不够还是什么原因，就搁下来了。”北京市西城区达智桥胡同8号院，71岁的范连弟感慨此一时彼一时，现在，位于宣武门外的这片胡同已经被列为宣西北历史风貌保护区，不仅不拆，更要通过背街小巷整治提升恢复历史风貌。

达智桥胡同里，距 8 号院不远的 12 号院，就是近代史上著名的“公车上书”发生地——杨椒山祠。这里将逐步恢复历史风貌。

达智桥胡同的变化，只是一个缩影。

——在东城著名的南锣鼓巷，为实现历史文化街区的复兴，北京 2015 年全面启动南锣鼓巷地区福祥、蓑衣、雨儿、帽儿 4 条胡同的修缮整治工作，对居民实行腾退自愿申请制度。

——大栅栏，2017 年年初落成的“北京坊”建筑集群格外引人注目。一主街，三广场，多胡同……集文物保护与新型业态开发于一体，“北京坊”成为以百年劝业场和谦祥益、交通银行旧址等 8 栋沿街集群建筑为中心的“中国式生活体验区”。

2017 年 4 月，首都出台行动方案，对核心区东西城的 2435 条背街小巷提出了无私搭乱建、无开墙打洞、无乱停车、无乱搭架空线、创建文明街区等“十无一创建”3 年治理计划。

拆除违建 36.2 万平方米，封堵开墙打洞 8543 处，拆除违章广告牌匾 4700 余处，增加绿化植被 9269 平方米……到 2017 年国庆，已有 1211 条背街小巷启动治理工作，其中 189 条达到无违建等“十无”标准。

沈家本故居已实现腾退，作为纪念馆对外开放，龚自珍故居、东莞会馆、太原会馆里的住户开始腾退……北京老城，更多的背街小巷将得到进一步整治，历史风貌将进一步恢复。

随着治理工作快速推进，一条条街道、胡同“旧貌换新颜”：在前门，源自明代的三里河被重修，水绕庭院，胜似江南；在簋街，原本安全隐患众多、环境卫生脏乱的街道被全面整治……

2017 年年中，北京核心区电力架空线入地改造工程启动。到 2017 年年

大栅栏“北京坊”建筑集群

底，首都核心区有800余条背街小巷告别空中“蜘蛛网”……

老城之外，北京市还提出了“十三五”时期建设长城、西山、大运河三个文化带的工作目标。北京市文物局局长舒小峰说，三个文化带的规划正在紧锣密鼓地制订，实施后将有助于打通古都北京的历史文脉，为构建北京古都风貌全面保护的基本格局奠定基础。

当然，毋庸讳言，从文保院落腾退、修缮与合理利用到地下文物保护，从国家考古遗址公园建设到优秀近现代建筑与工业遗产的保护与再利用、非物质文化遗产传承，专家指出，虽经多年探索，一项项名城保护的具体工作尚需进一步调动利益相关方的积极性，形成全社会参与名城保护的合力。

“推动北京朝着世界文化名城、世界文脉标志的宏伟目标迈进。”2016年，《北京市“十三五”时期加强全国文化中心建设规划》发布，提出了总体目标。

历史文化是世界文化名城的重要部分，却绝非全部。

2017 年 9 月 11 日至 13 日，第十二届北京文化创意产业博览会举行。文化创意产业，正成为北京一大亮点。

从设计服务到提供数字内容，以及网络视听、特效制作……2017 年上半年，北京规模以上文化创意产业法人单位实现收入 6902.7 亿元，文创产业固定资产投资完成 141.6 亿元，同比增长 36.42%，文创产业对首都经济增长的拉动作用不断加强。

“回顾五年来的工作，我们深切感受到，北京发生了令人鼓舞的深刻变化，发展质量提高了，生态环境改善了，城乡面貌亮丽了，服务保障丰富了，群众获得感增强了，党建引领作用加强了，前进道路越走越宽广。”2017 年 6 月 19 日，北京市委书记蔡奇在北京市第十二次党代会上说。

2017 年国庆前夕，几经酝酿，《北京城市总体规划（2016 年—2035 年）》正式实施。

改变单中心聚集、城市“摊大饼”发展模式，积极推动城市功能重组，坚定不移疏解“非首都功能”——“一核一主一副、两轴多点一区”，一个崭新的城市空间结构，将给人们带来一个崭新的中华人民共和国首都。

人们相信，这只是一个开始，对于找到“北”的北京来说，好戏在后头，光明在前头……

“未来的北京，将是一座功能适宜之城，‘大城市病’得到根本解决，首都核心功能得到优化，成为世界级特大城市可持续发展的典范地区；将是一座历史文化之城，一个继承传统、充满古都韵味的文化之城，一个开放创新、充满活力的高品位之城；将是一座环境友好之城，通过生态保护，实现生态、社会、历史、文化和经济效益的最大化、最优化。这是北京城市未来保护与发展并重模式的精髓和核心内涵所在，还将是一座社会和谐之城。”北京国际城市发展研究院院长连玉明说。

而今迈步从头越。千年古都，站在了新的历史起点上。

第二章

“金名片”里的政治经济学

引言

读懂“金名片”，先得读懂政治经济学

如何品读一座城市？

只有沉下心来，走进胡同，走近历史文物，倾听过往烟云和历史故事，你才能感受这座城市的厚重、品格……

北京，更是如此。在中华民族5000多年的辉煌文明中，它成为最耀眼的那张“金名片”……

怎样让这张“金名片”焕发更为耀眼的光芒？发展，还是保护？究竟应该怎样算投入产出的账？

也许，读懂“金名片”里的政治经济学，解决了认识的问题，投入、融资等问题，也就不再是个问题，“金名片”的保护和利用也将真正走上快车道……

2017年年初，从同属北京旧城的东城区和西城区传出两条令历史文化遗产保护界人士振奋的消息：

——东城区在未来5年拟投入1662亿元，实施历史文化街区保护复兴、非文保区更新改造、城市基础设施优化提升“三大行动计划”，其中包括对南锣鼓巷等6片历史文化精华区的打造；

北海白塔无疑是北京一张“金名片”

——西城区则计划投入190亿元，用5年左右的时间，使一批重大文物建筑特别是纳入文物登记的会馆和名人故居实现腾退亮相。

2014年2月25日至26日，习近平总书记视察北京时指出：“北京是世界著名古都，丰富的历史文化遗产是一张‘金名片’，传承保护好这份宝贵的历史文化遗产是首都的职责。”

伴随着“金名片”这一概念的深入人心，政府部门的投入也越来越大，但与此同时也面临着重大项目资金不足、社会资本积极性不高、投入产出不成比例等现实问题。

在业内人士看来，打造好北京历史文化遗产这张“金名片”，不应用简单的经济学眼光去看问题，应该算大账，算远账，算好文化账和政治账。

“历史文化遗产保护要算大账、远账”

2017 年新年伊始，位于北京前门大栅栏步行街具有 220 年历史的三庆园戏院高朋满座，政府人士、学术界代表，与谢辰生、傅熹年等文物保护专家在北京西城区名城保护委员会 2016 年会上共话历史文化遗产保护的未来。

在这次年会上，北京市西城区委书记卢映川向社会宣布：“西城区计划投入 190 亿元，用 5 年左右时间，使一批重大文物建筑特别是纳入文物登记的会馆和名人故居实现腾退亮相。”

作为古都北京的发祥地及核心地带，北京市西城区文化遗产丰富，拥有历史文化街区 18 片、三级文物保护单位 181 个、各级非物质文化遗产保护项目 162 项、名人故居院落 96 处。

根据规划，“十三五”期间，西城区将对安徽会馆、浏阳会馆、谭鑫培故居、龚自珍故居、万寿兴隆寺等被认定为不可移动文物的会馆、名人故居全部实现腾退保护，做到应保尽保，最大限度发挥文物的文化价值。

而在 2016 年岁末，北京市东城区正式发布实施历史文化街区保护复兴、非文保区更新改造、城市基础设施优化提升“三大行动计划”，预计总投资 1662 亿元，打造南锣鼓巷、雍和宫—国子监、张自忠路南、东四三条至八条、东四南、鲜鱼口等 6 片历史文化精华区；新建 3000 个公共停车泊位；增加 1 万个共享车位；还原公共绿地 36 公顷；公园绿地 500 米服务半径覆盖率达到 93%……

“保护古都是东城的重大责任。”时任北京市东城区委书记的张家明把保护“金名片”作为东城区全区工作的重中之重，“未来5年，我们将对全区43%的用地空间进行整治式更新改造，整治胡同环境，调整商业业态，优化停车管理，最终让胡同回归宁静，让历史融入生活。”

政府部门对经济效益低、投入产出不成比例的历史文化遗产“金名片”的投入缘何如此巨大？

“对于历史文化遗产而言，投入上看你是算今天的账还是算明天的账？如果只算今天的账就赔死了。”中国城市规划设计研究院副院长王凯说，“对北京这张唯一的中华文明‘金名片’的保护，不仅要算经济账，更要算文化账、政治账，不仅要算小账，更要算大账、远账。就像家有一老如有一宝，历史文化遗产对于一个国家和民族的重要意义，无法用金钱来衡量。”

早在2012年，北京市委市政府就决定设立“文物及历史文化保护区专项资金”，每年投入10亿元，其中1.5亿元用于支持市属重大文物保护项目，8.5亿元用于支持区县所属文物保护项目。

根据“十三五”期间面临的新形势、新任务和新要求，2016年，在文物及历史名城保护工作方面，北京修订文物资金管理办法，开展主题性文物修缮，加大对核心区、“一轴一线”、西山文化带、长城保护带等投入力度：投入10亿元，促进北京文化遗产保护工作；投入6.5亿元用于历史文化名城转移支付，进一步完善北京市与首都功能核心区财政管理体制。

“保证历史文化遗产保护的稳定投入”

走进位于北京市西城区大栅栏街道的杨梅竹斜街，既有古朴传统的北京四合院，又有现代时尚的文化创意小店；既有从明清延续至今的胡同肌理和街区风貌，又有东西方多元艺术文化元素。历史和现实、传统与现代交织融合在这条只有 496 米的街巷里。

杨梅竹斜街的独特气质源于北京市西城区启动的“大栅栏更新计划”。作为大栅栏街道的一条特色街区，杨梅竹斜街留住历史、致力创新的保护修缮，探索创新出历史文化街区城市软性生长的有机更新新模式。但该项目的设计和实施者们却有很多“难言之隐”。

“居民拆迁腾退后，这些直管公房的房屋产权无法划到公司名下，就无法实现流转，这些腾退的房屋只能是账面资产。”时任大栅栏琉璃厂建设指挥部负责人的王志忠说。由于直管公房体制机制的障碍，当年杨梅竹斜街项目没有社会资本愿意接入，最终只能由区属国有企业广安控股接受，到 2016 年年底，杨梅竹斜街项目改造投入就已近 13 亿元。

王志忠说，缺少了国有企业的介入，安徽会馆的腾退就没有杨梅竹斜街这么顺畅。作为北京最大的会馆，安徽会馆素有“京城第一会馆”的美誉，系清朝同治年间，李鸿章兄弟为扩充军事势力而建，占地 9000 多平方米。安徽会馆重新修缮的总投资需要 100 多亿元，目前尚有缺口 25 亿元，虽然几经努力，至今依然没有企业愿意参与。

旧城改造更新，事关民生改善、基础设施改造升级、产业提升等方面，资金需求量巨大，但由于缺乏合理的回报机制，社会资金投入不足，融资渠道十分单一。

位于东四六条 65 号的国家级文物保护单位崇礼旧宅同样面临着融资的难题。这座被誉为“东城之冠”的清光绪年间大学士崇礼的宅邸，三门三院，环以围廊，配置以左右数座跨院，规模宏大，设计严谨完美，居北京明清官邸之首。由于历史原因，这座占地面积约 1 万平方米的院子住进了不少居民，成了一个大杂院。

“只要有 10 个亿，我们就能把这个‘东城之冠’恢复出本来风貌，让这颗明珠焕发光彩。”北京市东城区东四街道办事处主任荀连忠摆摆手说，“但是钱从哪里来？我们也和社会资金谈过，没有谈成。”

王志忠表示，以大栅栏地区为例，历史文化街区的保护复兴工作任务艰巨、周期长、标准高，希望文保资金的投入能够固定住、持续化，也希望通过向民间资本转让产权或特许经营权等方式，吸引民间资本参与。

“要让旧城焕发生机，关键在于机制体制的创新。”长期关注北京旧城改造与更新的北京国际城市发展研究院院长连玉明说。在短期内，如果无法彻底解决民间资本回报问题，就应该发挥政府的力量，保证历史文化遗产保护的投入的稳定和持续。

“历史文化遗产保护更具文化意义和政治意义”

在许多业内专家看来，历史文化遗产这张“金名片”正是因为放在了历史和世界两个维度中理解而显得格外耀眼夺目。打造“金名片”不是简单的经济问题，更具有文化意义和政治意义。

走近北京市西城区什刹海街道的乐春坊一号院，曾经日渐凋敝的大杂院经过重新翻建而焕然一新，错落有致的房屋让院落充满生机与活力，富有创意的房间格局让面积有限的房间内处处充满着生活气息。

“我们并不急于让这个项目尽快入市产生经济效益，未来几年，我们还要对周边的院落以此为标杆进行腾退改造。”时任北京市西城区副区长的徐利曾经在什刹海街道工作多年，对旧城保护与更新工作充满感情，更充满激情，“这是件非常有意思的事情，干出一个项目是一个项目！”

“对于历史文化遗产保护的项目，如果按照传统思维去考虑资金平衡，去计算投出产出，这个经济账根本无法算平。”徐利说，打造“金名片”需要巨大的投入，对此要有明确的政治态度和清晰的政策倾向。现在各方的投入还是过于零散和碎片化，甚至可以考虑明确将政府财政收入的一定比例用于历史文化遗产保护。

在许多业内专家看来，将北京作为中华文明的“金名片”提出来，这在历史上从没有过。实际上，这就是一种政治态度。

“历史资源是财富，不是包袱。我们曾经视‘财富’为包袱。所以才一方面保护维修抢救，另一方面城市古都风貌的破坏也在加剧。”著名文物专家、北京市文物局原局长孔繁峙说。名城保护要更新观念，保护也是发展，恢复北京旧城是更高层次的发展，是一种传统文化的回归。他建议把文化遗产保护和修缮情况纳入北京各级政府官员的考核。

在中国城市规划设计研究院副院长王凯看来，对北京历史文化名城的保护甚至应该上升到文化自信和民族精神的高度。“历史文化是一个国家、一个民族的底蕴。要想在世界舞台上展示中国特色，历史文化是最鲜明的标签。”

把历史文化遗产提升至“金名片”的高度至今依然让许多业内人士兴奋不已。从初步认识到局部探索，再到整体布局，“金名片”的保护正处于一个崭新的时代。也许，读懂“金名片”里的政治经济学，解决了认识的问题，投入问题和融资问题也就不再是个问题。

“有面子，也要有里子”：培智胡同 15 号“老北京”们的心愿

“现在胡同美化，真挺漂亮的。”北京大栅栏街道培智胡同 15 号院，66 岁的张惠庆快人快语，“不过，我提个建议，有面子，也要有里子，能不能进一步改善一下院子里的环境？”

前门大栅栏是历史文化街区，是北京“金名片”的重要组成部分。2017 年年初，隆冬时节，我们走进位于前门附近这座至少已有 150 年历史的大杂院。

院子里加建了几间房子，加上雨棚、电线、花架和花盆，显得有些拥挤和凌乱。这里常年住着 8 户人家，人口最多时有 30 多人，如今孩子们长大后已搬出去、住进新房，常住的只有 17 人了，多是退休的老人。

近年来，伴随着政府加强历史文化街区保护和市政基础设施改造，大力推进煤改电、架空线入地，变化悄然在胡同里发生：公共厕所得到修缮，路面更加平整，墙上贴了灰砖，有的还有精美的砖雕。

几位邻居闻讯纷纷走进来，张惠庆住的南房顿时显得有些拥挤。

“这个院子几十年里变化不大。”64 岁的刘秀云在院子里住了 35 年，“2016 年，我们接待了一批大学生，好像是进行社会实践，来了好几次，提了个院子改造方案，我们还签了字，但后来就没音了。”

刘秀云的话题，引起“老北京”们强烈共鸣。

“我拿给你们看看。”张惠庆起身走进里屋，拿出一本彩色打印并装订的册子——《培智胡同 15 号院落环境改善申请》。封面上，是 8 户居民的签名，时间是“2016 年 7 月 24 日”。

胡同里的砖雕

“这上面集中了大家关于下水改造、墙面贴砖、门窗更换等方面的诉求和意见。”59 岁的“老北京”王铁岭接过话题说，“虽然到现在都没有音讯，但我们始终对这个方案充满期待。”

“为什么我们那么期待改善？”56 岁的冯文魁带笔者来到院子当中，地面中间一处明显凹陷，东房外的厨房墙上有一处约 20 厘米长的裂缝，“院子最大的问题是地面沉降。”

寒冬时节，室外气温低至零下，我们用随身带的温度计测量走访的几户人家，室内气温 20 摄氏度左右。在张惠庆家，坐在小凳子上，背靠的电暖器有些烫。

“前些年煤改电，都装了电暖气。我家里还有两套取暖系统，一套是水暖，一套是空调。”老张话里透着点“骄傲”。

“我这房子，是 2008 年房管所重新盖的。你看这墙，以前是碎砖头，现在是整砖，保暖还凑合。”冯文魁干过6年电工、20多年钳工，这几年从石景山区的楼房搬回15号院，照顾年逾八旬的老母亲，母子俩住在不大的东房里，“20世纪五六十年代烧蜂窝煤，几分钱一块，后来一块多钱，2009年这里煤改电了。”

房子虽小，却充满生机：房间桌子和厨房架子上，摆放着一盆盆绿植——仙人掌、虎皮兰、君子兰……我们一个个数过来，竟有36盆。

“都说故土难离，老年人都有难以割舍的胡同情结。”回忆起儿时时光，老冯不由感慨万千，“那时候热闹，谁家有台黑白电视，就搬到院子里，大家一起看；逢年过节，一家家拜年。现在大家关系都很好，不过没有以前那么亲了……”

从小在胡同里长大，冯文魁不习惯现在胡同的嘈杂：“一些房子租给搞餐饮、娱乐、住宿经营的了。”

地理位置特殊，历史文化悠久……作为历史文化保护街区，位于北京中轴线附近的大栅栏街道历来游人众多，饭店、旅馆等也比较多。

“胡同就应该是安静的，希望能‘静’下来。”冯文魁说，胡同里住的大多是老人，最大的心愿就是希望有一个安安静静的环境。

“现在送快递和外卖的太多，有的电动车开得太快，在马路上横冲直撞，在胡同里来回穿梭。”他说，“听说一些胡同采取了‘准物业’的管理方式，变得安静有序，我们也希望能这样。”

培智胡同所在的石头社区，有一个老街坊乐园和助老服务队。老冯提出一个小小的“抗议”：“助老服务队每次有活动慰问老头老太太，慰问的都是孤寡老人，也希望以后来慰问一下我们。”

“七七事变，我12岁，1949年解放，我24岁。”92岁的刘燕英老人，仍然思维清晰，“共产党好啊，现在国家强大了，老百姓也幸福。我们现在的主要任务，就是每天心情舒畅，自我快乐。”

“我的期望？”刘秀云从一家企业退休已有十多年，退休金年年涨，从最初每个月 1300 元左右涨到了现在 3300 多元，“胡同里停车现在是个大问题。你看看，多少车马路边上随便停，不知能不能弄个停车场。”

张惠庆的老伴孟庆霞接过话茬补充：“是啊，有的人一家有两辆车，把资源都占用了。”

培智胡同北边不远，有条杨梅竹斜街，过去几年时间里，有几百户居民通过疏解搬走，住上了楼房，这让 15 号院不少“老北京”很是羡慕。

“北京市正在进行老旧城区改造，核心区能不能让更多想搬走的人搬迁上楼？”张惠庆说。

几位“老北京”表示，如果政府对大栅栏街道进行全面改造，让居民

故宫，是北京这张历史文化“金名片”上最闪耀的光芒（罗晓光摄影）

搬迁上楼，即便远一点，如果配套齐全、交通方便，不少人是愿意的。

众口共话中华文明“金名片”：“期待未来北京像一簇盛开的花朵”

历经 70 年建设，作为一个正迈向世界舞台中央的东方大国首都，北京已经发展成为一座保有古都风貌的现代化大城市。

究竟什么是“金名片”？是指这座城市里保存的历史文化遗产，还是指城市本身？是指那些不可移动的文物，还是包括城市中那些“可移动”的人们尤其是传承文化的人们？

带着这些问题，笔者走进胡同里、街区中、学校内寻找答案，在此摘录采访中的“金句”以及那些给人启迪的妙语。

什么是“金名片”？

吴良镛（著名建筑学家、城乡规划学家）：

“历史辉煌的北京，它的历史遗产完好地存在是中华文明的象征，是世界华人凝聚力的所在，保护好旧城及一切遗产，具有伟大的政治意义。”

萧雨辰（台湾人，在西城区大栅栏街道杨梅竹斜街开设文创店铺）：

“这里有冲不淡的老北京胡同气儿、人情味儿、烟火气息，有留得住的乡愁。”

“做艺术创作去北京，已是我们圈子的共识。尤其是当代艺术方面，北京有相当一部分有水准的艺术家，在国际上也不逊色。”

庞微（北京市文化局副局长）：

“北京最大的特点就是文化底蕴突出，许多大师都集中在北京。皇城文化、名城文化构成了最深的文化底蕴。”

于平（北京市文物局副局长）：

“如果说北京是一张‘金名片’，文物就是其核心内涵。北京有其他地区无法比拟的丰厚历史文化资源，形成了独一无二的城市气质和城市景观。”

孔繁峙（北京市文物局原局长）：

“‘金名片’的含金量突出体现在文化价值上。历史文化名城全国有100多个，但北京的文化含量在于它是多朝古都，其作为世界著名都城，展现的中华民族文化内涵与城市整体构成了‘金名片’。”

保护古都风貌与文脉有多重要?

王凯（中国城市规划设计研究院副院长）：

“从世界城市发展史看，对人类有影响的城市都是有历史文化的。首都北京应该成为一个具有深厚文化内涵的城市。就像漫步在紫禁城能感受到我国历史文化的博大精深，游览古都其他地方也同样能体会到中华文明的源远流长。”

单霁翔（故宫博物院院长）

“只有传承、保护和利用好故宫博物院的文化遗产资源，将更多精彩的文化成果奉献给广大社会公众，让这些珍贵的文化资源活起来，才能无愧为‘金名片’的美誉。”

王秀仁（西城区大栅栏街道杨梅竹斜街济安堂王回回狗皮膏药第21代传人）：

“我们的根在这儿，老胡同的文化要有人传承。我们建起了家庭博物馆，不仅王家的一段历史可以在此展示，希望以后大栅栏所有的老故事都能在这里讲述。”

擦亮“金名片”，我们一直在路上

贾蓉（北京广安控股大栅栏琉璃厂文化发展公司常务副总经理）：

“我们经过了解决民生和腾退的阶段，基本完成了硬件改造，腾出来的房子再做节点改造，与留下来的居民进行合作……不论是城市街区还是内置社区，都形成开放式街区，确保气质上的统一。城市的有机更新是一个过程，我们永远在路上。”

姜寻（在西城区大栅栏街道杨梅竹斜街创业的模范书局创始人）：

“这条老街需要书店，把深厚的历史人文积淀传承下去，这件事总要有人做。希望更多老北京活在古人的优雅里，把好的生活方式带入书局，让书香飘向海外，让中华文化的魅力感动来自全球各地的人，在弘扬老北京典籍文化的同时，让世界看到汉文化传承的价值，是我的下一个梦想。”

孔繁峙（北京市文物局原局长）：

“北京特殊性在于两个功能的重合：首都要发展，但是古都要保护。这也是难点所在，带来了现代化和传统化的矛盾。”

如何提高“金名片”的含金量?

吴良镛（著名建筑学家、城乡规划学家）：

“期望未来的北京像一簇永葆青春魅力的盛开花朵，有绿叶相持，花朵的花心就是姿态焕发的旧城，做到老树琼花，新放异彩；虽然曲折，再创辉煌。”

孙劲松（西城区文化委员会主任）：

“历史文化名城保护的核心是文化，而不仅是载体。要把精髓的东西拿出来做。”

王凯（中国城市规划设计研究院副院长）：

“国际上，罗马、伦敦、巴黎等，都是在发展经济的同时展示当地历史文化，北京更应该成为这样的城市。既然是‘金名片’就要拿出来展示和再利用，和现代生活结合起来。传统风貌是壳，注入现代元素，利用传统的历史空间，承载现代化的经济形态。”

孔繁峙（北京市文物局原局长）：

“疏解对名城保护的意义和作用，应该提高认识。社会上最关心的是两点：迁出的是什么，留下的是什么。疏解以后的首都，应当是新旧两个城市，新城体现现代化，旧城体现传统。新城越现代化越好，旧城应该通过重组体现古都风貌。”

庞微（北京市文化局副局长）：

“如何让‘金名片’的含金量更高？我们还在努力的过程中，保护水平普遍提高，决心越来越大。可喜的是，以前没有人来做，现在应接不暇了。”

北京四合院门脸

第三章

九问北京“老城重组”

引言

一字之变，天地宽

一字之变，天地宽。

从“旧城”到“老城”，这一字之变，就是如此。因为它意味着北京老城不再是包袱，而是财富，意味着老城的保护进入了一个崭新历史阶段……

而北京“老城重组”，更是几度成为热点话题。

“重组”是肯定的了，究竟可能怎么重组？北京城的未来，会是一个什么样子？

请听权威专家慢慢道来……

中共北京市委十一届十四次全会研究讨论的《北京城市总体规划（2016年—2035年）（送审稿）》指出，要推进实施老城重组，优化调整行政区划，强化政治活动、文化交流、国际交往和科技创新等服务功能。

在这份引领北京未来发展的“总规”中，提及多年的“旧城”不见踪影，取而代之的是“老城”。

从“旧”到“老”，一字之变，意味着什么？有关“老城”的话题，再次进入人们视野，引起广泛关注。

从“旧”到“老”：“是对城市历史积淀的尊重”

北京是一座有着3000多年建城史、800多年建都史的千年古都，一座保有古都风貌的现代化大城市。然而毋庸讳言，数十年来，北京在获得巨大发展的同时，一些古建筑被拆、胡同消失，古城风貌受到威胁和破坏。

以往一说“旧城”，就想起大规模“旧城改造”。首都经贸大学教授赵秀池表示，几十年的“旧城改造”虽然救急救危，但保护与发展的冲突如影随形。

2004年，《北京城市总体规划（2004年—2020年）》提出：进一步扩大旧城历史文化保护区的范围。

“多点一城、老城重组”“推进实施老城重组”“推进老城区平房院落修缮改造、棚户区改造和环境整治”“推动老城直管公房管理体制改革”……从2015年中央财经领导小组第九次会议审议研究京津冀协同发展规划纲要，到2016年相继公布的《北京市国民经济和社会发展第十三个五年规划纲要》和《北京市“十三五”时期加强全国文化中心建设规划》，“老城”理念，逐渐进入中央和首都决策者的视野。

2017年5月，《北京城市总体规划（2016年—2035年）（送审稿）》，明确“老城”提法。

“从字面上讲，‘老’比‘旧’更有历史感。家有一老如有一宝，‘老’字代表的是认识程度的提高。说‘老城’，是对城市历史积淀的尊重，是一种价值的认可和体现。”中国城市规划设计研究院副院长王凯说。

“老城肩负北京历史文化保护与发展的职责和使命。”北京国际城市

◀ 位于广安门滨河绿道上的金宫殿故址

金宫殿故址旁金中都城和明清北京城位置对照图

发展研究院院长连玉明说。在新版北京城市总体规划中，用“老城”替代“旧城”，反映了首都在城市规划理念、发展战略和发展模式上的转变。

从理念到行动：“让历史、文化进入百姓生活”

老城重组，不是回到过去。

著名建筑学家、城乡规划学家吴良镛曾多次呼吁：“我们放眼世界，首先要认识到把北京历史文化名城保护好、整治好、发展好，是最有现实意义的，是中国最大的甚至是无与伦比的‘中华文化枢纽工程’。这项工程不是旧有历史建筑的恢复，而是环境的再设计。”

大栅栏地区保留了上百条拥有数百年历史的胡同，堪称北京胡同“活化石”。近来，胡同深处出现了一处小巧精致、曲径通幽的微公园——由一处菜市场改建的百花园。

“这处百花园和周边的平房民居融为一体，遛弯儿的居民像逛自家后花园一样自在舒坦。”不再为“管了好、好了乱、乱了再管”所困惑的北京市西城区大栅栏城管执法队队长王利峰说。

留白建绿、拆违还绿，充分挖掘城市边角地、闲置地，将休闲空间建设与景观打造、文化传承结合……如今，北京市西城区已在繁华街巷里建起了 15 个鲜花似锦、充满历史文化气息的微公园，成为市民休闲好去处。

“过去平房区没有公园，现在需要提供城市公共空间，让能绿的地方绿起来，让历史、文化进入百姓生活。”北京市西城区区长王少峰说。

2017 年以来，伴随北京“疏解整治促提升”专项行动集中开展、治违力度空前加大。

“大规模治违和背街小巷整治，也是为了恢复北京老城风貌，促进老城功能和环境提升。”赵秀池认为。

从“老城重组”到“一体两翼”：北京将“既古老又年轻”

纵览全球，老城的保护和利用，一直是道世界性难题。

“北京也是历史悠久的首都城市，如何在城市发展中保护和改造好旧城区，巴黎的经验和教训值得借鉴。”经过大量比较研究，国务院发展研究中心“典型首都城市治理研究”课题组建议，北京加大对旧城改造和保护的补贴，为历史街区提供“保护网”，同时建设几个规模较大、功能全面的新城，提高城市管理水平，注重精细化管理。

“北京推动‘老城重组’的战略意义，还在于与城市副中心、雄安新区共同形成‘一体两翼’的首都空间战略布局，进而推动京津冀协同发展和以首都为核心的世界级城市群建设。”连玉明说，“老城更加注重城市功能优化与空间重构。”

专家提醒，在老城重组过程中，更要注意传统格局的维护、传统风貌的修复、传统文化的复兴。

从地处东城的安乐禅林、江西丰城会馆等 11 处文物，到地处西城的浏阳会馆、沈本山故居等 15 项直管公房类文物腾退项目，2017 年北京东城区、西城区都制定了文物腾退的“小目标”，老城内一张张文化名片正在逐步被“擦亮”。

“推动老城重组的初衷，是要从根本上解决北京城市发展中的深层次问题，服务首都‘四个中心’城市战略定位和国际一流和谐宜居之都建设。”连玉明建议，优化调整东、西城行政区划，推动东、西城内部功能重组，加强历史文化名城和古都风貌整体保护。

他说，作为首都承载政治、文化和国际交往中心功能的核心区域，老城应强化区域公共服务，提升社会治理能力，成为落实“四个中心”定位、疏解非首都功能、建成国际一流的和谐宜居之都示范区。

“随着首都卫星城功能完善，以及京津冀城市群的形成，北京老城的保护与发展将获得更大空间，迎来更佳机遇。”展望未来，赵秀池信心满满，“未来的北京将既古老又年轻，既保留了千年历史古韵，又有现代化的高楼大厦和市政设施，既宜居又宜业。”

九问北京“老城重组”

在《北京城市总体规划（2016 年—2035 年）》和 2017 年 6 月 19 日北京市第十二次党代会报告中，以往沿用多年的北京“旧城”表述不见了，取而代之的是“老城”两个字。

两份报告分别是规划未来 15 年北京发展和确定最近 5 年目标的重要文件，从“旧”到“老”一字之变，到底意味着什么？又将如何影响首都北京的未来？

带着一系列问题，我们专访了城市问题研究专家、北京国际城市发展研究院院长连玉明教授，下面是和连教授原汁原味的对话。

“旧城”改“老城”反映三大转变

问：说了那么多年的“旧城”，现在改提“老城”，您怎么看其中蕴含的意味？

连玉明：虽然“旧”和“老”表面看起来意思比较相近，但一字之差反映在城市规划建设管理中，还是具有比较明显的差异。

旧城与新城相对应，更多地强调城市的更新改造，重点是通过基础设施的完善实现城市功能的完善。

老城则是与副中心、卫星城等相对应，更加注重城市功能优化与空间重构，重点是进一步聚焦核心功能，通过空间上的优化布局推动功能疏解。而且老城更加凸显城市的历史感，蕴含着城市历史文化的保护与发展的职责与使命。

新的北京城市总体规划用“老城”替代“旧城”，反映了首都在城市规划理念、发展战略和发展模式上的转变。

“旧城改造的确有需要反思的地方”

问：以往一说“旧城”，就想起数十年来的大规模“旧城改造”，您怎么看这些年的“旧城改造”历史？

连玉明：“旧城改造”是一个世界性的难题。城市不可避免地会出现老化状况，“旧城改造”是完善城市功能、满足城市发展和居民生活的重要方式之一。

从国际上看，英国伦敦、日本东京、法国巴黎、新加坡等都进行过旧城改造，其中很重要的一个经验和模式就是旧城改造绝不是简单的拆旧建新，而是局部或整体地、有步骤地改造和更新旧城的物质环境，注重保存城市传统文化肌理，最大限度地保护城市原有风貌。

北京的旧城改造是在特定时代背景下启动的，需从历史的角度辩证地看。新中国成立之初，首都规划随即展开，将中央行政区放在古都的中心区来建设，并着手改建，这一过程中，北京城墙、城楼和牌楼等古建筑不少被拆除。此后数十年，北京旧城改造在持续推进，其中既有经济社会发展的因素，也有城市自身建设的需求。

一方面，旧城改造带来了城市的更新、环境的整洁、住宅和交通设施的改善，保障和推动了首都城市功能的不断完善，特别是对于平房区、棚户区的整治和改造，切实解决了居民生活中面临的实际问题，有效地改善了民生。

另一方面，也必须客观地认识到，正是由于这些年的大拆大建，大量的文物古迹遭到不同程度的破坏，城市景观和古都风貌受到严重威胁。北京的“每一条胡同都有一个说头，都有自己的故事”。这些“说头”和“故事”，构成了北京古都文化的基础。但现在这些文化载体和符号正逐渐消失，旧城改造的确有需要反思的地方。

“老城重组”包括三个层面的内容

问：北京正在推动“老城重组”，怎样个“重组”法？

连玉明：重组的初衷是要在根本上解决北京城市发展中的深层次问题，服务首都“四个中心”城市战略定位，以及国际一流和谐宜居之都的建设。

也因此“疏解非首都功能”，治理“大城市病”成为北京的首要任务。尤其是东、西城区作为首都功能核心区，空间范围本来就不大，中央政务服务功能和历史文化名城保护功能就已足够支撑这个区域的发展，没有必要再去构建“大而全”的经济体系。

我认为推动老城重组包括三个层面的内容。

一是优化调整东、西城行政区划，推动东、西城合并，建立中央政务区，将不符合区域定位的功能疏解出去，形成与中央政务服务功能相适宜的功能。中央政务区原则上应保留东、西城行政区划面积，不增不减为宜。

二是推动东、西城内部功能重组。街道区划可适当进行调整优化，力求构建“大街道、小社区”的城市管理格局。以简政放权为导向优化重组行政管理部门，力求构建“小政府、大社会”的行政管理格局。

三是强化中央政务区功能，加强历史文化名城和古都风貌整体保护，探索建立首都财政体制和首都治理体制，进一步明确首都核心区功能。

大时空下看“老城重组”

问：怎样在一个更大的时空背景下看北京“老城重组”？

连玉明：研究北京问题需要更宽的视野、更大的尺度、更高的标准。

北京推动“老城重组”的战略意义，在于与通州城市副中心、雄安新区共同形成“一体两翼”的首都空间战略布局，进而推动京津冀协同发展和以首都为核心的世界级城市群的建设。

而京津冀地区将建设以首都为核心的世界级城市群，将有利于发挥京津冀在环渤海和东北亚地区的龙头带动作用，增强京津冀在亚太地区的核心竞争力，凸显京津冀在世界城市体系中的地位。

所以北京的发展，要放在京津冀协同发展和建设以首都为核心的世界级城市群的时空维度下来认识和分析。

从老城重组来说，作为首都承载政治、文化和国际交往中心功能的核心区域，应探索建立与之相适应的首都财政等体制机制，将地方政府从既要做好“四个服务”又要发展经济的矛盾中解脱出来，将经济发展功能从政府的职能中剥离出来，着力做好“四个服务”，强化区域的公共服务，提升社会治理能力，做好城市管理，推进历史文化保护区的有序更新，使这个区域成为落实“四个中心”定位、疏解非首都功能、建成国际一流的和谐宜居之都示范区。

打破北京历史文化保护区的行政分割

问：在老城重组过程中，在保护历史文化名城方面应该注意什么？

连玉明：东城西城是古都北京的核心地带，聚集了多元的文化，既有皇室、佛教、儒家、国学、会馆等传统文化，也有奥运文化、演艺博览文化、出版文化、商业文化、体育文化等近现代文化；既保留有以传统居住形态为主的街区，也有大量的四合院住宅，还有传统的使馆区、商业街区和文化街区。

东、西城区划调整后，应着力建立和完善北京历史文化名城保护体制，整合两区各自独立的历史文化名城保护委员会，统筹东、西城历史文化名城保护规划、修缮等工作，将北京老城区作为整体进行保护，将首都的传统文脉作为北京建设世界级城市群中心城市的根基。

要打破北京历史文化保护区的行政分割，推动北京市历史文化名城的整体规划、保护和开发利用。同时，要积极探索建立中央政务区文化资源统筹发展机制，统筹布局区域文化资源，推动北京全国文化中心建设。

大规模“治违”和“背街小巷”整治意义深远

问：目前进行的大规模“治违”和“背街小巷”整治，和“北京老城”

有关系吗？

连玉明：目前北京正在进行的大规模“治违”和“背街小巷”整治，本质是要建立与国际一流的和谐宜居之都相符合的城市治理新模式，这也是北京“老城重组”的必然要求，不仅关系到非首都功能疏解和城市转型发展，而且关系到社会民生的持续改善，意义深远。

一是落实首都新的战略定位的根本要求。北京努力建设国际一流的和谐宜居之都，对首都的环境建设提出了更高的要求。北京市委对首都功能核心区提出了“环境要优美、人口要调控、服务要优质、发展要持续”的要求，将环境摆在各项工作首位。

二是首都城市发展进入新阶段的必然选择。经过多年的快速发展，北京中心城区城市建设进入相对平稳期，更多的是优化功能，向管理要效益。北京中心城区要在首都建设国际一流的和谐宜居之都进程中走在前列，就要在城市管理、城市文化、市容环境、市民素质等方面用心用力，做细做实，展现特色。

三是探索解决首都城市发展问题的有效途径。针对城市环境乱象，北京积极采取多种形式治理“城市病”问题，但城市痼疾顽症仍时有反弹。要根治“城市病”难题，迫切需要以改革创新的精神推进城市管理，消除管理漏洞，创新机制手段，实现城市面貌的改善，创造更加宜居的城市环境。

北京文化中心建设的核心是历史文化名城保护

问：从国际视野看，“老城”越老越有味道吗？您觉得哪些国家的老城重组和保护利用经验值得借鉴？

连玉明：从首都“四个中心”的战略定位看，更重要的是文化中心的建设。最根本的、最具影响力的就是文化。文化中心是别人无法比拟的最具权威性、排他性、唯一性的首都独特资源。

北京文化中心建设的核心是历史文化名城保护，首都 3000 多年的建城史和 800 多年的建都史形成了北京城市历史文脉，这正是首都城市的魅力所在。

国际上普遍坚持的是以保护为主的思路。巴黎旧城区划分为两个历史保护圈层。第一个圈层是老城历史文化中心区，即 18 世纪形成的巴黎古城。第二个圈层为 19 世纪形成的巴黎旧区。这两个保护圈层，避免了巴黎历史建筑与旧城风貌遭到破坏，非常好地将城市历史文化传承下去。

要形成强有力的组织管理体系。意大利自 1870 年统一建国以来，就形成了一个基本理念，认为意大利领土上的文化遗产体现了国家的根本利益，必须由国家统一进行管理，中央政府在全国各地建立保护行政管理网络，直接委任地方代表并垂直领导。

要着力构建完善的法律体系。立法是历史文化遗产保护与利用的基本保障。京都是日本较早开始对历史景观的保护进行立法的城市，先后颁布了《古都保存法》《古都保存法施行细则》等法律法规。

切实地让公众充分参与。法国巴黎之所以能成为国际大都市，是与巴黎人重视建筑艺术保护和创新分不开的。1919 年，法国制定了法律，规定每 5000 人形成一个社区，每个社区均应有规划，任何新的建筑均须由社区批准。这种法规，使巴黎人重视并参与到城市历史文化遗存和建筑艺术遗产的保护中。

未来的北京城，什么样儿？

问：能否描述一下未来的“北京老城”？未来的北京城又会是一座怎样

的城?

连玉明:我们要“建成一个什么样的首都”,北京城市的未来如何,就是要按照中央提出的探索形成人口经济密集地区优化开发模式的要求,建成国际一流的和谐宜居之都。

在我看来,国际一流的和谐宜居之都表现在四个方面。

一是功能适宜之城。适宜的城市功能是北京城市发展的首要任务。通过疏解非首都功能,“大城市病”得到根本解决,首都核心功能得到优化,真正建立起与“四个中心”城市战略定位相适宜的功能定位与空间布局,成为世界级特大城市可持续发展的典范地区。

二是历史文化之城。历史文脉传承是一个城市可持续发展的灵魂。北京作为一个文化古都,是现代城市的传统保留地。未来通过老城重组,使“北京老城”成为一个继承传统、充满古都韵味的文化之城,一个开放创新、充满活力的高品位之城。

三是环境友好之城。生态环境是一个城市可持续发展的命脉,保护生态环境与继承历史文脉,是城市可持续发展的基本前提。通过生态保护,实现生态、社会、历史、文化和经济效益的最大化、最优化。这是北京城市未来保护与发展并重模式的精髓和核心内涵所在。

四是社会和谐之城。社会和谐是构建和谐宜居城市的内核。社会和谐关键要看老百姓的获得感,北京城市未来发展得好不好、成效大不大,检验标准最根本的一条,就是获得感。这是贯穿北京未来城市发展的重大主题。

北京发展和京津冀协同发展紧密关联

问:对北京“老城”,甚至北京城的发展,请问您有怎样的可行性建议？

连玉明：疏解北京非首都功能是京津冀协同发展的关键环节、重中之重和首要任务，北京城市的发展要围绕着“疏解”这个“牛鼻子”展开。北京发展和京津冀协同发展紧密关联，北京发展离不开京津冀协同发展，京津冀协同发展需要对接北京发展。

一是强定位。“瘦身”是为了更好地“健体”。必须坚持和强化“全国政治中心、文化中心、国际交往中心、科技创新中心”的首都城市战略定位，在坚持和强化首都核心功能中有序疏解北京非首都功能。

二是疏功能。疏功能必须以调整、转移和外迁北京的非首都功能为重点，至少包括以下三个方面的功能。第一，首都核心功能以外的其他功能；第二，导致北京“大城市病”的直接功能；第三，对周边地区形成明显“虹吸效应”的其他功能。

三是调结构。疏解北京非首都功能的本质是调整和优化首都城市结构。空间结构和交通结构的根本性缺陷是导致“大城市病”的根源。人口数量过度膨胀、中心城区人口密度过大是人口分布结构不合理造成的直接后果。必须通过调整和优化城市结构，实现空间重构、产业重构和功能重构。

四是转方式。疏解北京非首都功能重要的是转变发展方式。一是从空间上向生态优先转变，二是从内涵上向文化引领转变，三是从动力上向创新驱动转变。

五是破藩篱。疏解北京非首都功能情况复杂，既有行政分割，又有利益藩篱，更有隐形壁垒。破除部门利益、局部利益、个人利益的藩篱，需要打破“一亩三分地”的思维定式，也需要上上下下、方方面面付出必要的代价。

六是聚合力。疏解北京非首都功能任务重、难度大，北京、天津、河北如何更好地形成合力，中央政务区、城市副中心、雄安新区如何相得益彰地发展起来等，既要充分调动疏解对象外迁的积极性和主动性，也要发挥市场在资源配置中的决定性作用，更需要北京和中央行政企事业单位率先启动，做出表率。

第四章

老城“绣花”记

引言

城市“绣花”绣得咋样，百姓说了算

一座城市，究竟治理得怎样，在这里居住生活的老百姓最有发言权。

“这条胡同一治理好，感觉天都变亮了。”在北京市西城区达智桥胡同生活了几十年的袁继生老人感叹。

2017 年起，作为北京核心区的老城，即西城、东城开始对背街小巷进行环境整治和提升。

在一个个“绣娘”的努力下，一条条街巷里的私搭乱建、开墙打洞、乱停车、乱搭架空线等现象少了，甚至没了，环境变好了，背街小巷整洁干净了，一个个更能展现北京历史文化的街区出现了……

北京老城“绣花”：“这样的街道才是‘首都范儿’”

违建拆除了，开墙打洞封堵了，架空线开始入地了，胡同安静了……

“城市管理要像绣花一样精细。”2017 年 3 月，习近平总书记在参加全国人代会上海代表团审议时说。

2017年4月，《首都核心区背街小巷环境整治提升三年（2017—2019年）行动方案》迅即出台，对北京东西城2435条背街小巷提出了无私搭乱建、无开墙打洞、无乱停车、无乱搭架空线、创建文明街区等“十无一创建”3年治理计划，2000多名干部成为街巷长，化身“城市绣娘”。

首都核心区背街小巷整治提升得怎样？百姓感受如何？我们走进北京老城胡同实地探访。

“以前都不好意思邀请亲戚朋友来串门”

“没想到这次治理会这么彻底，这么细致，现在简直是翻天覆地的变化。”北京市东城区龙潭街道夕照寺西里南区，老住户梁萍感慨万千。

这片只有3栋老楼的社区曾被297处违建包围，进出社区的双向车道被两侧违建挤成只容一辆三轮车通行的“羊肠小道”。

如今，这里经过整治面貌焕然一新：违建拆除，路面拓宽，两侧摆放着花箱，还多了块绿茵茵的草坪；原来乱停乱放的机动车也有序停放到专门的停车位。

大街是城市的“面子”，小巷则是“里子”。有面子，也要有里子。

动员部署、街巷巡查、和居民沟通、科学规划……过去一年时间里，背街小巷整治提升工作紧锣密鼓地进行着。

“我在这儿住了近40年，以前都不好意思邀请亲戚朋友来串门，因为门前的环境太差了。”梁萍说，“做梦都没想到家门口能变得这么漂亮！”

自己的事情自己办。继实施街巷长制后，龙潭街道率先推行“小巷管家”，邀请社区群众共治。梁萍主动报名当上了“管家”，每天在社区巡视，发现问题，能解决的解决，不能解决的及时上报……

“感觉天都变亮了”

“这条胡同一治理好，感觉天都变亮了。”在北京市西城区达智桥胡同生活了几十年的袁继生老人感叹。

胡同只有186米长，整治前数十家店铺、摊位林立，遮阳伞一把挨着一把，原本可容两辆车并行的胡同，行人只能排着队走，居民出门只能看到“一线天”。

如今，违建拆除，店外经营和摆摊行为被清理，房屋外立面被修缮，道路重铺，胡同变得敞亮。

胡同里，停放着几辆轿车，还不时有车鸣笛通过……北京市西城区广内街道科长、达智桥胡同街长高波说，胡同里虽只有10辆车，但停车问题已成头等大事，为此多次协调沟通。

“马上就要落实了。”高波兴奋地说，“等停车问题解决，这条胡同就基

整治后的北京西城区达智桥胡同，2018年末被评为十大“北京最美街巷”

本治理好了。”

胡同里，坐落着著名的“公车上书”纪念地杨椒山祠。院落完全腾退后，这里将恢复历史风貌……

西城区前门西河沿街长 1150 米，至今仍保留着正乙祠戏楼等老建筑。这里乱停车、户外占道经营等问题也一度非常突出，居民反应强烈。

2017 年以来，大栅栏街道加强胡同内机动车整治、禁停，协调周边企业停车场供居民停车，基本解决了机动车乱停占道问题。

胡同宽敞，没有架空线，天空干干净净，最东头的正阳门城楼清晰可见。

“这条街通通透透、规规整整，让人看了就心里舒服，这样的街道才是‘首都范儿’。”85 岁的陈福茂在这里住了 40 多年，满是自豪。

“首都风范、古都风韵、时代风貌”

北京，是一座有着 3000 多年建城史、800 多年建都史的历史名城……

拆除违建 36.2 万平方米，封堵开墙打洞 8543 处，拆除违章广告牌匾 4700 余处，增加绿化植被 9269 平方米……数字枯燥却有力：2017 年以来，首都核心区已有 1211 条背街小巷启动治理工作，其中 189 条达到无违建等“十无”标准。

“我们仰望的天空将不再是破碎的。”北京市城管委主任孙新军说，“未来的北京，将充分体现出首都风范、古都风韵、时代风貌，成为一座既有高楼大厦、车水马龙，又有绿树成荫、鸟语花香的和谐宜居国际大都市。”

海淀 1032 条、朝阳 1505 条……眼下，北京背街小巷整治提升工作，正从东西城向城六区、城市副中心延伸。

“背街小巷的治理才刚刚开始。”孙新军说。

北京前门西河沿街，远处的正阳门城楼清晰可见

“上管天下管地，中间管空气”

“上管天下管地，中间管空气，还管网格和绿地。”

2017 年 4 月起，北京市东城区龙潭街道城建科科长王秀云，多了个“头衔”——夕照寺西里南区巷长，几百米的巷子成了她天天要去走一两趟的“责任田”：拆违、开墙打洞、绿化、停车、架空线、堆物堆料等问题都要牵头解决。对自己的“责任”，她这样幽默形容。

背街小巷整治提升，是提升城市环境的基础、建设美丽城市的末端。和王秀云一样，北京核心区 2435 条背街小巷，都有了自己的街巷长。

这些“城市绣娘”是怎样的一种工作状态？心态如何？我们走近多位基层街巷长，倾听他们的心声。

“再难的问题，认真当自家的事就能想到办法”

背街小巷都不长，却往往业态复杂、人口密度高。街巷长们纷纷走访社区、入户调查，了解“家底”。

北京市东城区新开路胡同巷长姜波带着两名社工奔走于胡同街巷，亲手绘制了详细的工作地图，地图上标注着哪个违建属于哪个院落、某处的电箱该如何挪动等信息。

这是向城市治理的痼疾顽症开战，任务重、难度大。“作为街巷长必须有坚定的决心，才能逐一解决难点问题。当然仅靠一人力量是远远不够的，必须广泛发动群众、单位和商户。”天桥街道腊竹胡同（东西段）街巷长贾志新说。

街巷长本身没有执法权、行政命令权，主要是做沟通反映、协调督促、穿针引线的工作，是解决问题的“前台”。在北京背街小巷整治中，城建、综治、安全、工商、城管等相关部门都纳入进来，形成治理合力，各部门定期召开街巷理事会进行决策、协调并监督整改。

“再难的问题，认真当自家的事就能想到办法，努力就能一点点往前推动。不管我们能不能立马解决，哪怕是我们认真在听，居民都能给出积极回馈。”北京市西城区新文化街东段街巷长杜春晓说。

“以前的治理模式大多是运动式或突击式，现在实行街巷长制后，管理成为常态化。”西城区德胜街道城管科副科长、双旗杆西路街巷长杨军剑说。

“最突出也最难解决的问题，就是乱停车问题”

停车难，是背街小巷普遍面临的突出问题。“我是街巷长杨军剑，这里不可以停车，请您把车挪一下。”劝阻违停车、随手撕下新贴的小广告，这便是杨军剑一天工作的开始。

“我们联合交通部门安装了隔离护栏和交通监控摄像头，违停要扣分扣钱，疏堵结合，不给乱停车的司机可乘之机。”他说。在杨军剑和街道办的努力协调下，驻区的一家企业在其空地处开辟出了358个车位，并且收费低于周边其他停车场，大大缓解了停车难这个大问题。

德胜街道还引进了绿色啄木鸟公益组织的志愿者，从8时到17时，双旗杆西路都有3名“绿马甲”负责劝导人们不要乱停乱放车辆。这条500米长的街道分布着一所小学、一所幼儿园，每天车流密集，人群熙攘。16时左右，接孩子放学的自行车、电动车、小汽车涌入街区，这里却秩序井然。

不过，停车难依然是许多街巷长普遍反映的问题——“最突出也最难解决的问题，就是乱停车问题”“一些胡同车多路窄，又缺乏实施错峰停车的单位资源，车辆停放难以实施有效管理”……

“要像自己家客厅装修一样精心设计、精雕细琢”

治理背街小巷，难免触碰一些人的利益。

由于历史原因，龙潭街道夕照寺西里南区私搭乱建现象一度十分普遍，整治过程中，共拆除297处违建。

作为街巷长，王秀云走访了所有“违建户”，本子记了厚厚一摞。她有过独自一人被十几个彪形大汉围着宣讲政策，说得对方潸然泪下最终配合拆违的“女汉子”壮举；也有过居民煮好面条，让她吃口饭再干活的感人经历。

如今的夕照寺西里南区，在街巷长和小巷管家、居民共治下，干净、整洁、宽敞。

东城区为17个街道环境提升配备设计师，邀请规划专家量身定制环境提升设计方案；西城区加快推进阜内大街环境整治复兴计划，对鼓楼西大街开展多项街区整理提升工作……眼下，北京已经研究制定街巷设计导则，按照“先设计、后整治”的原则，推进疏解整治的同时，进一步加强街巷风貌的修复与美化提升。

“后期提升建设，要像自己家客厅装修一样精心设计、精雕细琢。”西城区樱桃三条巷长黄飞的话，是大家的共同心声。

京城老街燕子筑巢“成景”

燕子窝里，5只小燕子已经初长成，沿窝站成一排，“爸爸妈妈”不时飞去飞回，辛勤哺育……2017年春夏之交，北京市西城区达智桥胡同8号院临街门梁上燕子宝宝一家，成了一景，吸引人们纷纷前来观看。

“大家太爱小燕子了，这两天专门来拍照的，二三十拨都不止，用手机照的，就太多了，有个邻居可能拍了一二百张。”家住8号院的范连弟大妈颇有感触。

186米长的达智桥胡同，东起宣武门外大街，西至校场五条，属于保留数百年胡同肌理的宣西北历史文化风貌保护区。清朝以前，这里是一条河沟，后来河沟被填平形成了胡同。晚清时，这条胡同及其附近街巷，曾建过不少会馆，车水马龙，热闹非凡。

这里曾是广安门内街道环境最脏乱、道路最拥挤的街巷之一，两边被无照经营的小餐馆、大排档占满了。从2016年4月起到2017年6月，经过治违焕然一新：原来两三米宽的路，现在拓宽到七米，门面房也全都修葺一新。

“街道和相关部门拆除了 84 处违法建设，腾出空间 620 多平方米，架空线入了地，还仿照清末民初风格修饰了沿街建筑外立面。”胡同所在的北京广内街道上斜街社区党委书记张安林说。

“我在这儿住了 30 多年，没见过燕子筑巢。”71 岁的范连弟说，“院门是春节前修的，3 月份发现上面有点泥，燕子窝就搭上了，慢慢就发现 5 只小燕子卧在那儿。”

达智桥胡同临近宣武门，过去一直是条商业街。

“燕子搭窝，大伙都特别高兴，说明咱这是福地啊。”范连弟说，“环境好了，这就是有力证明！要知道原来胡同不能两人并排走，两边都是卖水果、烤串、麻辣烫、铁板烧的，脏乱差，还扰民！现在违建拆了，胡同宽了，也安静多了，至少大半夜没人喊叫了。”

曾经的老街发现燕子筑巢，是偶然现象还是有某种必然因素？意味着什么？

76 岁的首都师范大学教授高武长期从事生物教学和研究工作，参与观鸟活动 20 多年，编著有《北京野鸟图鉴》等图书，是北京鸟类研究知名专家。

“燕子和人一样，飞到一个地方，看周围有没有吃的，如果能养家糊口，就找一个合适的地方筑巢。如果转一圈，什么都没有，就会飞走。”老人的话形象幽默，“发现燕子窝，肯定是好现象，至少说明这个地区环境整治以后比较安静，燕子能生存。”

广安门内街道正在打造包括达智桥胡同在内的 7 条精品胡同，改善环境，恢复历史风貌。而来自北京市西城区的数据显示，伴随拆违治违、留白建绿，仅在老城区就建立了 10 多个微公园。

“主家帘幕重重垂，衔芹却向檐间飞。”高武说，过去北京老城区家燕比较普遍，但是随着人口不断增多，加上老房子改造，家燕没有筑巢条件就离开了。现在城市留白建绿，觅食条件有所恢复，燕子就会寻找能筑巢的地方。

观鸟爱好者、北京市西城区园林绿化局工作人员彭博说，什刹海、南锣鼓巷一带一直有家燕，是少有的家燕固定种群繁殖地，现在出现在宣武门附近，不敢说究竟是什么原因，但有一点可以肯定，就是如果环境变好，燕子肯定更喜欢筑巢。

“北京鸟类有400多种，近年总体数量比较稳定，但种类更多了。”北京市野生动物救护中心工作人员王伯君说。分析原因，一方面，是北京生态环境越来越好，城市绿化面积增加，公园和湿地越来越多，生态多样性增加，给鸟类提供了更多栖息地以及丰富的食物资源；另一方面，是市民保护环境、保护鸟类的意识在提高。

北京市园林绿化局的资料显示，经过几年造林，北京新增万亩以上绿色板块23处、千亩以上大片森林210处，初步构建起大面积森林为基底的城市森林生态系统。平原地区森林覆盖率提升到26.8%。

对环境的变化，高武有切身感受：“像首师大这个院子，前些年操场是人工草坪，比较单调，这几年有些野草，生物多样性增加，鸟就多了，喜鹊、乌鸦常见，漂亮的戴胜鸟也出现了，2016年和2017年都看见了。2017年还来了乌鸫鸟，叫声非常好听。”

在专家们看来，鸟是生态环境的指示性动物。

“生态环境不好，人家鸟就不来了。随着城市改造加快，不断腾出一些地方建设绿地和公园，觅食环境好了，将来鸟肯定会更多，燕子也会越来越多。最后鸟语花香、莺歌燕舞，多好啊！”高武说。

人和自然和谐相处，是当今时代人们追求的目标。

专家提醒说，重视生态环境，就要维护生态平衡，保持生物多样性。人类不要过多干预环境，像草地上就可以长点野草，不要太乱就行。

“燕子是夏候鸟，过些日子就要走了，雨燕一般 8 月初，家燕 9 月底到 10 月，就会飞到南方去了。”高武说。

在北京老城区，伴随对历史文化的高度重视，背街小巷整治、拆迁腾退力度还将进一步加大。

“这里原来住了 100 多户，只剩下少数几户没有腾退。”广安门内街道党委宣传部部长黄孔岩说，“城南当年会馆、故居很多。未来几年，这里将逐步恢复历史风貌。”

“小燕子已经长大了，说不定过几天就单飞了。希望环境更好，燕子在我们门前长期住下来。”范连弟说。

北京宣武艺园内的银杏大道，从 2018 年秋冬开始，公园不再匆忙扫落叶，而是为人们留下秋景，彰显管理的精细化

第二编

古都密码

导言

“密码”之城

这部分的关键词，是“密码”。

一条小巷的风云变幻，可以看出初心之路、复兴之路；

一所高校的昨天、今天，能折射一个民族的密码；

一条长街和沿线建筑的故事，能反映一个国家兴衰荣辱的奥秘；

一所中医院，能看到一个民族的自信之源、发展之基……

北京，这座拥有3000多年建城史、800多年建都史、70年新中国首都史的特大城市、历史文化名城，不就是一座“密码之城”吗？

古人云：“知往鉴今，以史资政。”

北京城里，太多类似的“密码”，有待翻译、破解……

第五章

北京，一条街巷储存的民族“复兴密码”

引言

3公里的初心之路

这是位于北京老城深处两条再普通不过、东西互连的胡同——新文化街和绒线胡同，却因为历史而变得极不寻常，因为这里蕴藏着真正的“复兴密码”。

新文化街靠西位置的北侧，坐落着中国共产党主要创始人李大钊的故居，他在那里开展革命工作，生活了近4年。而东头，一直穿过人民大会堂，就到了国家博物馆，国博“复兴之路”展览上的0001号文物就是导致李大钊牺牲的绞刑架。

岁月悠悠，时空交错。

在这条东西向的街道上，历史和现实交织在一起：2017年，是李大钊这位中国共产党主要创始人牺牲90周年；2017年，是中国共产党召开第十九次全国代表大会之年，中国特色社会主义事业开启新征程之年。

自李大钊率先引来马克思主义，与先驱们一道创建中国共产党以来，先进理论武装下的中国共产党，领导人民经过96个春秋的接力奋斗，久经磨难的中华民族终于实现了从站起来、富起来到强起来的历史性飞跃。

新文化街和绒线胡同，从李大钊故居到国家博物馆，虽只有短短3

公里，却堪称中华民族走上复兴之路的缩影。

党的十九大召开前夕，我们重走当年李大钊每天的必经之路，重走新文化街，重走绒线胡同，寻找中华民族伟大复兴的“密码”，启迪我们不忘初心、继续前进，启迪我们坚定道路自信、理论自信、制度自信、文化自信。

我们不会想到，这篇文章会产生这样的影响：受报道启发，2018年4月底，北京市西城区正式以李大钊故居等现存的革命遗址遗迹为主导，以西城区行政区划图为背景，选取部分重要的名人故居、文化场馆、地标建筑、王府、会馆等共52个景点，绘制成一条从3000多年前的“蓟城纪念柱”到800多年前的“建都纪念阙”的“红色足迹 文化之旅”游戏棋，游戏棋由游戏地图、答题卡、棋子等组成，可供2~4人使用，以游戏、答题、竞赛的方式追寻红色足迹、重温红色记忆，已经免费给中小学、社区和一些红色旅游景区下发1000多副。

如果说北京有“秘密”，这就是一条秘密。在2017年年底进行的“全党来一个大学习”调研中，我和同事奔赴延安，当和延安干部学院常务副院长聊起“初心”时，我告诉他这个“发现”——北京，是中国共产党人的孕育之地，共产党人的初心之地不仅在上海一大会址、浙江南湖、井冈山、延安，也在北京，在距离长安街咫尺之遥的李大钊故居、离故宫极近的北大红楼，他深表赞同……

“斜阳草树，寻常巷陌，人道寄奴曾住。”

新文化街、绒线胡同，这条总长约3公里的街巷，较之北边紧邻的长安街，只能算得上是“寻常巷陌”。但即便在每一条街巷都有故事的北京城，这条东西连通的街巷，串起的历史风云，仍然是那么不寻常。

秋日的阳光，洒落在新文化街西端附近一座四合院里，温暖而恬静。北京市西城区文华胡同 24 号，这座古朴、寻常的院落，90 多年前，却是一个远比史上“寄奴”刘裕要不寻常很多倍的人，生活了近 4 年的居所。

“以青春之我，创建青春之家庭，青春之国家，青春之民族。”这个不寻常的人就是李大钊，中国共产党主要创始人之一。

李大钊故居

当年叫“石驸马后宅 35 号”的这座院落，是李大钊在北京居住时间最长的地方。正是这一时期，他领导创立了马克思主义学说研究会，发起成立了北京共产主义小组。据党史专家考证，中国共产党筹建时期的许多重大活动，建党初期中共北方区委的一些重要会议，就是在这座院落进行的。在这里，李大钊多次会见共产国际代表，接待进步青年传播共产主义火种，写下许多“求达真理”的文字。

90 多年前，曾居住在新文化街西端的李大钊，为共产主义和信仰慷慨赴死。在他身后，相比辛弃疾笔下的“金戈铁马”，真正“气吞万里如虎”的共产主义与信仰，让一个古老民族走上了伟大的复兴之路。

90 余年后，临近绒线胡同东端的人民大会堂，李大钊参与创建的中国共产党，第十九次全国代表大会在这里拉开序幕，“两个一百年”的灿烂图景，正一步步向我们走来。

再往东，穿过天安门广场，就是中国国家博物馆。馆内“复兴之路”展览上，编号 0001 的文物，就是 90 多年前李大钊就义的绞刑架……

正如习近平总书记指出的，在李大钊同志等革命先烈为之献身的道路上，中国共产党领导中国人民勇往直前，艰苦奋斗，创造了亘古未有的历史伟业。从李大钊故居到国家博物馆，这短短 3 公里路，分明储藏着中华民族伟大复兴的“密码”，分明是中华民族如何走上复兴之路的缩影。

习近平总书记强调：“一个民族、一个国家，必须知道自己是谁，是从哪里来的，要到哪里去，想明白了、想对了，就要坚定不移朝着目标前进。”党的十九大召开前夕，我们重访李大钊曾无数次走过的这条路，放慢脚步，穿越时空，试图从这古国古都的古街巷，寻找今天这个“青春之国家，青春之民族”道路自信、理论自信、制度自信、文化自信的力量之源。

求索之路

肇始于李大钊，不懈探索中，中国共产党人走出了一条马克思主义与中国实践相结合的光明之路。

在这条光明之路上，以习近平同志为核心的党中央，高举中国特色社会主义伟大旗帜，创造性地形成了治国理政新理念新思想新战略……

金秋瓦蓝的天空下，文华胡同的孩子们在嬉笑游乐，老人们晒着太阳……一切如此静好。

这胡同，曾是李大钊每天的必经之路。

他走的路，是寻找救国救民真谛的求索之路，是“虽千万人吾往矣”的革命之路，是引领中华民族站起来、富起来、强起来的复兴之路。

这条路，始于文华胡同 24 号。从 1920 年春至 1924 年 1 月，李大钊一家在这里居住将近 4 年，这是他在故乡之外与家人生活时间最长的一处居所，是他与妻儿生活在一起最快乐、最开心的地方。这个小院，更是这位共产党人先驱的求索之地，在中国共产党历史上有着不可替代的特殊价值。

在这里，李大钊“铁肩担道义，妙手著文章”，作为“播火者”，率先在中国介绍、宣传和研究马克思主义。“在小院住的期间，是李大钊文章的高产期，基本上每九天就写出一篇文章。”2008 年就在这里工作的李大钊纪念馆办公室副主任刘洋说。

对信仰和真理矢志不移的李大钊，以开拓者的无畏姿态，旗帜鲜明地指出马克思主义是“拯救中国的导星”。为传播和实践马克思主义，李大钊“勇往奋进以赴之”“瘅精瘁力以成之”“断头流血以从之”。

“大钊先辈牺牲时，我父亲才 4 岁，其实没什么印象。有一年中央新闻纪录电影制片厂找我拍李大钊纪录片，我才认真研究大钊先辈的事迹……”走在新文化街上，李大钊的孙子、66 岁的李建生感慨万千。

“为什么叫‘先辈’，不叫爷爷？”笔者忍不住问。

“因为李大钊不只属于家庭，他属于所有中国人。”

在李建生眼里，爷爷“生活从不追求物质”“坚持步行上班”“爱吃烙饼卷大葱”“爱下军棋、弹风琴、唱歌”，这样的李大钊，是亲人。

但是爷爷又“很不普通”，爷爷是把自己在天津法政学堂的宿舍命名

李大钊故居西厢房也是书房的一角。在这里，李大钊接待过文化名人、朋友、青年学生；在这里，李大钊写出的文章，涉及历史学、法学、政治学、教育学等多方面，在诸多领域做出了开创性建树。中共北方党组织的一些重要会议曾在书房内召开

为“筑声剑影楼”，将自己的名字“守常”改为更显犀利的“大钊”的人，也是心怀家国、东渡日本求真，最终将马克思主义和中国实践相结合的第一人。

这样的李大钊，注定了不只是李建生的祖父，更是“属于所有中国人”。

“钊自束发受书，即矢志努力于民族解放之事业，实践其所信，励行其所知，为功为罪，所不暇计。今既被逮，惟有直言。”李建生熟练地背诵李大钊《狱中自述》中的一段。

“他走的这条路，是一条充满艰险的路，他知道这条路难走，他一直都知道。”他说。

明知艰险仍向前，是因为对祖国和人民爱得真切。中国共产党创党时期的先驱，无论是李大钊、陈独秀，还是毛泽东，都有着强烈的爱国情怀。正如毛泽东同志所指出的，中国共产党人是“伟大中华民族的一部分而与这个民族血肉相连”。

“丧失国权之巨，国将由此不国。”青年时代，目睹如在“覆屋之下，漏舟之中，薪火之上”的国家，目睹“积弱积贫，九原板荡，百载陆沉”的民族，目睹“为奴隶，为牛马，为羊犬”的人民，李大钊决心为挽救“神州陆沉”“再造中华”而奋斗。他东渡日本接触到社会主义和马克思主义后，就把自己的学识与拯救国家和民族的命运紧紧联系在一起，1916 年回国后，积极投身新文化运动。

“这条街，就是为了纪念新文化运动命名的。”北京实验二小就在李大钊故居隔壁，副校长孙津涛说。新文化街，原来被称作“石驸马大街”。

当年，李大钊积极投身新文化运动，宣传“德先生赛先生”，抨击旧礼教、旧道德。他和同时代的战友们，以青春无畏的决心和激情，激发了一个民族不甘沉沦的勇气和蓬勃向上的朝气。人们常说，十月革命一声炮响，给中国送来了马克思主义。其实，马克思主义不是自动“送”来的，而是李大钊等先驱引进来的，因为，他从马克思主义真理中，看到了中华民族争独立和中国人民得解放的希望，看到了民族复兴的光明道路。1921年，中国共产党宣告成立，从此，中国革命的面貌焕然一新；从此，中华民族复兴有了领路的先锋。对中国共产党的创建，李大钊做出了至关重要的贡献。

事实上，在李大钊之前，中华民族很多仁人志士也曾探寻救国之路。

李大钊故居东南约两公里，是著名的“公车上书”发生地杨椒山祠。如今，闹市中的这处院落正在加快腾退住户，作为文物将得到保护。

“练兵强天下之势”“变法成天下之治”……1895年，就在时称“松筠庵”的这个院落，以康有为、谭嗣同为首的1000多名举人相聚在此，上书反对清政府签订丧权辱国的《马关条约》。

从新文化街穿过闹市口，西行约500米，是光绪皇帝的出生地，如今的西城区金融街青少年活动中心。年轻的光绪，有变革之心，却抗不过以慈禧为代表的顽固势力，百日维新昙花一现。

从杨椒山祠南行1公里，是曾经的古刑场菜市口。怀抱一腔报国热血的谭嗣同、林旭、杨锐、刘光第、杨深秀、康广仁“戊戌六君子”，在这里喋血。

戊戌变法失败也昭示：改良之路走不通！

从菜市口再往东，是著名的湖广会馆，中国革命的先行者孙中山曾先后5次来到这里。然而，辛亥革命虽然推翻了帝制，却没有完成复兴中华的梦想，正如中山先生留下的遗言：革命尚未成功，同志仍须努力！

继承中山先生遗志的，是用马克思主义武装起来的中国共产党人。

曾经在新文化街求索的探路者李大钊告诉国人：“社会主义的社会，无论人愿要他不愿要他，他是命运的必然的出现，这是历史的命令。”他宣告：“试看将来的环球，必是赤旗的世界！”

在探索社会主义的道路上，李大钊说：“因各地、各时之情形不同，务求其适合者行之，遂发生共性与特性相结合的一种新制度……故中国将来发生之时，必与英、德、俄……有异。”

在这条光明之路上，马克思主义中国化的第一大理论成果——毛泽东思想，指引中国人民站起来。

在这条光明之路上，马克思主义中国化的第二大理论成果——以邓小平理论为开启的中国特色社会主义理论，指引中国人民富起来。

不懈探索的动力，是坚定的理想信念。习近平总书记多次强调，对马克思主义的信仰，对社会主义和共产主义的信念，是共产党人的政治灵魂，理想信念就是共产党人精神之钙。“理想信念动摇是最危险的动摇，理想信念滑坡是最危险的滑坡。”

走在新文化街上，我们仿佛看到身穿褪色棉袍、“铁肩担道义，妙手著文章”的李大钊，炯炯有神的双眼，仍在凝望远方，穿透时空。在他深情的注视中，“行动的马克思主义者”中国共产党人奋发拼搏，引领中华民族坚定地阔步走在复兴之路上。李大钊所憧憬的“青春中华”，已屹立于世界东方。

抗争之路

新文化街上的古老屋宇和校园里孩子们的琅琅书声，时刻提醒我们铭记先烈的牺牲奉献，珍惜来之不易的幸福；启示我们传承红色基因、不懈奋进拼搏，沿着以李大钊为代表的无数先烈流血牺牲铺就的民族复兴之路，接力奋斗。

“自由之花，是经过革命的血染才能发生。”

李大钊生前曾撰短文《牺牲》：“人生的目的，在发展自己的生命，可是也有为发展生命必须牺牲生命的时候。因为平凡的发展，有时不如壮烈的牺牲足以延长生命的音响和光华。绝美的风景，多在奇险的山川。绝壮的音乐，多是悲凉的韵调。高尚的生活，常在壮烈的牺牲中。”

1927 年 4 月，在反动军阀的白色恐怖中，李大钊在北京英勇就义，牺牲时年仅 38 岁。他临刑前留下的一张照片，至今让共产党人为之震撼：虽然挂着又黑又粗的铁链，宽阔的额头是那么干净，浓黑的双眉是那么神态若定，标准的国字脸是那么平和……

因为，毕生“求达真理”的李大钊，为中华民族引来“世界改造原动的学说”——马克思主义；因为，他在生命最后一刻，都坚信“共产主义在中国必然得到光辉的胜利”。

今天，国家博物馆“复兴之路”展览上，编号 0001 的那副绞刑架，无声地向世人诉说，中国共产党人为中华民族的复兴，付出过多大的牺牲！

李大钊牺牲后，更多的中华民族优秀儿女接过接力棒，走上了这条从文华胡同 24 号“出发”的路……

根据民政部的统计，为了建立新中国，全国有 2100 多万革命者捐躯，其中，有无数的共产党人。

沿着新文化街向东，是实验二小东西两个校区，东校区古色古香，历史上是一座王府。

“这是清朝八大‘铁帽子王’王府之一，也是出王爷最多的王府，13 代 17 个王，可是最后一代落魄了，竟饿死街头，把王府卖给做过总理的熊希龄，成了熊公馆。后来熊希龄做慈善，把资产都捐出来投身教育，建立了昭慧小学、昭慧幼儿园，现在成了实验二小一部分。”伫立大门口，孙津涛介绍。

雕梁画栋，红砖绿瓦……正好是课间，院子里，一、二年级的小朋友正在尽情玩耍、游戏，朝气蓬勃。

李大钊，以及所有为民族解放、人民翻身而牺牲的共产党人，如果九

北京实验二小

泉之下看到今天孩子们的欢笑，一定也会欣慰地笑起来。

再往东，是鲁迅中学所在地，也是原北平女子师范大学（1908 年成立时名为“京师女子师范学堂”）旧址，李大钊、鲁迅、许广平和中国共产党第一位女党员缪伯英都曾在这里任教、学习。

从 1901 年的笃志学堂到如今的鲁迅中学，这里的一草一木见证了一个多世纪的风风雨雨、一个民族的奋斗和抗争。

“我们经常在课上给学生们讲三一八惨案，讲刘和珍君，讲鲁迅和李大钊。”鲁迅中学原校长郗明说。

校园内，一块“三一八遇难烈士纪念碑”上铭刻着刘和珍、杨德群的名字。两位 20 岁出头的青年“为了中国而死”，悲愤至极的鲁迅先生写下《记念刘和珍君》一文，一句“不在沉默中爆发，就在沉默中灭亡”，是一个古老民族在陷入沉沦和屈辱多年后发自肺腑的最强呐喊。

青砖雕花，回廊相连。藤蔓爬满了古老的教学楼。

“身穿棉长袍，浓浓的八字胡，在讲台上举起右手，向着学生大声疾呼着——这是李大钊曾经在这里任教时，学生对他的印象。”老校长郗明 1969 年入党，退休后有时间进一步搜集、学习李大钊先生的事迹，也多次应邀给社区、学校讲李大钊先生的故事。

1920 年 10 月，北京的共产党早期组织成立，李大钊为书记。当时，在李大钊领导下，不少进步青年和共产党早期组织的成员都把他的家当成学习和讨论的活动场所。

毛泽东、周恩来、邓中夏、高君宇、张太雷、王尽美、赵世炎、蔡和森、瞿秋白……作为中国最早的马克思主义者，李大钊，这位“播火者”，影响了整整一代青年。“他是我真正的好老师，没有他的指点和教导，我今

北京市鲁迅中学所在地，原北平女子师范大学旧址

鲁迅中学校园内的鲁迅先生雕像

天还不知在哪里呢！”毛泽东同志 1949 年回忆。

1918 年 10 月，在杨昌济的介绍下，毛泽东来到北京大学图书馆，第一次见到了李大钊。李大钊感觉这位高个子青年言谈、见识不平凡，当即同意安排他担任北京大学图书馆助理员，月薪 8 块大洋。

此时的毛泽东，正意气风发，希望能够接触到当时最先进的思想。但是很多学者都“没有时间听一个图书馆助理员说南方话”，而已是学界权威且名满天下的李大钊对这位只有中等师范学历的属员的登门请教，不仅有问必答，还经常推荐新书。

此时的李大钊，恰思想迸发，发表了《庶民的胜利》和《新纪元》等脍炙人口的文章，介绍十月革命和马克思主义。

在鲁迅中学，历史仍然留存在师生的记忆中，在课堂上讲授着……

国难当头，抗争，不分男女老幼……“我们学校的缪伯英，就是在李大钊影响下加入中国共产党的第一位女党员。”郗明说。

学校墙上的校史介绍里，至今留着缪伯英的照片。

1920 年，缪伯英第一次见到“冬一絮衣，夏一布衫”的“守常先生”李大钊，后加入李大钊组织的“北京大学马克思学说研究会”，21 岁时成长为中国共产党第一位女党员。

京汉铁路工人大罢工中，缪伯英与罗章龙、高尚德、何孟雄等一起，秘密编辑《京汉工人流血记》，回到湖南后，她又与李维汉一起，组织了规模盛大的“湖南省民追悼孙中山先生大会”，宣传先进思想……

全民族的抗争，不分党派、民族。

以李大钊故居到国家博物馆这条线为横轴，在与其交会的多条纵轴上，也有不少著名历史人物、历史事件的印记……

兄弟阋于墙，外御其侮。

和新文化街交会的佟麟阁路，经过封堵“拆墙打洞”，美化墙的外立面，建立立体车库，路中间加设隔栏等整治提升措施后秩序井然，路边已经见不到往昔乱停乱放的车辆……

这条路，以前叫南河沿大街。1945 年，在冯玉祥提议下，北平市政府将大街改名为佟麟阁路，纪念抗日英雄佟麟阁。

1937 年 7 月 28 日，日军向北平发动总攻，时任第 29 军副军长的佟麟阁与 132 师师长赵登禹指挥 29 军死守南苑。佟麟阁在腿部受伤的情况下执意抗战、带伤上阵，终因多处受伤、流血过多壮烈牺牲，年仅 45 岁。

一尊铜制的被炸坏了的怀表雕塑，将历史定格在佟麟阁将军壮烈殉国的那一悲壮时刻……佟麟阁是中国在抗日战争中殉国的第一位高级将领。2015 年 7 月，纪念雕塑在佟麟阁路上落成，雕塑高 1.937 米，链子为 77 个铜环组成，寓意为：1937 年 7 月 7 日，牢记历史，勿忘国耻。

这条路，以抗日英雄佟麟阁之名命名，折射了一个民族在危机来临时的共同抗争。

14 年抗战，中国共产党团结全国各族人民，将曾被视为“一盘散沙”的中国力量凝聚起来，发挥了中流砥柱的作用，最终夺取了全民族抗战的胜利。“过去的路不好走，充满了坎坷和艰难，充满了抗争。这条路，应该踏踏实实地走下去。”老校长郗明说。

习近平总书记饱含深情地指出：“对一切为国家、为民族、为和平付出宝贵生命的人们，不管时代怎样变化，我们都要永远铭记他们的牺牲和奉献。”

改革之路

这条3公里的路上，似乎两位伟人有一场穿越时空的“对话”，主题是：什么是社会主义？怎样建设社会主义？

从鲁迅中学继续向东，穿过宣武门内大街，很容易就能找到西绒线胡同51号。

这个由四进四合院加一座后花园构成的幽静院落，原是清代贝子府邸，民国时期成为一名银行家的寓所，1959年在此建成四川饭店。“文革”结束后，邓小平同志曾到四川饭店用餐。在饭店老职工中，流传着一个“传奇故事”：厅内墙上挂着一幅两只猫的挂毯，小平同志曾在这里说过那句响彻亿万人耳畔的名言：“不管黑猫白猫，捉到老鼠就是好猫。”

2018年，是中国改革开放40周年。40年前，正是这位改革开放的总设计师，引领“中国号”巨轮驶上了富强、兴盛的航程……

从李大钊故居“出发”，中国共产党不断发展壮大。

1920年，16岁的邓小平赴法留学，并在1923年夏天参加旅欧共青团支部工作，开始了职业革命家生涯。

1926年，邓小平从巴黎辗转来到莫斯科，先后进入斯大林共产主义大学和莫斯科中山大学学习。

“在莫斯科学习的邓小平，是如何在1927年3月由李大钊领导的中共北方区委调遣，到达国民革命中心之一的西安，这段历史其实很有挖掘价值。不幸的是，一个月后，李大钊被反动军阀逮捕入狱。”大钊先生孙子李建生的话，勾勒出邓小平和李大钊两位伟人之间的某种联系。

不管怎样，在中国共产党人的事业上，这种联系是坚固的。在北京香山万安公墓李大钊烈士纪念碑上，“共产主义运动的先驱 伟大的马克思主义者 李大钊烈士永垂不朽”的金色大字，题词人正是邓小平。

“社会主义的本质，是解放生产力，发展生产力，消灭剥削，消除两极分化，最终达到共同富裕。”

回望历史，邓小平的这个著名论断，和 90 多年前李大钊的话如出一辙：“照这样看来，社会主义是要富的，不是要穷的，是整理生产的，不是破坏生产的。”李大钊还强调，社会主义会“因时、因所、因事的性质”发生“适应环境的变化”，是要在运用中加以发展的，“社会主义的实现，离开人民本身，是万万作不到的”。

——这条 3 公里的路上，至今还能捕捉到改革开放改变这个国家的诸多历史细节。

1984 年，西绒线胡同 145 号，北京市第一家西餐快餐馆——义利快餐厅开业。红色的霓虹灯，中英文标识的快餐字样，涵盖热狗、汉堡、炸鸡、牛排和咖啡的洋气餐单，显示出北京这座古老的城市迎接改革开放的朝气。时任北京市领导参观了这家快餐店后，甚至发出了“北京的吃饭难问题，要从大力发展快餐来解决”的号召。

和李大钊故居近在咫尺的永宁胡同甲 14 号，至今还有一个不起眼的小旅馆，叫永宁旅馆。国企改革的宏大主题，能在这个胡同小旅馆里找到温情和励志的注解。

20 多年前，这里由北京汽车制动器厂一处办公楼改造而来。到了 2002 年，这家国企因经营不善濒临倒闭，院子里垃圾堆成山。2002 年年底，包括 8 名党员在内，16 位下岗职工抱团再就业，接手了这家旅馆。他们凑了

6 万块钱，对小旅馆重新装修。在西城区职业介绍服务中心党工委领导下，还成立了永宁旅馆党支部。

43 岁的王为民，是 16 位创始人之一。他回忆说，当时大家干劲十足，党员们处处抢脏活累活，硬是把脏乱差的小旅馆给“救”活了。

——这条 3 公里的路上，文化体制、教育体制等改革脉动，节奏强劲有力。

东绒线胡同北侧，坐落着 1986 年建成的北京音乐厅。作为我国第一座现代化的音乐厅，它一度盛况空前，但随着流行音乐的挑战，加上管理滞后，开始萧条不堪：演出还没有结束，服务员就不知去向；地上的口香糖，一粘就是好几年。

1993 年，北京音乐厅迈出了改革的步子，成为自主经营、自负盈亏的市场竞争主体。制定严格的演出管理制度，开通中国第一个电脑售票系统……一系列改革赢得了观众，赢得了市场，成为文化体制改革的成功范例。

名校集团化，取消“共建”校，中考采取“名额分配”机制……过去 5 年里，教育资源极为丰富、配置不均衡问题也比较突出的首都北京“动真格”，大力推动基础教育综合改革，加大优质资源整合力度。

这条 3 公里的路上，就能看到北京教改的缩影：作为名校的实验二小已成了教育集团，收编了浸水河小学这样的“弱”校，让更多的孩子享受到更优质的教育资源；鲁迅中学启动了“1+3”培养模式改革，一直在学校就读的部分初二学生可以不参加中考，直接进入名校，完成初三及高中共四年的学习……

“惟知跃进，惟知雄飞”，是李大钊给中国青年写下的励志名言。今天中国青年的“跃进”与“雄飞”，也有赖于通过改革，落实习近平总书记关于“学有所教”的指示。

“我们的人民热爱生活，期盼有更好的教育、更稳定的工作、更满意的收入、更可靠的社会保障、更高水平的医疗卫生服务、更舒适的居住条件、更优美的环境，期盼着孩子们能成长得更好、工作得更好、生活得更好。人民对美好生活的向往，就是我们的奋斗目标。”2012年11月，习近平总书记面对中外记者说的这段话温暖了亿万人心。

人民过上美好生活，共享发展成果，需要改革攻坚。

问题是时代的声音，改革开放永远在路上。党的十八大以来，以习近平同志为核心的党中央部署推进全面深化改革，聚焦经济社会发展的堵点、痛点、难点精准发力，通过了一大批重要改革文件，推出了1500多项改革举措——主要领域四梁八柱性质的改革主体框架基本确立，一些重要领域和关键环节改革取得重大进展，改革呈现全面发力、多点突破、纵深推进的崭新局面，谱写了全面深化改革新篇章。

改革的落脚点，是人民群众的获得感。

一位女教师和学生额相抵，心相连……这条3公里的路上，实验二小校园内一座雕像令人印象深刻，雕像底座上镌刻着一个金色的大字“爱”。面向新世纪，这所倡导“以爱育爱”理念的小学，站在了教育改革实践第一线：全方位实施素质教育，致力于培养具有“大气、博爱、智慧、致行”鲜明特质的学生。

具有这些特质的学生，是一个家庭，又何尝不是一个国家最大的“获得”？

而90多年前，李大钊牺牲前希望“获得”的，不是自己，而是“爱国青年”——他在《狱中自述》中表示：“实当负其全责”“惟望当局对于此等爱国青年宽大处理，不事株连，则钊感且不尽矣！”

这是何等的胸怀和精神！

这是李大钊“爱的哲学”——“爱自己的家，爱自己的国，爱世界的人类，都是这一个‘爱’。爱力愈大，所爱愈博”。这是李大钊“爱的哲学”，他是这样说，更是这样做的。

2009 年，李大钊 120 周年诞辰之际，习近平同志这样呼吁：“他身上体现出的时刻牵挂国家兴亡、时刻不忘人民疾苦并为之奋斗的精神和风范，永远值得我们敬仰和提倡。”

曾是清代铁帽子王王府的北京实验二小校园内“以爱育爱”雕像

复兴之路

习近平总书记要求我们“不忘初心、继续前进”。为了实现中华民族的伟大复兴，中国共产党人始终“在路上”，执着追求、坚定前行，脚步从未停息。

沿着新文化街，走过东绒线胡同，视线豁然开朗，总建筑面积约16.5万平方米的国家大剧院映入眼帘。从1958年毛泽东、周恩来等动议建设国家大剧院，到2007年正式建成，经历了49年之久。

2011年，中国共产党成立90周年，一场名为《寻找李大钊》的话剧在国家大剧院上演。

中国戏剧家协会分党组书记季国平说，寻找李大钊，实际上是寻找李大钊的信仰。为什么要寻找？因为信仰是当下我们最需要的。

这样一个细节，令人感慨不已——文华胡同24号，李大钊当年月收入的一半，就能买下这样一所院子，但他在京生活了8年，却从未买下一座宅邸。

“李大钊任北大图书馆馆长时工资超过100块大洋，加上他在别的学校兼职教课，每月收入在当时可以说是非常高了。”李大钊纪念馆办公室副主任刘洋告诉笔者，当时一块大洋，可买20多斤面粉。

很多参观李大钊故居的人会留下一个疑问，一个月工资能买得起一个甚至几个这样院子的人，8年后为什么只留下一块大洋的财产，钱都去哪儿了？

当时的北大教授，是不折不扣的高收入群体。和李大钊同为当时名师

国家大剧院

的胡适，平时上班就开着自己购置的小汽车代步，当时北平城内拥有私家车的极为少见。

而与胡适收入大体处在一个档次的李大钊，因为收入的大多数经常接济学生、支援革命，甚至还会揭不开锅。时任北大校长蔡元培听说了，特意叮嘱会计每月从李大钊的工资中扣一部分，直接送到家里。

“李大钊每月从自己的 120 元工资中拿出 80 元作为（共产党）小组的活动经费。”红旗出版社出版的《李大钊传》中如此记录。

胡适与李大钊有过“问题与主义”之争，但两人互相尊重，李大钊死后家无余财，胡适还发动捐款给李大钊办丧事。两人的不同选择，是两种不同的道路。

“我们党已经走过了 95 年的历程，但我们要永远保持建党时中国共产党人的奋斗精神，永远保持对人民的赤子之心。”2016 年 7 月 1 日，在庆祝中国共产党成立95周年大会上的讲话中，习近平总书记勉励全党同志“一定要不忘初心、继续前进”。

“大钊先辈代表的，就是共产党人的一种初心。”李建生说。

这3公里路的东头，是国家博物馆。

2012年11月29日，党的十八大新当选的中央政治局常委集体来到国家博物馆。在李大钊狱中亲笔自述前，习近平总书记等停下脚步，认真观看。

这是一场“时空对话”。

李大钊在《狱中自述》中说：“对外联合以平等待我之民族及被压迫之弱小民族，并列强本国内之多数民族；对内唤起国内之多数民众，共同团结于一个挽救全民族之政治纲领之下，以抵制列强之压迫，而达到建立一恢复民族自主、保护民众利益、发达国家产业之国家之目的。”

恢复民族自主、保护民众利益、发达国家产业——

这样的“国家”，历经一代代中国共产党人的奋斗和全国人民的努力，已经变成现实：中国已经连续多年成为世界第二大经济体、世界最大贸易国，成为世界经济增长的引擎……

从李大钊故居到国家博物馆，这究竟是一条怎样的路？走过这3公里，人们不难发现，这就是一条中华民族的复兴之路！

“C（Communism，共产主义）派的朋友若能成立一个强固精密的组织，并注意促进其分子之团体的训练，那么中国彻底的大改革，或者有所依托！”1921年3月，李大钊用笔名在《曙光》月刊刊文，公开发出呼吁。

近百年前，求索救国救民之路，李大钊说，“黄金时代，不在我们背后，乃在我们面前；不在过去，乃在将来”。

近百年后，习近平同志强调：坚持和发展中国特色社会主义是一篇大文章，我们这一代共产党人的任务，就是继续把这篇大文章写下去。

李大钊曾这样激励青年："青年之字典，无'困难'之字；青年之口头，无'障碍'之语。"实现"两个一百年"伟大目标，实现中华民族伟大复兴的梦想，奋斗，唯有奋斗。

这条路，虽然指向康庄大道，但也不会是一帆风顺。正如李大钊所说的，"有时走到艰难险阻的境界，这是全靠雄健的精神才能够冲过去的"。不忘初心，继续前进，就必须克服一切犹豫、观望、懈怠，以昂扬奋发的精气神，冲过一切艰难险阻，面向未来，永不止步。

"从几十个人走到今天，就是因为革命理想高于天，因为不忘初心，历经了很多坎坷和艰难，踏踏实实走过来的。今天，我们要实现全面建成小康社会的目标，同样需要付出辛苦的、扎实的努力。"郗明老校长话语朴实。

很少有人能想到，先生故居里，珍藏着一个"活"着的李大钊：一段极其珍贵的视频里，是正在莫斯科发表演讲的李大钊，虽然无声，却生动感人……

百年求索，百年奋斗。在李大钊就义的近百年后，他预言的"黄金时代"，正越来越近。

目睹今日之中国，大钊，应该笑慰……

第六章

一所60多岁的中医院蕴藏着怎样的“民族自信”

引言

广济苍生之“门”，也是文化自信之“门”

由于父母身体的缘故，广安门医院我平常去的次数挺多。

没有想到，一个机缘巧合，2017年年末，我竟然在这家离单位步行只有15分钟的医院前后跑了一个月，也就是蹲点一个月进行采访，结合广安门医院60年历史，探究中医药的过去、现在和未来……

在对广安门医院的历史和现实情况进行初步论证后，我给自己和团队出了一道难题：从这所60多岁的中医院挖掘素材，让人们看了以后自然而然产生一种“中医药自信”，产生“民族自信”。

这，无疑是一道难题。

——自信，关键看疗效。中医药真管用吗？

——全国那么多中医院，凭什么说广安门医院“鹤立鸡群”、最有代表性？

——它究竟还有怎样的“秘密”，竟然能让人们看出“民族自信”？

我们和两位国医大师、一位从医50多年的名医，以及医院院长、主要科室负责人都谈了一个遍，反复询问、追问……

访谈的过程，也是学习和认识不断深化的过程。

从传承发展中，坚定“文化自信”：一代代“广安人”传承和发扬中医药文化，广安门医院在治疗传染病、心血管病、肿瘤、糖尿病和针灸等方面独树一帜。

从科研创新中收获自信，从走出去里增强自信……一个个真实的故事和案例，被记录下来……

没有想到，文章发表后引起强烈反响，尤其在中医药界。安徽中医药大学原校长王健说：“绝对好文章！从一所中医院的中医特色、发展成就、国际影响，满满正能量地诠释着充满中华民族智慧、情感和文化基因的中医，深深唤起很多共鸣!! 有大视野大格局，方有大手笔，方有大道理。”国家中医药管理局副司长杨荣臣说：“这篇专稿值得我们行业内的人认真思考！”

距天安门不到6公里，广安门桥畔——两个多世纪前，这里曾矗立着一座高大的城门楼：广安门。广安门明代又称“广宁门”，取“广为安宁”之意。

如今，在这片底蕴深厚、曾诞生中国中医科学院的土地上，广安门医院继承和发扬中医药宝藏，继续守护着人民群众的健康与安宁，彰显着中国传统文化的“民族自信”。

“中医药学是中国古代科学的瑰宝，也是打开中华文明宝库的钥匙。当前，中医药振兴发展迎来天时、地利、人和的大好时机，希望广大中医药工作者增强民族自信，勇攀医学高峰，深入发掘中医药宝库中的精华，充分发挥中医药的独特优势，推进中医药现代化，推动中医药走向世界，切实把中医药这一祖先留给我们的宝贵财富继承好、发展好、利用好，在建设健康中国、实现中国梦的伟大征程中谱写新的篇章。”2015 年 12 月，习近平总书记在致中国中医科学院成立 60 周年贺信中这样说。

习近平总书记致信两周年之际，我们走进广安门医院这所中医院，走近国医大师、中医名家、医院院长、科室负责人，一探蕴藏在这所医院里的奥秘。

传承发展中坚定“文化自信”

2017 年 12 月 2 日，国医大师薛伯寿第二届学术思想研讨会在京举行。一整天，来自各地的近 400 名专家学者代表济济一堂，交流、分享、互动。

面对众多弟子、友人和同事，81 岁的国医大师薛伯寿特地穿上红色唐装，走上讲台，讲起继承恩师蒲辅周学术与医术的经验、启示、感悟。

连国医大师都要继承他的经验，蒲辅周是何许人也？

翻开一部厚厚的《广安门医院院史》，多幅照片上，一位面容清瘦、须发飘飘的老者或在会诊，或在临床带教——这就是 1888 年出生、1955 年从四川奉调进京的一代名医蒲辅周。

60 多年前，1955 年 12 月 19 日，“卫生部中医研究院”在广安门内北线阁成立，周恩来总理题词“发扬祖国医药遗产，为社会主义建设服务”。中央从各地选调名老中医来京，在广安门组建了内科研究所、外科研究所，以及内科、外科、骨科、儿科等临床科室。以蒲辅周、冉雪峰、杜自明、叶心清、刘志明等为代表的 20 多位知名专家云集广安门。

60 多年来，一代代“广安人”传承和发扬中医药文化，广安门医院在治疗传染病、心血管病、肿瘤、糖尿病和针灸等方面独树一帜。

1956 年，北京地区暴发流行性乙型脑炎，北京儿童医院、传染病医院住满了患者，病魔来势汹汹，一开始死亡率非常高。

“之前石家庄乙脑流行时用的白虎汤在北京不仅无效，病人病情反而加重。”薛伯寿说，“后来卫生部点将，蒲老任专家组组长，老师研究后提出，用温病治疗原则治疗乙脑，要具体问题具体分析，石家庄的乙脑是‘暑温’，而当年北京正值立秋前后，雨水较多、天气湿热，患者证属‘湿温’，于是采用三仁汤通阳利湿，芳香化浊，再加上杏仁滑石汤，湿去热退，一场可怕的瘟疫得以迅速遏制，蒲老诊治的患者中无人死亡。”

“运用中医治温病原则治乙型脑炎 北京市不少危重脑炎病人转危为安”——1956 年 9 月 4 日出版、如今纸张已发黄的《健康报》在头版头条位置如是记录。

当年，薛伯寿还在上海学中医，有关那场瘟疫的详情，他是后来听蒲老说的。如今，回忆起 60 多年前的那场“战役”，在“广安门”一间普通的办公室里，满头银发的薛伯寿语调都高了一些：“这证明了中医不仅能治一般的病，危重传染病、西医不能控制的病，也能治！这个了不得！难怪周总理称颂蒲老是‘高明中医，又懂辩证法’。”

同一时期发生的腺病毒肺炎、20 世纪七八十年代江苏发生的流行性出血热、21 世纪的“非典”……薛老一一数来，“中医药治外感热病、温病，疗效好”。

研讨会上，国医大师薛伯寿薪火传承京津冀工作站正式授牌，由他编写的《蒲辅周医学经验集》首发。

健康报

1956年9月4日　第463期（本期共四版）

社論

能解决的就不要拖

运用中医治溫病原則治乙型腦炎

北京市不少危重腦炎病人轉危为安

1956 年 9 月 4 日，《健康报》对中医治疗乙脑的报道

“我从 1963 年拜师，侍诊 13 载，大开眼界，整理编写蒲老医案、医疗经验，更是终身受益。”回忆起往事，在治疗外感热病、内伤杂病、内妇儿科疑难病症方面都具有相当造诣的薛伯寿感慨万千。

2003 年“非典”发生时，薛伯寿灵活运用治疫名方“升降散”，有加有减，及时编著《“非典”辨治八法及方药》，并由人民卫生出版社印成小册子赠予一线人员，被称为及时雨。

“为什么中华民族能够繁衍至今生生不息？真的和中医药有莫大关系。”薛伯寿说。

多年来，“传承好、发扬好蒲老的学术思想，更好地为人民服务”成为薛伯寿最大的愿望。如今，他还每周出门诊，临床带教，参加保健会诊，是广安门医院看病涉及病种最广的医生之一。

“没有文化的复兴就没有中医的复兴。中医药根植于中华民族优秀传统文化，我们必须增强自信。”薛伯寿说。

“中医药的自信，首先来自疗效，来自临床。”2017 年 11 月 23 日上午 9 点多，“广安门”门诊大楼 11 层一间诊室内，国医大师路志正端坐桌旁，正在为患者把脉看病，周围簇拥着七八位学生，有的学生已经头发花白，或已是科主任，还有两位是从外地来跟师学习的，谈起自信，路老的回答简短而有力。

路志正幼承家学，19 岁起看病，集数十年临床经验，形成了以“后天之本”脾胃为中心的学术思想，“路志正调理脾胃治疗胸痹经验的研究”曾获国家中医药管理局科技进步奖。他是 2009 年政府首次评选出的 30 位国医大师之一，也是国家级非物质文化遗产传统医药项目代表性传承人，如今虽已 97 岁，仍坚持每周四上午出特需门诊。

国医大师路志正坚持出门诊

肿瘤，往往令人色变。广安门医院的肿瘤专科是全国较早成立的中医肿瘤科室之一。

“我们历经20年研究发现，通过固本清源，中医治疗可将非小细胞肺癌晚期患者的中位生存期延长3.47个月，降低术后复发转移率6个百分点，并提高患者生存质量，降低放化疗引起的骨髓抑制、恶心呕吐等不良反应，该研究2016年获得国家科技进步二等奖。”肿瘤科主任侯炜说，“治疗体系也被《恶性肿瘤中医诊疗指南》收录，在全国65家医院推广应用，提高了肺癌临床疗效，节省了医疗费用。”

近年，“广安门”肿瘤科还以人才培养和联合研究为切入点，与美国国立卫生研究院加强合作，于2015年成立“中医药肿瘤国际联盟”，逐步建立由中、美、澳等多国专家组成的研究团队，通过联合培养博士后，建立了中医药肿瘤研究国际合作的新样板，揭示了中医药治疗肿瘤新的科学内涵。

“自信来自经典，来自深厚的中医文化。《黄帝内经》奠定了中医学的理论基础，至今仍然是中医临床的指引。”从医已逾50年的首都国医名师、中医风湿免疫专家冯兴华接受采访时，特地带来了20世纪60年代自己学习用的、有些泛黄掉页的《黄帝内经》：一本《素问》，一本《灵枢经》。

东汉末年，华佗用麻沸散进行麻醉，实施剖腹手术；明朝隆庆年间，用人痘接种术预防天花，18世纪中叶西方才有了牛痘的发明……从几千年文明中走来，作为“瑰宝”和“钥匙”，中医药离不开传承。近年来，“广安门”积极开展名老中医经验数据挖掘工作，已形成22位老中医经验知识库，整理出版名老中医经验系列专著10余部。

在“广安门”，中医师承方式已从传统的“一师多徒”发展到“一徒多师”，在中医不同学科、“门派”间贯通培养，还有中医与西医联合培养，实现“中医有特色，西医不落后”。

中医师承，怎样才能出师？广安门医院教育处处长姚魁武说：“考试时，病人坐下后，老师先看，学生再看，老师的处方和学生的处方放在一起比对，处方吻合度大于70%，才算出师。”

科研创新中收获“自信”

2017年10月22日，泰国曼谷，来自世界各地的中医大家云集，出席第十四届世界中医药大会。

经过审议，大会通过了第一部国际中医药专病诊疗指南《国际中医药糖尿病诊疗指南》。世界中医药学会联合会秘书长桑滨生说，世界中联自2003年成立以来已发布8部中医药国际组织标准，但发布专病诊疗指南还是首次。

糖尿病，古医书称之为“消渴症”。作为全球三大慢性病之一，糖尿病发病率高，致死致残率高。

第一部国际中医药专病诊疗指南的背后，是以中国中医科学院首席研究员、广安门医院内分泌科仝小林为首的团队历经数十年研究取得的成果——他们解决了中药逆转糖尿病发生、独立降糖、减缓疾病进程等难题。

葛根芩连汤，是张仲景《伤寒论》里的经方，传统用于治腹泻，仝小林将其创造性地用于临床糖尿病的治疗，取得降糖效果。在国家“973计划”支持下，仝小林团队与上海交通大学合作，通过随机、双盲、对照临床研究发现，其具有明确降低空腹血糖和糖化血红蛋白的疗效，这种疗效与肠道菌群结构变化有着密切关系。

“这是国际上第一个研究肠道菌群结构变化和中药复方治疗糖尿病效果关系的临床试验，既证实了一种中药复方的临床疗效，也提供了西方医学可以接受的一种机理解释。”仝小林说。

IGT 即糖耐量受损，是指血糖介于正常人与糖尿病患者之间的一种中间状态。研究表明，2010 年中国 18 岁及以上 IGT 患病率为 50.1%。

在国家计划支持下，仝小林和美国芝加哥大学等单位专家合作，运用由清代名方“玉液汤”演化而成的天芪方药，实施了“2 型糖尿病前期中医综合治疗方案研究”，对 11 家医院 420 例 IGT 患者进行历时 12 个月的随机、对照、双盲循证研究结果表明，与安慰剂组相比，用药组糖尿病发生风险降低 32.1%。

“谈中医必谈‘治未病’，糖尿病前期是一个最典型的‘未病’，我们实实在在用国际公认的循证医学证据，证明了‘治未病’的疗效。”仝小林说，“涉及多病因、多系统的慢病，将是中医大显身手的最好舞台。”

西为中用，中亦为西用。最新《中国 2 型糖尿病防治指南》（2017 版）首次增加了“糖尿病与中医药”一章，仝小林团队 6 项研究成果及辨治理论体系入选新版指南。

事实上，1971 年，“广安门”在全国中医院中最早成立糖尿病专科，后逐渐发展成内分泌科。从首都国医名师林兰到现任科主任倪青，在一代代人的努力下，“广安门”内分泌科先后承担 70 余项国家课题，为临床提供了坚强的科技支撑。

冠心病是全球重大公共卫生问题。西医介入治疗是里程碑性的进展，但仍不能有效降低远期终点（猝死或中风、心梗等）事件。

“广安门”在院长王阶的带领下，历时20年，以“病证结合”为切入点，通过研究多中心10 657例冠心病临床病例资料，构建了“证候要素诊断—证候要素演变—基于证据的诊疗指南”冠心病证治体系，并在临床推广应用，形成了《冠心病心绞痛系列疗效评价》等4个量表，大大提高了住院医师的证候诊断准确率，还制定《冠心病心绞痛中医诊疗指南》《冠心病心绞痛介入前后中医诊疗指南》，对2368例冠心病心绞痛病例进行临床验证，经过两年随访，结果发现与单纯西药治疗效果比较，终点事件发生率显著下降，诊疗指南在北京、河南、湖北、云南、广西等地众多医院推广应用。

“通过对《指南》进行临床验证，冠心病心绞痛治疗的总有效率由73.8%提升至85.4%，终点事件减少，显著提高临床疗效。”王阶说。像心血管疾病这类慢性病，不少人需要终身服药、长期管理，现在中医药在这方面所能发挥的作用绝不是句空话，它真的能帮助患者改变生活，提高带病生存的质量。

“很多慢性心力衰竭患者，在西医疗效不明显的情况下，通过中医治疗保持住了稳定的生活状态。”他建议冠心病患者最好别等到病情发展到中晚期或西医治疗无效后才想起中医来，从生病一开始就应中西医“两条腿”走路，效果会更好。

心血管科主任李军讲述了一个故事：曾有位病人因房颤形成血栓，血栓脱落后导致足背动脉堵塞，致使左足发紫、冰凉，剧烈疼痛。

“那时候病人足痛已有两周，西医只有一个方法：截肢。”李军说。但病人服用三服“温阳活血”中药汤剂后，左足疼痛、发凉等症状改善，服用七服后，症状消失，脚的颜色也恢复了正常，一个月后，超声复查发现，原本 100% 堵塞的血管竟然通了一半。

针灸传承已逾千年，《黄帝内经》中的《灵枢经》也称《针经》。“广安门”在针灸领域的科研创新，同样令人瞩目。

2017 年 6 月，影响因子高达 44.405 的《美国医学会杂志》发表了由中国中医科学院首席研究员刘保延、广安门医院针灸科主任刘志顺牵头完成的《电针对女性压力性尿失禁漏尿量疗效的随机临床试验》一文，文章通过 500 余例随机临床试验研究，证实了电针刺激腰骶部两个穴位能有效控制女性压力性尿失禁。这是我国针灸学者迄今发表的最具国际影响力的文章之一。

“针灸科的传统优势病种，是治疗颈肩腰腿疼、面瘫、偏瘫等疾病，治疗尿失禁，扩展了针灸的治疗领域。”刘志顺说。

抑郁症是发病率逐年增加的全球性精神卫生疾病，中国中医科学院首席研究员朱兵教授团队经过 10 多年研究，发现哺乳动物外耳中央及外耳道分布有迷走神经耳支，用耳针刺激这个区域对癫痫和抑郁症等疾病有较好效果。

缘何如此？在朱兵等人指导下，广安门医院放射科副主任方继良和美国哈佛大学麻省总医院专家合作，对 18 例患者富集迷走神经的耳甲部进行刺激治疗，16 例对照组患者进行耳缘部刺激，每天治疗 2 次，每周 5 天，治疗 4 周。治疗前后，两组患者均接受脑功能磁共振的静息态扫描，结果发现抑郁症患者脑默认模式网络功能的连接存在异常改变，与临床好转明显相关。

“刺激耳部迷走神经，产生了对轻中度抑郁症患者脑默认网络的调节，可能是其疗效机制。此技术可能会成为抑郁症患者更易于接受的新型物理疗法，值得推广应用。”耶鲁大学精神病学研究室主任克里斯托博士说。

此外，耳针刺激迷走神经，还可治疗糖尿病、肥胖症，是针灸领域创新发展的一个实例。

“纯中药干预治疗早期糖尿病肾病”“针刺缓解乳腺增生症疗效”“电针和手针缓解频发性、慢性紧张型头痛疗效比较”……“广安门”门诊大楼里，不时可见临床试验或随机对照试验的患者招募通知海报。

海报的背后，是“广安门”每年投入 2% 的年收入用于院级科研基金、各级课题配套经费，调动了大家从事研究的积极性。

雄厚的科研实力，成为“广安门”持久发展的基础：“十二五”期间，医院肺癌、糖尿病、冠心病等传统优势病种研究团队共获国家科技进步奖二等奖 4 项，团队成员成为 12 个国际或国家级学会（协会）的二级分会主任委员，依托科研成果建立的诊疗方案或诊疗技术，形成行业标准，并在全国范围推广。

走向国际中增强“自信”

立冬后的北京日渐寒冷，针灸科诊室里却暖意融融，副主任医师杨涛正为患者扎针，在帘子隔开的 7 张床位间穿梭。为确保一些患者准时上班，这里最早 6 点就有医生开始给患者针灸。

“针灸科一年能看 30 万人次。”院长王阶说。医院一年门诊量 280 多万人次，医生人均服务患者量在业内属于领先水平。

为健全现代医院管理制度，“广安门”近年积极通过国际认证提高医疗服务质量，通过国际交流合作扩大医疗服务范围，先后通过了 ISO9001 国际质量管理体系、ISO15189 医学实验室等国际标准的认证和认可。

“通过技术创新以及标准化、规范化的现代管理方式，心血管科病人平均可减少两天住院时间，一位病人住一天院大约 1500 元，如能在全国推广，预计每年能节省几十亿元。”王阶说。

立足北京，辐射全国。作为 28 个国家级学术团体的牵头、挂靠单位，“广安门”构建了覆盖全国的中医、中西医结合防治重大疾病的医院网络和院际临床病历信息共享系统平台，形成了中医或中西医结合防治肿瘤、糖尿病、心血管等疾病的医院研究网络。

实施国际化战略，大胆走出去，成为“广安门”近年来管理创新中的一大亮色。

“广安门”的国际化色彩本来就十分浓厚：从建院起，医院就承担了中医国际医疗任务，接诊大量外国首脑和国际友人。

2006 年，“广安门”提出国际化、标准化等十大发展战略，两年后成为国内第一家通过跨国医疗保险公司保柏医疗质量认证的中医医疗机构。

“最开始，我不理解为什么医院一定要国际化、标准化，跟国际商业保险公司签约时，我一下子明白是认证打开一扇大门，让我们直接跟国际接轨了：通过英国保柏集团的医疗服务认证，医院被自动纳入很多商业保险理赔名单，来中国的外国人如果来‘广安门’看病，收据和诊断书拿回去是能报销的。”国际合作办公室干事陈荠说。

2009 年，“广安门”成立国际医疗部，为外籍人士开展中医药医疗服务。国际医疗部开诊、远程医疗……“广安门”积极帮助海外患者缓解痛苦、治疗疾病。

国际医疗部主任刘馨雁说，2017 年 10 月，日本一所医院发来一位肿瘤患者的会诊需求，通过国际远程会诊，中医专家们仔细查看病人的舌象、检查报告和影像资料。收到会诊方案后，日本患者决定转诊到“广安门”接受中医肿瘤康复治疗，患者回日本后服药一个月，症状改善，那家医院特意发来感谢函件。

“日本目前政府认证、拥有国际医疗服务资质的 35 家医院，只要愿意开汉方的，现在都开始跟‘广安门’合作。”刘馨雁说。

“广安门”还积极走出去，于 2011 年启动“梅奥研修项目”，每年派出至少十名骨干人员到美国梅奥医疗中心等机构学习深造。“一定要和一个国家或行业最优秀的资源合作。”王阶说。和梅奥医疗中心的合作，实现了双赢，医务人员带回了先进的科技和医院管理理念，也和国际同行合作取得了一批高质量科研成果。

毛泽东同志指出：“中国医药学是一个伟大的宝库，应当努力发掘，加以提高。”今天，“发掘”任务仍然紧迫。

在门诊采访路志正的 20 多分钟时间里，这位国医大师指出“中医在产科方面有好的作用，而现在中医产科发展方面的问题特别大”，他至少 3 次呼吁“建立中医产科医院”。

“抗生素、激素用了以后，西医名望大增，中医药就有些被忽视了，而中医对一些外感热病、传染病的治疗作用是西医不能取代的。”薛伯寿对抗生素的滥用忧心忡忡，“我呼吁重视挖掘中医药宝库，培养更多像蒲老这样的中医临床大家，造福人民群众。”

仝小林说，中医药复兴已经初现曙光，中医需要自我改变的勇气和再生的决心，敞开胸怀，汲取现代医学最新成果，在继承优秀传统医学的基础上构建新的医学体系。

美国国立卫生研究院2016年出资2亿多美元实施“刺激周围神经治疗疾病”计划。作为中国针灸学会脑科学产学研创新联盟常务副理事长兼秘书长，方继良说，当中医界还在为证实针灸是不是安慰剂效应、有没有疗效寻找客观证据时，西方已在申请专利、进行实用性研究，这一严峻现象发人深省。

伴随中医药影响的扩大，陈荠的梦想是：美国有梅奥，为世界各地的人提供顶尖的西医治疗；中国有“广安门”，为世界各地想寻求中医治疗的人提供“中国方案”。

…………

建于辽代的天宁寺塔、纪念北京建城3040年的纪念柱……

“广安门”西侧，隔护城河相望，一座座见证历史的建筑耸立。

沧海桑田，岁月悠悠，阻不断一座千年古城前进的步伐，更阻不断源远流长的中医药文化的发展脚步……

◀ 蓟城纪念柱

蓟城纪念柱旁石刻的侯仁之先生所撰写的《北京建城记》

第七章

这所 120 岁的最高学府 蕴藏着怎样的“民族密码”

引言

太多“想不到”

北京大学太特殊了！

从来没有一所学校，像北京大学这样，和一个民族的近现代史如此紧密相连；从来没有一所学校，像北京大学这样，和中国共产党人的孕育、诞生关系如此密切……

2018 年，是北京大学，这所历史上最早名曰京师大学堂的高等学府诞生 120 周年……

我们带着一系列问题走进这所学府，历经一个月蹲点调研，独家对话时任校长的林建华和楼宇烈、陈堃銶、叶朗、袁明、姚洋、陈春花、董强等诸多北大名师大家，走访北大校史馆及教务部，追寻北大精神实质内核，全方位了解北大历史传承及近年来发展创新，尤其是育人成果。仅采访记录就达 20 多万字。

我们既结合北大历史，又跳出历史看北大，通过透视北大前世今生，总结中华民族近代以来从站起来到富起来、强起来背后的爱国情怀、汲汲育人、勇于创新这三大“民族密码”，展现一所学校与一个民族的奋斗与荣光。

恰逢北大遭遇复杂舆情，我们坚定信念，继续调研、写作……

太多“想不到”：

——想不到乾隆时英国特使马嘎尔尼在朝见清帝时曾在北大前身的勺园住过；

——想不到北大革命烈士纪念碑碑身刻下的从五四运动至新中国成立后牺牲的师生校友烈士名字就有90多个，其中大多是中国共产党党员；

——想不到京师大学堂章程中的“激发忠爱”到如今都熠熠生辉；

——想不到作为“天之骄子”的北大毕业生签约基层和西部地区的屡创新高，年均增长10%以上，2017年人数更是破纪录地达到450人……

北大120载蕴藏怎样的“民族密码”

对一个拥有5000多年文明历程的民族来说，一所大学的120年并不算长，但如果这120年与整个民族的近现代化历史相伴携行——既亲历了近代以来的沉沦与屈辱，也深度参与了民族的奋起与复兴，并在其中“激扬文字”“挥斥方遒”，那么这120年的春秋岁月，又意味着太多……

北京大学的前身是京师大学堂，作为1898年戊戌变法的唯一留存，这所中国第一所现代意义上的大学120年来孕育了一代代华夏英才，她不仅是五四运动的发源地，也是中国共产党的孕育之地，并伴随着改革开放喊出了“团结起来，振兴中华”和“小平您好”。

进入新时代，北大围绕习近平总书记“扎根中国大地办学”“人生的扣子从一开始就要扣好”等殷切寄语，进一步明确了人才培养方向，加快了立足中国大地建设世界一流大学的步伐。

2018 年 5 月 4 日，是北大 120 周年纪念日。笔者走进燕园，通过深入采访，探寻这所历经两个甲子的最高学府，究竟蕴藏着怎样的“民族密码”？

一种情怀，始终萦绕

一种情怀，是 120 年来始终萦绕于青春校园的爱国情怀。

清明刚过的燕园，一派绿意生机。北大新太阳学生中心的排练室里，同学们正在排练原创音乐剧《李大钊》。

“这次排练和演出，让我走进了李大钊的内心，更真切地感悟到了他的精神世界，以及对信仰的坚持。多回头看看，我们才能不忘初心，也才会有更多担当。”采访时，扮演李大钊的艺术学院研究生蔡鹏告诉笔者。

站在当下回望民族的精神历程，会发现爱国主义始终是中华民族最具凝聚力的精神内核，而且越是在民族危亡关头，爱国主义越是被强烈地激发。

在北大的精神气质里，爱国始终是排第一位的，这两个字，贯穿了学校 120 年的发展历程。

从 1898 年的戊戌变法到 1919 年的五四运动，从沙滩红楼到西郊燕园，蔡元培、鲁迅等一代代北大人前赴后继寻求强国之路，在以李大钊、毛泽东为代表的中国共产党人登上历史舞台后，中国前行的道路为之一新。

未名湖不远处，北大 77、78 级毕业生捐建的李大钊半身石像，静立松柏间。

约16公里外，东城区五四大街29号，一座整整100“岁”的五层红色建筑矗立——这就是著名的“北大红楼”，曾是国立北京大学文科、校部及图书馆所在地，现在为北京新文化运动纪念馆。

书库、阅览室、杂志社、鲁迅曾上课的教室等，以及一张张历史照片、一份份史料，将人们带回到那个风起云涌的时代。

“红楼时期的北大，既有陈独秀、胡适这样的新文化运动领导者，也有辜鸿铭这样梳着辫子的旧派人物。”北京新文化运动纪念馆研究员陈翔告诉笔者，蔡元培就任校长后提出的“兼容并包”，在当时的环境下实际上保护和促进了马克思主义在中国的立足和传播。

1920年10月，在位于红楼一楼东侧的李大钊办公室里，以李大钊为代表的三名北大师生成立了北京共产主义小组。“罗章龙、刘仁静、邓中夏、

“北大红楼”内的李大钊办公室

北大校园内李大钊雕像

高君宇等一大批进步学生相继加入……在 1921 年 7 月党的一大召开前夕，中共北京支部的成员共有 12 人，其中 11 人是北大的师生……”北大学者萧超然如此描述。

采访中笔者注意到一个细节：李大钊曾在北大开设“唯物史观”“社会主义与社会运动”“工人的国际运动与社会主义的将来”等马克思主义理论课程。

李大钊办公室隔壁，就是原北大图书馆的“登录室”。“在北大图书馆工作的青年毛泽东，就是在这里进行书刊登录，在这里学习，并逐渐成为一名坚定的马克思主义者的。”陈翔说。

“北大是中国最早研究和传播马克思主义的基地，也是中国共产党的衣胞之地。”北大马克思主义学院院长于鸿君教授说。

更加翔实的数据是：党的一大前，全国 8 个地方党组织负责人中，北大师生和校友有 6 人，当时全国党员有 50 余人，在北大工作和学习过的就

北大红楼原北大图书馆登录室。青年毛泽东曾经在这里工作过

有 23 人。党的一大召开时，出席或列席的 13 位代表中，北大师生和校友有 5 人。

“北京大学是新文化运动的中心和五四运动的策源地，是这段光荣历史的见证者。五四运动形成了爱国、进步、民主、科学的五四精神，拉开了中国新民主主义革命的序幕，促进了马克思主义在中国的传播，推动了中国共产党的建立。五四精神也是北大必须始终坚持的光荣革命传统，北大师生始终与祖国和人民共命运、与时代和社会同前进。”北京大学党委书记郝平说。

从京师大学堂章程中的“激发忠爱”到如今“爱国、进步、民主、科学”的精神传统，爱国主义情怀，犹如一根红线贯穿这所最高学府的 120 载岁月……

39 岁被国民党反动派杀害的邓中夏，29 岁积劳成疾病逝的高君宇……静园，北京大学革命烈士纪念碑静立，碑身刻有 90 多位从五四运动至新中国成立后牺牲的北大师生校友烈士的名字，其中大多是中国共产党党员。

正是秉承这种情怀，新中国成立后，一大批英才放弃海外相对优渥的生活，云集北大。

20 世纪 60 年代，钱三强、郭永怀、邓稼先、于敏等曾在北大学习工作过的师生，隐姓埋名，耗尽心血，最终成功研制“两弹”，被授予“两弹一星功勋奖章”。著名核物理学家邓稼先因受核辐射罹患直肠癌不幸过世。

“他们以天下为己任，极具牺牲精神和人文情怀。”北京大学校史馆副研究员林齐模说。

“所谓北大主义者，即牺牲主义也。服务于国家社会，不顾一己之私

北京大学革命烈士纪念碑

利，勇敢直前，以达其至高之鹄的。”北大燕南园 63 号，曾是原北大校长马寅初的住所，墙上镌刻着马寅初的头像和他关于“北大之精神”的一段名言。

白墙红柱，北大北阁内，73 岁的北大燕京学堂院长袁明回忆太爷爷马寅初：“他教导后辈，就是‘要讲真话、要忠诚’。”秉持这种忠诚，马寅初及其对学术的坚持，成为燕园后继学人的楷模。

时光跃至 2009 年，有“中国稀土之父”之称的徐光宪院士迎来人生的高光时刻——获得国家最高科技奖。这位时年 89 岁的北大教授深情地说：“稀土紧紧连着我和我的祖国。”

为扭转中国稀土工业落后状况，20 世纪 70 年代起，徐光宪带领团队最终将我国稀土萃取分离工艺提高至国际先进水平。

玉兰叶绿，海棠花开。燕园北部的朗润园，古色古香，十分静谧，这里曾是一处皇家园林，如今是国家高端智库北大国家发展研究院（以下简称“国发院”）的所在地。

1994 年，林毅夫、易纲等 6 位海归经济学博士创建了北大中国经济研究中心，逐渐发展为今天的国发院，汇聚了诸多知名学者。

朗润园 501 号房间，约 15 平方米，半墙书几乎占据一半空间。1982 年就和北大“结缘”的姚洋就在这里办公，他目前是北大国家发展研究院院长。

“我们国发院好多人，都像古代的‘士’似的，谈理想，谈现实，把理

北大朗润园内一景

想和现实结合起来。”姚洋说，正因为直面中国现实问题，北大国发院近年来在政府与市场的关系、新农村建设、国企改革、人口政策及经济结构调整等重大问题上提出政策建议，被国家采纳，“出思想，也有行动，这是北大人的精神”。

正是秉承爱国情怀，20 世纪 80 年代初，在男排获胜后，北大人率先喊出了“团结起来，振兴中华”；1984 年，在长安街国庆游行的北大队伍中，打出了“小平您好”的条幅……

正是秉承爱国情怀，进入 21 世纪，一批批北大人奔波在支教路上。

新疆石河子大学，时至今日，师生们仍在深深怀念全国优秀共产党员、北大优秀援疆教师孟二冬。罹患恶性食管肿瘤的他曾忍受巨大痛苦，在咯血情况下坚持为师生授课、指导，用生命之火点燃祖国边疆的教育之光。在北大持续支援下，这所普通的边疆大学多年前就已成为 211 重点高校。

燕园内，一批批年轻学子接过支教的火炬，唱响新的青春之歌——20 年来，北大研究生支教团已有 300 多名学生志愿到西藏、青海、新疆、云南、内蒙古等西部省份支教，惠及数万名当地学生。

“青年要把艰苦环境作为磨炼自己的机遇，把小事当作大事干，一步一个脚印往前走。滴水可以穿石。只要坚韧不拔、百折不挠，成功就一定在前方等你。”2014 年习近平总书记到北大考察时的嘱托，言犹在耳。

南疆地处偏远。2014 年以来，北大学生邵子剑等人发起“言传远疆”在线教育项目，对南疆数所合作小学的数百名小学生开展了远程汉语教学。

如今，作为一名选调生，27 岁的邵子剑已在上海的街道工作一年，在街道信访办、司法所等多个岗位得到锻炼。

“位卑不能忘国，我觉得北大精神应既有理想主义的坚守，又能在现实中实干，在平凡岗位踏实把小事做好。”邵子剑说。

共产党员邵子剑的选择，是无数传承五四精神的青年学子的郑重选择。

北大红楼前，一栋长条形平房内，就是“马克思主义在中国早期传播陈列馆”。

孕育于红楼——从诞生之日起，中国共产党人就将马克思主义鲜明地书写在自己的旗帜上，引领一个历经苦难的民族从站起来、富起来，走向强起来。

启动建设全国第一座以马克思命名的“马克思楼”，启动马克思主义研究的重大基础性工程编纂工作，启动建设国际马克思主义文献中心。

“在近现代的历史进程中，中国人民选择了马克思主义，并在实践中创造性地发展出马克思主义。党的十九大确立的习近平新时代中国特色社会主义思想更是全球瞩目的理论创新，激发了全球学者的研究兴趣。”于鸿君说。

一个目标，始终不渝

一个目标，就是为中华民族伟大复兴而进行的立德树人。

17 个独立的院落，有西式小楼，也有中式小院……

建成于 20 世纪 20 年代的燕南园，是北大的精神高地，翦伯赞、饶毓泰、冯友兰、陈岱孙、朱光潜、王力、侯仁之、吴文藻等众多对中国政治、历史、科学、哲学等学科发展产生深远影响的教授，都曾在此居住过。

如今，燕南园成为北大一些机构的办公场所。曾是著名科学家、北大老校长周培源居所的 56 号院，目前是北大美学与美育研究中心的办公地。

从蔡元培的美育思想到宗白华的“美学散步”、朱光潜的美学体系，美学作为优势学科，在北大传承已约百年；一代代“美学人”在这座校园浸润、成长……

“在北大讲课是一种享受、一种幸福。”在这里求学、从教60余载的中心主任叶朗教授说。

“黑格尔《美学》两大卷三大本、《歌德谈话录》、莱辛的《拉奥孔》……‘文革’后已是80岁高龄的朱光潜先生，用3年时间争分夺秒翻译出版了约150万字！”谈及朱光潜、宗白华等老师对自己的影响，叶朗先生至今难忘，“那是一种惊人的生命力和创造力。”

从20世纪90年代起，叶朗组织全国150位专家学者，花12年编著了约1100万字的《中国历代美学文库》，被学界认为是弘扬中华美学精神的基础性工程。

育于人，培育人……就是在这样的传承中，北大，这所百年学府忠实地履行着自己的使命。

“得人者兴，失人者崩。”从光绪帝《明定国是诏》强调首办京师大学堂，“以期人材辈出，共济时艰”，到《钦定大学堂章程》规定“以端正趋向，造就通才”的办学宗旨，再到近年来提出的“培养引领未来的人”，自诞生之日起，育人就是中国大学的根本目标，这个目标更是贯穿北京大学120年。

从中国革命到建设、改革的各个时期，带着从历史深处而来的烙印，一代代北大师生将自己的命运和民族、国家紧密相连，或投身科研，或桃李天下，或进军实业。

这些是一位又一位平凡北大学者的故事，平凡中孕育着不凡。

1982年考上北大中文系，后留校从事汉语方言教学的李小凡教授，坚守“老老实实做人、认认真真做学问”的信条，30多年里几乎每年带学生长途远行，在艰苦的乡村做方言调查。在与癌症抗争的最后两年还坚持上课，指导学生论文和答辩。直至生命最后一刻，还在为学科发展、学生学习操心。

生命科学学院教授潘文石，30多年来一直奔波于荒野、丛林和大海，致力于研究和保护大熊猫、白头叶猴和中华白海豚。年过八旬的他希望能在荒野中找到人与万物同生共存的答案。他说：“一个人如果连生命都不热爱，他怎么会热爱百姓、热爱社会、热爱未来？”

药学院教授屠鹏飞，多年来一直坚守在新疆、内蒙古的沙漠地带，致力于肉苁蓉系统研究与推广应用，兢兢业业，不断播种，在国际上首次实现寄生植物大面积高产稳产，不仅为广袤的沙漠撑起一片绿洲，筑牢生态屏障，更为国家精准扶贫提供了样板，造福一方百姓。

…………

这些是一位又一位普通北大学生的故事，普通中蕴藏着不普通。

2013级元培学院政经哲专业毕业生李雨晗，2017年毕业时同时拿到牛津大学、哥伦比亚大学等名校硕士录取资格，但她却做出了让人出乎意料的决定：去青海三江源从事自然野生动物保护工作。

“北大这四年，让我重新定义了自己。感谢北大，让我发现了自己的热爱和有意义的未来。”她说。

在广西大山深处扶贫攻坚的博士副县长王锋，扎根新疆帕米尔高原、辗转多个边陲乡镇的钟梓欧，在重庆带领贫困村成功“摘帽”的第一书记陈俊……近年来，北大涌现出一批在基层工作岗位上成长起来的优秀毕业生，签约基层和西部地区的毕业生数量屡创新高，年均增长 10% 以上，2017 年人数更是破纪录地达到 450 人。

数字是枯燥的，也是有力的：新中国成立以来，有 544 名北大师生当选中国科学院和中国工程院院士，12 人成为“两弹一星”元勋。北大校友中已有 11 人获得国家最高科学技术奖，人数为中国高校之首。

育人、成才，都离不开环境和氛围。

这是一个在北大采访时多人提到的细节——“秉承思想自由、兼容并包的学术精神”这句话，被写入 2014 年 7 月 15 日教育部通过的《北京大学章程》。

近些年来，叶朗在燕南园组织“美学散步文化沙龙”，邀请杨振宁、李政道、沈鹏等名家跨界讨论艺术、科学、哲学、文化等领域话题。

“在北大这么多年，我深感北大自蔡元培开始，就形成了一种极为宝贵的人文传统，这种传统不能中断。”这位八旬老人说，“只要我在北大工作一天，就要做些有意义的事，继承和发扬这个传统，这是我作为北大一名教师的历史责任。”

从教已逾 30 年的管理学知名学者陈春花曾在多所大学任教、企业任职，两年前被吸引到朗润园，加入国发院，成为北大“新人”。

“北大的不同，一是包容；二是师生都有很强的家国情怀、使命感，每次讨论问题，都是站在一个很‘大我’的角度看。”

育人、成才，离不开言传身教。

“所谓大学者，非谓有大楼之谓也，有大师之谓也。”大师，既是学问之师，又是品行之师。120 年来，北大一批批优秀教师和学者，以深厚的学术修养、浓厚的家国情怀，浸润着一代代有志青年。

历史不会忘记，蔡元培担任北大校长期间，诸多革新人物和学者被延揽至北大。

“蔡元培不拘一格选聘具有新知的优秀学者，鼓励学生抱定正确的求学宗旨，砥砺德行，敬爱师友，扫除了京师大学堂成立之初残留的学生一意仕途，以升官发财为目的、不太重视学习、忽视追求真知的不良风气，奠定了北大优良的学风、校风。”林齐模说。

84 岁的楼宇烈，哲学系资深教授，国学底蕴深厚，回忆起在北大求学、任教的经历时说：“老师们的‘为人之道’和‘治学之方’，深深影响了我的治学和教学生涯。老师就是要在这两个方面为学生做出榜样，引领好社会的风气，这是作为一个读书人应该担负的责任。”

育人、成才，需要与时俱进。

2014 年 5 月 4 日，习近平总书记到北京大学考察，为北大发展进一步指明了方向，“时间之河川流不息，每一代青年都有自己的际遇和机缘，都要在自己所处的时代条件下谋划人生、创造历史”，“我们要认真吸收世界上先进的办学治学经验，更要遵循教育规律，扎根中国大地办大学”……

遵循习近平总书记的要求，近年来，北大进一步实施“通识教育与专业教育相融合”的本科教育改革，将本科专业核心课程重新梳理，保证本科生学分中有 50% 左右的必修课程，剩下的学分全部让学生自主选择，加大“通才”培育力度。

现在，全校各院系 300 多门通选课程已向本科生开放。一些过去的专业课成为每位学生都能选的公选课，“《四书》精读”“中国历史地理”等课程受到学生热捧。

从全校性跨院系自由选课，到辅修、双学位，再到具融合性的跨学科项目和专业，多样化的人才培养体系帮助学生从兴趣出发，在跨学科学习中开通智慧，探索新知。

“世界和中国都发生巨变，带来了新的挑战和问题。北大培养的人既要有扎实的专业知识，也要有跨文化的视野、批判性思想和与人沟通合作的能力，能主动把握和应对时代的变化。”北大教务部部长傅绥燕说。

一种动力，始终澎湃

改革创新，是推动一所学府、一个民族永葆青春、斩浪前行的动力源泉。

北大东门斜对面，方正大厦3层，王选纪念陈列室，一张张照片、一段段文字、一件件实物，向参观者“讲述”了当年北大以王选为代表的团队矢志创新，自主研制激光照排设备，产学研相结合进行推广，在印刷业引发技术革命的故事。

“敢为天下先，必须自己做！”忆往事，满头银发，82岁的王选夫人、北大计算机科学技术研究所教授陈堃銶语气坚定，“之所以能‘告别铅与火，迎来光与电’，简单说就是靠四句话：选准方向、狂热探索、依靠团队、锲而不舍。”

改革，是一个国家前行的动力；创新，是一个民族进步的灵魂，也是北大自诞生之日起便写就的内在基因……

“成就、反思、未来”，是北大120年校庆的主线，无数人在思考：北大前行的动力究竟是什么？

“思想自由、兼容并包，是北大一直坚持的学术传统；爱国、进步、民主、科学是我们一直坚守的精神传统。但我认为北大最根本的，真正印在北大精神和文化中、印在北大人灵魂中的，是鲁迅先生的那句话。”时任北大校长的林建华说。

这句话是一个世纪前受聘为北大讲师的鲁迅在北大 20 年校庆时写下的：“北大是常为新的，改进的运动的先锋，要使中国向着好的，往上的道路走。”

“常为新的”，就不能因循守旧，故步自封。

北大西门不远处，一块石碑这样介绍明朝书画家米万钟于万历年间所建的“勺园”：清初在故地建弘雅园，乾隆时英特使马嘎尔尼朝见清帝时曾驻此。嘉庆时改名为集贤院，1860 年，集贤院和圆明园一起为英法帝国主义侵略者焚毁……

作为如今北大校园的重要组成部分，勺园的“前世今生”让人感慨。

1793 年，英王乔治三世派使臣马嘎尔尼访华，希望打开与中国的贸易之门。乾隆对马嘎尔尼带来的先进武器不屑一顾。彼时，马嘎尔尼和英国

铭刻在石碑上的勺园“前世今生”

使团就在如今已是北大校园的这块土地上等待觐见。

尽管专家对这次东西方“相遇”有不同看法，但一个不争的事实是：伴随工业革命，近代西方崛起一批工业化国家，并在其随后的坚船利炮轰击下，中国屡历割地赔款的屈辱，沦为半殖民地半封建国家。

闭关锁国导致落后，开放创新获得发展。历史的昭示，如此强烈。

回廊结构，青砖拱门……沙滩后街，京师大学堂建筑遗址犹在。“京师大学堂本身就是变法的产物。”林齐模说。

痛定思痛，痛则思通。

“北京大学创办于1898年，是中国第一所国立综合性大学。成立之初，北大就以兴办现代高等教育、复兴中华民族作为使命。”郝平说，“在这里，北大开创了中国最早的现代学制，开创了中国最早的文科、理科、社科、农科、医科、工科，是近代以来中国高等教育的奠基者。”

2018年往后未来5年内，国家将投资17.5亿元，建设国际上可视化解析能力最全面的全尺度成像系统，为生命科学研究提供革命性手段。北大是整个项目的法人单位。

这是近些年来北大加快人事制度改革、引进领军人才、加强交叉学科建设结出的硕果之一。

改革创新，早已成为这所学府不断“向好”“往上”的源源不断的动力。尤其是改革开放40年来，北大改革的步伐坚定而铿锵。

1989年开始进行辅修/双学位人才培养模式的探索。

1994年，通过《北京大学改革与发展纲要》，明确创建世界一流大学的奋斗目标；之后，北大成为国家“211工程”“985工程”首批建设高校之一，特别是1998年百年校庆后，北大进行大幅改革。

2001年9月，设立“元培计划”实验班。2007年，“元培学院”正式成立，实行低年级不分专业，按文理两大类招生。

2014年，北大在人才培养模式、人事管理制度、资源配置方式等多领域全面启动综合改革。

以队伍建设为核心，以交叉学科为重点，以体制机制改革为动力，北大进一步加快改革步伐。

如今，北大已有225人入选国家“千人计划”（含青年千人）在国内高校保持领先，还有17位国家级教学名师、69位博雅讲席教授，生物动态光学成像中心、分子医学研究所、中国社会科学调查中心等10多个跨学科研究机构，成绩斐然。

改革创新，释放人的活力，激励人们勇攀高峰——

1965年，北大与中国科学院合作在世界上首次人工合成牛胰岛素；2015年，校友屠呦呦成为第一个荣获科学类诺贝尔奖的中国人；2017年，青年数学家许晨阳获得未来科学大奖……

微型双光子显微镜、DNA测序新方法、千兆赫碳纳米管集成电路……近年来，北大一大批优秀学术研究成果可圈可点。

改革创新，更释放生产力，推动经济社会进步——

王选逝世12年后，他所创立的北大计算机科学技术研究所正秉承“技术顶天、市场立地”的战略，致力于智能媒体技术的研发，在跨媒体智能识别技术、人工智能写稿机器人等方面取得了一系列新成果；方正集团，也已从一个最初靠激光照排技术为主营业务的企业，发展到如今以信息、医疗、产融、创新中心为核心支柱板块、多产业协同发展的产业格局。

“方正源于科技创新，下一步更要围绕国家需求，加大创新力度，实现更好发展。”方正集团董事长生玉海说。

北五环外，中关村生命科学园内，坐落着北大医疗产业园，这是北大“振兴实业”新的增长点……

“运行10年，我们这里已经满租，入驻100多家企业，形成了国内少见的精准医学产业链条。”产业园副总经理李保卫博士说。

近来，捷报频传：北大41个学科进入“双一流”建设学科名单，入选数量居全国高校之首；全国第四轮学科评估结果显示，北大21个学科获A^{+}，A^{+}学科数量和A类学科占比均居全国高校之首。

北大人也清楚认识到，当前发展存在诸多短板：办学特色不够鲜明，没有完全形成自己的风格和学派；自主创新能力仍需提升，学术上有“高原”还缺少“高峰”；顶尖人才数量不足，缺少学术大师等。

这是一张清晰的时间表：到2020年，整体建成世界一流大学；到2030年，整体水平处于世界一流大学前列；到2048年，成为顶尖的世界一流大学。

“我也希望北京大学通过埋头苦干和改革创新，早日实现几代北大人创建世界一流大学的梦想。”肩负习近平总书记的嘱托和人们的期盼，未来5年，北大将在人才培养、人事制度、治理体系、学术体系、资源配置体制等五大方面进一步深化综合改革。同时，将聚焦构建符合中国国情、具有世界一流水准的人才培养体系，构建具有全球竞争力的人才制度体系，加快推进“双一流”建设。

2018年3月25日，英国牛津郡，随着红色幕布拉开，北大首个海外校区正式启动，这也是中国高校第一次以独资、独立经营、独立管理的形式走出国门。

从 120 多年前被动挨打之中被迫开放，到今天主动走向世界、拥抱世界……历史的车轮浩荡驶过，北大，这所领航中国教育的巨轮，正劈波斩浪、昂扬向前。

悠悠未名水，巍巍博雅塔。北大 120 周年校庆纪念日到来之际，人们对未来满怀憧憬和希望……

这是从事经济学研究的姚洋的最大梦想——“北大再要‘往上’走，一定要做出开创性研究。”

这是第一个将“北京大学”旗帜插上珠峰的北大校友黄怒波的心声——“北大最重要的传承，就是它进取创新的能力和精神……”

这是王选夫人陈堃銶老人的寄语——“希望知识分子，还是要有气节和风骨，尽量不要随波逐流……”

这是北大第 27 任校长林建华的 2018 年新年致辞——“仅仅靠着旧地图，可能永远也找不到新大陆。我们应当登高望远，看清楚未来发展的方向，不断探索、不断革新、勇往直前，才能走出一条自己的路。”

鉴往知来。扎根中国大地办大学。北大，和国家一起站在新起点上，朝着梦想，奋勇前行。

林建华：“到了‘无我境界时，视野才能够真正打开’”

1977 年入学北大，在未名湖畔学习、工作 33 载。

自 2010 年年底起，历任重庆大学校长、浙江大学校长。

2015 年，重返燕园。

他，就是时任北大校长的林建华。

2018 年 5 月 4 日，是北大建校 120 周年纪念日。笔者为此走进北大校长朴素的办公室，独家专访林建华，畅谈这所 120 年学府的历史、现状和未来……

“当你戴上校徽，就会有一种很庄严的感觉”

问：在您心中，“北大”二字意味着什么？

林建华：从学生到教师，再到校长，我对北大的认识逐步深化。在北大做学生时，我感到北大的学风和教学文化非常好。学生跟老师的关系非常密切，从老师身上学到了很多东西，不仅是知识，更多的是思想，包括怎么看问题、看社会。

成为北大老师后，发现学生和社会的变化都很大，得用新方式去教学

北大未名湖

生、做研究。

再后来我又从事学校管理工作，对北大的了解也就更深入了。

北大是一个很有意思的学校，它没有校训，也没有校歌。它所展现出来的博大，很难用一句话概括。“思想自由、兼容并包”是北大一直坚持的学术传统、学术精神。爱国、进步、民主、科学是我们一直坚守的精神传统。但我认为，北大最根本的，真正印在北大人灵魂中的，是鲁迅先生的那句话：“北大是常为新的，改进的运动的先锋，要使中国向着好的，往上的道路走。”这是北大精神的核心。不论怎样艰难困苦，北大都会努力探索。这种探索是有方向的，就是为了国家发展和人类进步。

做一个北大人，当你戴上校徽，就会有一种很庄严的感觉，这种感觉实际上来自于我们对国家、民族的责任。“守正创新”是近年来提出的一个基本理念，守正就是要坚守基本价值，按照教育规律办事，坚守为国家、为民族发展的精神追求；创新就是“常为新的”这种精神。

“必须走一条新的教育发展之路”

问：改革开放以来，这种精神是如何体现的？

林建华：改革开放以来，北大一直努力改革教育体系、提升学术水平，特别是北大百年校庆后，国家出台了《面向21世纪教育振兴行动计划》，启动了“985工程”，北大全面推进改革，要为中国高等教育、中国人才培养发挥引领作用，这种责任感就是“常为新的”精神的体现。

20世纪90年代，大学里专业分得很细，但其实进入社会后，学生要适应未来社会的变化，必须走一条新的教育发展之路，教育必须把学生的基础拓展得更宽。

百年校庆后，北大确立了创建世界一流大学的基本战略，当时提了三句话的基本方针：以队伍建设为核心，以交叉学科为重点，以体制机制改革为动力。从 2002 年开始一直坚持这个方针。

学术研究要上去，队伍建设也要上去，这是北大当时面临的非常重要和紧迫的任务。所以北大在人事制度上进行了一系列改革，20 世纪 90 年代开始实施岗位聘任制，2005 年部分院系开始实施预聘制，2014 年在全校全面实施预聘制，把最优秀的年轻人聚集到北大来。2016 年启动老体系和新体系融合机制。制度上的变化，使北大的人才竞争力进一步增强，吸引更多更优秀的人。

问：改革开放以来，北大在学科调整方面有何创新？

林建华：学校在学科调整方面，主要以加强交叉学科建设为抓手。一个比较成功的做法是，组建了十几个跨学科研究机构，建立新的机制，采用新的聘用、评价和薪酬体系。科研人员的背景也是跨学科的、以问题为导向的，如生物动态光学成像中心、北京国际数学研究中心等。

这样一批研究机构建立起来后，吸引了杰出的带头人和有潜力的年轻人，整个学术就发展起来了。

“教育是师生共同创造的旅程”

问：北大提出“培养引领未来的人”，怎样才能让学生看到未来、引领未来？

林建华：大学是培养人的，我们的任务就是为他们未来的发展打好基础。教育要着眼未来、着眼发展，培养学生的创新意识，使他们能够适应变化、引领未来。

以前的教育模式，注重知识传授，注重专业体系的完整性，这是一种比较静态的教育。当时知识创造与传播的方式跟今天也不一样。我读书时，外地科研人员要想查文献，得到北京来，到国家图书馆，因为那里资料最全。我们上化学课时没有教材，老师就自己刻蜡版印刷，每堂课给我们发三张纸的讲义。

今天情况完全不一样了，人们在网上可以获取任何知识。因此，大学教育也要发生变化。面向未来的教育应当是一种动态的教育，教育的过程应当是老师和学生共同创造的旅程。北大的培养方案应当更加灵活、更加多样化，比如开设“外国语言与外国历史”新专业，学欧洲历史首先还要学拉丁语、古希腊语；化学系与考古文博学院合作，建立了文物保护专业。这样的例子还有很多，希望将来能有更多。

每一种新的、多样化的培养方案，都是师生共同设计出来的。我觉得，将来北大的教育应该更加多样化，无论是一棵树的种子还是一棵草的种子，都要提供好的条件，让它去长。这就是因材施教。

“必须融入国家的发展中”

问：面向未来培养人，最重要的是什么？

林建华：最重要的，就是习近平总书记 2014 年到北大考察工作时说的“社会主义核心价值观”。培育和践行社会主义核心价值观，重在青年学生。这也是很有挑战性的一件事情，因为价值观的养成，不单单受学校的影响，家庭、社会都是很重要的影响因素。学校所能做的主要是通过营造风气和文化，给学生的心灵留下一个烙印。例如，学校通过制度和文化建设，规范教师的言行，切实做到学为人师、行为世范，给学生树立一个榜样。

问：面向未来，北大如何进一步扎根中国大地办大学？

林建华：2035 年，国家要基本实现社会主义现代化，北大则要力争率先进入世界一流大学前列。但是北大凭什么能走到前头去？世界上的一流大学已有很好的发展基础，不会停下脚步等着我们。北大要想实现超越，关键得有正确的发展方向。习近平总书记提出“扎根中国大地办大学”，实际上为北大指出了发展的路径。

北大要想走得更好更快，就必须融入国家的发展中。中国的快速发展提出了很多有意义的重大学术问题，比如说中美之间的关系、“一带一路”上的区域与国别研究等。这些问题亟待理论上的深刻解答。这还只是哲学社会科学方面的问题，自然科学技术方面的问题就更多了。如果北大能够回答这些问题，就能助力国家发展得更好更快。

太“自我”的人是没有大出息的

问：如何解决中国问题，形成中国学派？

林建华：学术研究要更多从中国视角看世界、看世界的学术，将自己的学术研究与国家发展结合起来，建立中国视角的学术体系。比如说，大学应该深入研究“一带一路”沿线国家的历史、文化、国民，夯实研究基础才能提出对国家真正有价值的建议。所以经过两年的筹备，北大建立了区域与国别研究院，致力于“一带一路”沿线国家和地区的区域研究。

这是一种学术观念上的变化。过去，中国哲学社会科学研究对象主要是我们自己。当国家的力量比较弱小、影响力局限于地区的时候，我们只能这么做。但是今天我们的影响力已经遍布世界各地，学术就不应仅仅是研究自己，而是应该更多地往外看。

问：是什么使您有勇气提出把北大建成一所“伟大的学校”？

林建华：并不是说只有北大才能建成伟大的学校，其实平凡的学校也可以很伟大。“伟大的学校”的意思，就是要在社会中找准定位，结合自身特点，把优势充分发挥出来，把自己做到最好。如果学校都能够各自发挥所长去追求和实现各自的“伟大”，中国教育的多样化就出来了。

问：如果把北大比作一个人，120 岁了，您觉得他现在处于一个什么样的阶段？

林建华：建校 120 周年，对北大来说，是一个重要转折。这 120 年，北大经历了风风雨雨，主要是学习别人的先进经验，无论是学术上还是管理上都是。将来我们还要继续学，因为发达国家学校的制度体系还是很有竞争力的，值得我们继续研究和借鉴。但是我们要更深入地结合中国的情况去思考自己的发展道路，找准中国的问题并努力去解决，也就是说要走出一条自己的路，这是很大的一个转折和变化。

问：您对当代青年有什么样的寄语？

林建华：现在的青年能够更快地接触到更丰富的知识，他们获得知识的方式跟以前都不一样。我觉得，现在的年轻人特别是中国的年轻人要树立自信，关注社会，关注实际问题，注重实践，这对他们未来的成长非常重要。

另外，现在的一些年轻人相对来说比较自我。其实自我并没有多大关系，但是太“自我”的人是没有大出息的。所以我经常说，当人到了“无我”境界时，视野才能够真正打开。一个人是这样，一所学校也是这样。当诚心诚意地愿意为他人作嫁衣裳的时候，自己的事情才能真正做好。

学者眼里的北大 120 年：耐得住寂寞，给自己时间成长

北大 120 周年校庆之际，笔者走进燕园，倾听北大学者对北大过去、当下及未来的思考。

接受采访的著名教授学者包括北大哲学系教授楼宇烈、北大计算机科学技术研究所教授陈堃铼、北大哲学系教授叶朗、北大燕京学堂院长袁明教授、北大国家发展研究院院长姚洋教授、北大国家发展研究院教授陈春花，以及北大法语系主任、翻译家董强教授。

深深的北大印记

问：请谈谈您跟北大的缘分，以及受到了北大怎样的影响？

楼宇烈：北大一直是我向往的学校。1955 年我考入北大哲学系后，给我们上课的都是全国顶级的教授，讲的都是相关领域最新的研究成果，这对我们的学术养成起了很大作用。

那时我们跟老师的关系非常密切，能从老师身上学到很多东西。至今我一直非常怀念那种传统的师生关系，就像父子、朋友。

陈堃铼：我是 1953 年进的北大，在数学力学系。系里的老师们对我们的影响实在是很大。他们学识渊博、学风严谨、淡泊名利，又敢为人先。课讲得特别好，很多人默默无闻地钻研，做出成果也不会去到处宣扬，毫无怨言地奉献。那时的师生关系也非常好。我钦佩这些老师，他们为我的为学做人打下了一生的基础。

叶朗：我是 1955 年考入北大，毕业后留校从事教学、研究工作至今，我非常认同很多北大毕业生说的话：在北大当过学生，一辈子身上都会打上北大的烙印，始终抹不掉。

袁明：我是 1962 —1966 年在北大西语系求学，1979 年又回到北大读研究生，那时刚迎来“科学的春天”。老师们为了培养学生，恨不得把家里变成课堂。有了机会老师第一个想到的就是学生，即便没有机会，老师也会创造机会给学生，那种对青年人爱护有加的精神真的很可贵。今天我们办燕京学堂，也是要从世界各地延揽好老师，培育跨文化人才。虽然办学很有挑战，但一想到前辈们对我们倾注的情感，遇到再大的阻力和困扰，我的心都能静下来，沉着应对。

陈春花：我跟北大的缘分源于我的研究。过去 30 年我一直专注于中国企业“如何在全球领先”“有没有可持续性”等问题。这跟北大国家发展研究院“用全球视野看中国问题、解决中国问题”有一定契合之处。当国发院向我发出邀请后，我有缘成为一名新北大人。

姚洋：我 1982 年考入北大。那时学校条件比现在差很多，但有一股北大的“劲儿”深深地吸引着我们。到了大学三四年级，课程没那么紧张时，没有人懈怠，都在如饥似渴地读书，有点钱都用来买书，读书就是我对大学时光的最深印象。

董强：从北大毕业后，我到法国生活了十多年，2001 年回到北大并任教至今。伴随着中国的变化，这十多年北大也发生了很大变化。我刚回来时，感觉北大还是在“慢慢走”，现在则是“发力向前跑”了，有一种青春力量在澎湃。很荣幸我赶上这个阶段。

好大学的根本是什么

问：在您眼中，北大走到今天有什么精神特质？

楼宇烈：我在北大求学、教书、治学已 63 年。北大的学术氛围相对要宽松活泼得多，对一个学术问题我们不要求学生有统一答案。同样听我的课，你可能有这样的体会，他可能有那样的体会，大家互补就好了。对一个高校而言，学术自由和兼容并包非常重要，只有这样，大家才能真正为社会做出贡献来。

陈堃銶：“选准方向、狂热探索、依靠团队、锲而不舍”是王选的为人

北京大学燕京学堂

和做学问的态度，也是北大精神的一种体现。爱国精神和奉献精神确实流淌在很多北大人的血液里，他们在学术上不断要求进步，这与五四精神一脉相承。120 年来，北大在推动国家整个科学发展和社会进步中发挥了重要作用。

叶朗：冯友兰先生曾说过，人类的文明好似一笼真火，几千年不灭地在燃烧。它为什么不灭呢？因为古往今来对于人类文明有贡献的人，都是呕出心肝，用自己的心血脑汁作为燃料添加进去，才使这笼真火不灭。他为什么要呕出心肝呢？因为他欲罢不能——就像一条蚕，它生而为蚕就要吐丝，“春蚕到死丝方尽”，是这样一种境界的欲罢不能。

冯先生说的“欲罢不能”，体现了一种高远的精神追求，也可以代表北大的人文传统、人文精神。这座校园里的很多学者，都有一种强烈的学术渴望、学术热情和学术追求，把学术研究看作自己的精神依托、生命核心，把做学问看作自己的生命所在。

陈春花：大学有个特点，就是永远走在时代潮头。大学不仅仅是个传播知识的地方，而且是一个能够让有志向有理想的人聚一起，为知识而来、为引领时代而去的场所。北大在学术上充分尊重每个人进行研究和探讨的自由。辩论和对话在北大一直都有，这就是北大的包容性。辩论的输赢不重要，重要的是通过辩论和对话，激发倾听者的智慧，让其找到问题的答案，再落实成行动。这恰是学校和学术的价值。

董强：北大有一种价值判断上的恒定性，根扎得很深，这是一所好大学的根本所在，也与蔡元培先生倡导的教育思想相吻合。建立在现代大学概念之上，吸收时代精华，包括中国最优秀的生源，使它能够在中西比较中相对平衡，使中国和世界的学术研究保持一种同步性。如果没有这种同步性，一个大学可能无法在世界立足。

培养什么样的人

问：育人是大学的重要使命，您认为北大要培养什么样的人？

袁明：我很认同林建华校长提出的，要把北大建成一所“伟大的学校”。对“伟大的学校”的追求永远没有止境。我想沿着“兼容并包”这条路走下去，北大定会开启新的历史。跨文化交流是一种人才培养的新探索。比如我们燕京学堂的定位是“跨文化交流：聚焦中国，关怀世界”，我们用全球视野研究中国，希望培养更多在国际上能够理解中国的人才，和中国携手做一篇推动人类进步的大文章。

姚洋：我觉得北大就是要培养思想家和科学家，文科要以培养思想家为己任，理科要以培养科学家为己任。中华民族作为一个有抱负的民族，在实现了全面小康后，注定要在思想文化方面起引领作用。北大在历史上就是一个“出思想”的地方，现在和将来也应该继续保持这种能力。

与此同时，我们也强调“接地气”，北大教育要扎根中国大地。我们会组织学生到农村去，到中国最穷的地方，和当地老百姓同吃同住，让他们了解中国的问题，希望通过这种潜移默化的训练，培养学生对中国的关怀，成为能把理想照进中国现实的人。

董强：成功的人才培养不是灌输学生多少知识，也不是让学生进入什么学校读书，拿什么文凭，而是教给学生应对未来的能力。因为这个世界变得越来越复杂和不确定。但是这种能力不是纯粹能教会的，它需要土壤和氛围，需要师生之间共同探索的机制，以及国家之间的深入交流。

人文精神的价值

问：对我国高等教育有哪些期望？

楼宇烈：教育中，老师的角色是传“为人之道”、授“为学之方”。传“为人之道”是第一位的，但现在有所弱化。坚守它，需要更加重视人文科学的发展和方向。

缺少人文科学的观照，自然科学及人类的迅猛发展可能会迷失方向，环境可能遭到毁灭性破坏。遗憾的是，100多年来人们只把科技发展看成人文力量的创造与体现，忽视了人文精神的发展方向。现在很多人意识到了这个问题，强调自然科学要有人文的指导和引领，说明大家期待人文精神的回归。我对北大的期望，就是把人文精神提到最首要的位置。

叶朗：20 世纪的北大，在国内率先引进马克思主义，以及民主、科学等人类优秀文明成果。我希望，21 世纪的北大继续在文化上有所作为，重视对中华优秀文化的继承和弘扬，重视在高校和全社会开展美育、艺术教育和人文教育，引导大学生不断提升精神世界，追求更有意义、更有价值、更有情趣的人生。

袁明：我是做国际研究的，在世界各地走了几十年后发现，不论是年轻人，还是年纪大的人，都在问一个具有全球化视野的共同问题——“我是谁？我们是谁？”工业革命以来，全世界都在追求物质化，物质化不断寻找新高度，创造新阶段，最典型的就是人工智能的出现，但是缺乏对人类精神的关注。这一点，教育要有所担当。

姚洋：北大要在“出思想”上有所作为，一方面要回归我们文化的根。儒家有很多超前的思想，只是我们还深挖得不够，如何对中国传统文化进行扬弃和总结，是当前的大问题；另一方面要充分利用中国发展这个伟大的机遇，把我们积累下的很多素材抽象成理论，改变以前只是别人设定议题、我们跟在后面修修补补的局面。经过前 30 年的积累，中国的学术条件已经有了很好的基础，应该到了转化成果的阶段。北大人要率先垂范。

董强：教育有自身的发展规律，一个好学校、好老师的成长都需要时间，现在社会整体氛围比较急功近利，我希望北大在引导好的教育氛围上发挥榜样作用。高校发展不在于仅看重一些指标，也不在于追求“大而全”，而在于所做的是不是国家、民族、社会发展真正需要的。

青年就是未来

问：您有什么想对青年说的话？

楼宇烈：现在的年轻人条件比我们那时好得多，当然也有欠缺。我们那个时代年轻人很少埋怨，觉得都是人生经历。就拿做学问来说，人生只有尝够百味才能够明白一些道理，才能够真正做出学问来。所以人不仅要读书本上的书，还要读社会这本活的书。死读书，读死书，读书死；活读书，读活书，读书活。

陈堃銶：我希望我们的老师和学生，我们的知识分子，都要有定力，要保持气节和风骨，要沉下心，不要随波逐流。要诚实做人、踏实做事，踏踏实实做学问。同时要坚持传统：一是爱国奉献，一是学术严谨，出发点是国家的需要。现在我们跟国外还有差距，希望北大能多培养出优秀的领军人才，踏踏实实把学科建设好，成为世界各国留学生向往之地。

陈春花：现在的年轻人太厉害了，成长的速度非常快。但我必须说一句，你要耐得住寂寞，要给自己时间成长。反过来，我也希望社会对年轻人宽容一点，给他们时间，不要太快打标签，不要太快下结论。如果把时间放长一点，会发现每一代都在承担每一代的使命，每一代都在创造每一代的奇迹。

第八章

“神州第一街”蕴藏着怎样的“强国密码”

引言

“神州第一街”见证历史昭示未来

作为神州第一街，长安街承载的东西太重，蕴含的意味太多。

恰逢2018年是改革开放40年，经过反复商量，下决心写一写……

于是，我们认真研究这条600岁长街的“前世今生”，研究沿线历史建筑、标志性地点的过去和现在，选取了长安街最东头的城市副中心、西头的首钢老厂区、五棵松、秀水街、CBD（中央商务区）、天安门城楼、人民大会堂、国家博物馆、中山公园、北京王府井古人类文化遗址博物馆、首都博物馆、李大钊故居等深入采访，讲述今昔变化，了解背后的故事，对话主持过多次长安街规划编制的北京市城市规划设计院原副院长董光器、北京史研究会会长李建平，以及曾主持西单、王府井、金融街等高端商业及产业街区规划建设的北京市城市规划设计院规划师杨振华、中国入世谈判首席代表龙永图、中国第一家中外合资酒店首任董事长等专家、历史见证人，倾听人们的心声。

“长安街的发展变化是古都北京历史变迁的缩影，更是观察改革开放以来中国历史成就的一个窗口。”策划了“时光如烟，古都巨变”辉煌四十年影像记忆展的北京市城市建设档案馆声像室主任王炜这么说。

“如果说中轴线是历史轴、文化轴，长安街及其延长线就是政治轴，是中华民族不断发展、走向复兴的见证。”这是北京市通州区委书记曾赞荣眼里的长安街。

“长安街不仅是北京人的骄傲，也是全国人民的骄傲。我每次从国外回国，走到长安街都会油然而生一种中国人的自豪。”谈起长安街，中国入世谈判首席代表龙永图脱口而出。

“长安街贯穿了北京的整个城区。随着它在长度与宽度上的不断扩展，它所展现出的宽阔、通畅、笔直的形象，成了中国社会主义道路美好前景与光明未来的绝好象征。”作为建筑领域专家和研究者，《长安街与中国建筑的现代化》一书作者于水山这样写道。

“长安街及其延长线，形成了一条东西走向、古今人文荟萃的文化长廊，体现出中华民族悠久的历史、璀璨的文明。在全世界，很难再能找到一条这样的大街。”北京史研究会会长李建平话语中透着自信和骄傲。

很多国家的首都，都有一条著名的街道，比如巴黎的香榭丽舍大街、华盛顿的宾夕法尼亚大道、莫斯科的阿尔巴特大街……这些名街大道，不仅地标建筑集中，更以其强烈的政治、历史、文化符号意义，成为闻名世界的“国家窗口”。

在中国，首都北京的长安街，无疑是世界上所有著名街道中历史最悠久、文化底蕴最深厚、功能最多样、被国人寄予情感最深的大街。当然，与我们国家的博大相呼应，长安街之长之宽，在全世界也是首屈一指的。

西起门头沟三石路，东至通州宋梁路……2018 年，北京城市副中心启动搬迁，长安街更长了——与共和国“站起来、富起来、强起来”的伟大历史进程同步，从65年前的“十里长街”延伸为55公里的“百里长街”。

首钢、五棵松、京西宾馆、天安门、国贸……我们沿着长安街一路采访，一路探寻……

原本以为这是一条最最熟悉的街衢，探访之后，仍有一种“重新发现”的兴奋。兴奋，不仅在于中华先人通过这条街名寄托的“长治久安”美好愿望，600年后终于成为现实；更因为，在中华民族伟大复兴的坐标上观照这条长街，分明是一个国家砥砺奋进、自信自强、改革开放的最好表征。

在庆祝改革开放40周年之际，“神州第一街”和一栋栋沿街建筑，释放的历史与现实信息，昭示着一个国家如何迈入新时代。

这是一条不息奋进的长街

中国特色社会主义是在改革开放40年的伟大实践中得来的，是在中华人民共和国成立近70年的持续探索中得来的，是在我们党领导人民进行伟大社会革命97年的实践中得来的，是在近代以来中华民族由衰到盛170多年的历史进程中得来的，是对中华文明5000多年的传承发展中得来的。40年、近70年、97年、170多年、5000多年，可以说，这些串联起中华民族昨天与今天的时间轴线，与长安街的历史轴线神奇交会。

长安街南侧，羊坊店路1号，伫立着朴素低调的京西宾馆。由此往前追溯40年，在曲折中寻路的中国，再次从这里出发——1978年12月18日，党的十一届三中全会在京西宾馆召开。

“全会召开的时候已经是寒冬时节，但代表们的脸上却充满暖意。”回忆起40年前的场景，当时只有24岁、负责大会主席台服务工作的京西宾馆会议处原工作人员张丽华记忆犹新。

会议楼三层第一会议室，原地翻建的党的十一届三中全会会场庄严而古朴；馆史室内，一份手写着出席代表名字的党的十一届三中全会报到表，顿时把人们带回40年前那些激动人心的日子。

全面小康越来越近、世界第二大经济体……40年，弹指一挥间。在中国共产党的坚强领导下，坚持聚精会神搞建设，坚持改革开放不动摇，这个东方古国成功开辟出一条中国特色社会主义道路，不仅改变了当代中国的命运，更深深影响了世界。

1964年拔地而起的京西宾馆，只是长安街及其延长线上众多代表性的建筑之一。

“长安街沿线的都市与建筑空间不仅为重要的文化与政治事件提供了舞台，其本身也成为折射现代中国历史的一面镜子。”美国东北大学建筑学院学者于水山在《长安街与中国建筑的现代化》一书中这样描述。

的确，长安街及沿线的历史建筑，成为历史的最好见证——见证着中国如何找到迈向现代化、实现民富国强的道路。

“中国人民的成功实践昭示世人，通向现代化的道路不止一条，只要找准正确方向、驰而不息，条条大路通罗马。”2018年4月10日，在博鳌亚洲论坛2018年年会开幕式上，习近平总书记面对中外贵宾宣示。

“一枝塔影认通州。”长安街东延长线北侧，大运河畔，经过一年大修，巍巍耸立的千年燃灯塔于2017年年底再次对外开放，见证了北京这片土地的古老、中华文明的源远流长。

由此往前追溯到史前，东方广场地下三层，2001年对外开放的北京王府井古人类文化遗址博物馆默默“告诉”人们：距今约2.4万至2.5万年的旧石器时代晚期遗址，现在的长安街王府井段就是古人类生活、狩猎的地方。

由此往前追溯到“强汉”，西长安街沿线北侧，老山汉墓静静地卧在老山山腰，这里曾出土漆器、玉器等文物，见证了中华史上第一个盛世，引起世界瞩目。长安，最早源自西汉都名，在今日长安街一侧发现汉墓的意味多么别具一格！

遗址、汉墓的发现，也许偶然，却昭示着历史的必然——长安街上，两座博物馆引人注目：常年展出“古代中国”“复兴之路”等基本陈列的国家博物馆，常年展出“古都北京 · 历史文化篇”等基本陈列的首都博物馆新馆，以丰富的馆藏文物，“述说”着一个国家、一座城市的历史、现实与未来……

由此往前追溯 600 年，据史料记载，明朝永乐年间，将元大都城南墙南移，拆文明门与顺城门之间的城墙辟为路，成最初长约 3.8 公里的长街，以汉唐皇都“长安”名之，期待长治久安。民国时期，拆除长安左门和长安右门的红墙，长安街始得贯通；1939 年，在长安街东西两端开辟了启明（今建国门）和长安（今复兴门）两个城门，并形成延长线。

时光流转，新中国成立后，经过多次拓宽、改造，长安街成为从东到西的通衢大道，分别延伸至通州和首钢东门，成为城市轴线。

“长安街及其延长线，形成了一条东西走向、古今人文荟萃的文化长廊，体现出中华民族悠久的历史、璀璨的文明。”北京史研究会会长李建平说，“在全世界，很难再能找到一条这样的大街。”

长安街仍在不断延伸。2017 年 9 月 13 日，党中央、国务院批复的《北京城市总体规划（2016 年—2035 年）》这样描述“一核一主一副、两轴多

首都博物馆

点一区”北京城市空间结构中的“一轴”：“长安街及其延长线以天安门广场为中心东西向延伸，其中复兴门到建国门之间长约 7 公里，向西延伸至首钢地区、永定河水系、西山山脉，向东延伸至北京城市副中心和北运河、潮白河水系。”

“长安街是北京历史的象征，是共和国成长、发展的象征。作为神州第一街，它有一种恢宏的气势，体现了中华民族追求发展、追求幸福的努力。长安街不仅是北京人的骄傲，也是全国人民的骄傲。我每次从国外回国，走到长安街都会油然而生一种中国人的自豪。”走过不少国家的中国入世谈判首席代表龙永图颇有感触地说。

由此往前追溯 170 多年，英帝国输入鸦片引发的战争，在东南沿海打响，战败后中国被迫签订屈辱的不平等条约，令长安街紫禁城里的道光皇帝自感愧对祖宗而痛苦。

然而，屈辱还只是开始。长安街北侧，与故宫一墙之隔的中山公园南门，有一座高大的石牌坊，上书“保卫和平”四个大字。它的前身叫克林德碑。克林德是德国驻华公使，在八国联军侵华时多次屠杀和绑架中国平民，清政府却要为他的死谢罪道歉，建立牌坊。八国联军在天安门前举办占领皇宫的仪式，令多少仁人志士悲愤！

“这是积贫积弱的中国耻辱的写照。”北京市委党史研究室原副主任陆兵说。

由此往前追溯 97 年，不甘中华“陆沉”的优秀儿女，探索救国救民的真理与道路，长安街是最重要的出发地之一。

北京市西城区文华胡同 24 号，与西长安街咫尺之遥的四合院，是中国共产党主要创始人之一李大钊先生的故居。90 多年前，李大钊在这里住了 4 年左右。李大钊用笔名在《曙光》月刊刊文，第一次公开呼吁“成立一个

中山公园内“保卫和平”坊

强固精密的组织”，坚信“中国彻底的大改革，或者有所依托”！

这个强固精密的组织，就是后来诞生的中国共产党——这一开天辟地的大事件，深刻改变了近代以来中华民族发展的方向和进程。

中国共产党的另一位主要创始人陈独秀在1918年《新青年》杂志上发表的《克林德碑》结尾中这样问道：“现在世上是有两条道路：一条是向共和的科学的无神的光明道路；一条是向专制的迷信的神权的黑暗道路。我国民若是希望义和拳不再发生，讨厌象克林德碑这样可耻纪念物不再竖立，到底是向哪条道路而行才好呢？”

长安街，见证了中华民族最优秀儿女的寻路历程。天安门前的五四怒吼，昭示着中华民族的奋起抗争掀开了新的一页。

由此往前追溯近70年，天安门城楼上的开国大典，是一个民族重新站立的光辉起点。

萧瑟秋风今又是，换了人间。在克林德碑竖立近50年后，1949年，与克林德碑隔街相望，天安门广场上，雄伟的纪念碑开始奠基。

1958年5月1日，上书“人民英雄永垂不朽”8个金箔大字的人民英雄纪念碑正式揭幕。

从克林德碑到人民英雄纪念碑，是中华民族站起来的标志写照。

在天安门地区管委会工作了10多年的军转干部程世群说，现在他们每年都会给人民英雄纪念碑“洗澡”，原来是用清水冲洗，党的十八大以来甚至是用毛刷和牙刷清洁，“我们用‘精细’的实际行动，传递对英烈的敬重与缅怀”。

就这样，长安街，不仅铭刻了封建王朝的兴衰更替，记录了中华民族悲壮不屈的历史，更用百年风云验证了一个最大的道理：一个民族，必须

人民英雄纪念碑

有坚强有力的领导力量，找到最适合自己的道路，才有可能自立于世界民族之林。

铜鎏金弩机、镇远舰铁锚、叶挺指挥刀……长安街西延长线上，作为国庆10周年献礼的首都十大建筑之一，中国人民革命军事博物馆里，一系列历史文物“诠释”着这样一个真理：有了中国共产党，有了中国共产党的坚强领导，人民军队前进就有方向、有力量。正是在中国共产党领导下，人民军队历经硝烟战火，付出巨大牺牲，取得一个又一个辉煌胜利，钢铁长城般捍卫着中华民族的安全和尊严。

这是一条穿越时空、穿越世界的轴线，彰显着道路自信。

200年前，德国西南部的边陲小城特里尔，全世界无产阶级革命导师、共产主义理论创始人——卡尔·马克思在这里诞生。

200年后，长安街旁的中国国家博物馆内，《真理的力量——纪念马克思诞辰200周年主题展览》在这里展出。展厅中，一面“顶天立地”的巨大书墙格外引人注目，上面摆满了各种语言、各个时期的《共产党宣言》。

“不同的语言，代表了在很多国家和时期不同的尝试。看了这个展览，我隐约明白了，那么多选择马克思主义的政党中，为什么中国能取得成功！”中央民族大学学生台珊说。

在政治学学者李世默看来，在中国共产党的领导下，中国经历的政治、经济变革，幅度和深度在近现代史罕见。中国走出了一条世界瞩目的道路。“把这些年中国的成功放在几千年的文明史、170多年的近现代史和近70年的建国史下观察，背后的密码就是中国共产党不断发展、纠错、进步。这些年中国的成功，核心原因就是拥有了中国共产党。”他说。

天安门广场西、长安街南，是世界瞩目的人民大会堂。

2018年5月4日，习近平总书记在隆重召开的纪念马克思诞辰200周年大会上揭示了“道路自信”的“密码”：“回顾党的奋斗历程可以发现，中国共产党之所以能够历经艰难困苦而不断发展壮大，很重要的一个原因就是我们党始终重视思想建党、理论强党，使全党始终保持统一的思想、坚定的意志、协调的行动、强大的战斗力。”

同样在人民大会堂，2017年10月胜利召开的党的十九大进一步为中国指明了方向：到2035年，基本实现社会主义现代化；到本世纪中叶，把我国建成富强民主文明和谐美丽的社会主义现代化强国。

“大钊先生说过，黄金时代，不在我们背后，乃在我们面前；不在过去，乃在将来。”李大钊故居纪念馆副主任刘洋说，“90多年过去了，我们仍然要不忘初心，始终以在路上的态度，不断前进。”

这是一条体现人民当家做主的轴线，昭示共产党人“人民至上”的情怀。

长安街正中北侧，天安门城楼巍然屹立。

“我是1954年从上海来北京的，30年来，每次到天安门，仰望天安门城楼，总梦想有一天能登上这‘祖国心脏的心脏’……”在这里讲解了19年的刘阳，讲述了这样一个故事：1984年9月，一封署名“华兴”、叙说梦想登上天安门城楼的来信引起中央领导的高度重视，经过反复研究，1988年1月1日，天安门城楼正式向群众开放，古老而庄严的天安门终于掀开神秘的面纱。

从封建皇权的禁地，到来京旅游必去的景点，30年来，天安门城楼已经累计接待了5644万人次中外游客。

“过去游客登城楼，最喜欢的是站在城楼中央，像领袖一样挥手，拍照留念，现在游客更愿意驻足沙盘、展板前聆听历史。”刘阳说，“这些年，我真切感受到中国人的文化素质在不断提升。”

民之所望，改革所向。

就在天安门城楼西侧，红墙内的中南海——党的十八大以来，习近平总书记亲自挂帅领导全面深化改革。户籍制度改革、公立医院改革、增加乡村教师补助……数年里，1500 多项改革措施聚焦百姓期待，紧锣密鼓出台，进一步释放了生产力，推动经济社会不断发展。

从背街小巷整治到老楼加装电梯，再到棚户区改造，坚持在发展中保障和改善民生，也体现在长安街沿线居民的一个个生活细节当中。

“没想到，原来都是自己上门办，现在成了政府送上门。”残疾老人王岩家住西交民巷社区，现在不用跑一步路，不用送任何证明材料，就能领到街道干部每月登门送来的 100 元护理补助。对这种便民服务，老人感动不已。

老人所在的西长安街街道办主任桑硼飞说，送证上门是小事，反映的

天安门城楼

是从“执政为民”到“执政为您”、更加注重人民群众满意度的理念之变。

一条街，折射一座城：过去 5 年，北京累计建设筹集各类保障性住房 49 万套；增加学位 17 万个；深化考试招生制度改革，义务教育免试就近入学比例不断提高；建成街道（乡镇）养老照料中心 208 个、社区养老服务驿站 380 家……

“所有人共同享受大家创造出来的福利。”马克思、恩格斯当年对未来社会的设想，如今作为中国共产党的执政理念——“让改革发展成果更多更公平惠及全体人民”，在京华大地、神州大地不断践行。

这是一条改革筑梦的长街

“长安街的发展变化是古都北京历史变迁的缩影，更是观察改革开放以来中国历史成就的一个窗口。”发展是硬道理，是解决中国所有问题的关键。坚定不移全面深化改革，才能不断为中国发展提供强大动力，才能实现中华民族伟大复兴的中国梦。

北京奥林匹克公园，玲珑塔北侧一间建筑内，“时光如烟，古都巨变”辉煌四十年影像记忆展正在展出。

走进展厅大门，4 幅长约 25 米、反映新中国成立以来长安街变迁的照片长卷格外引人注目。

“西单劝业场变成了西单文化广场，东单菜市场变成了东方广场……”在北京出生、生活了 75 年的徐崇祎专程来到这里，在长卷前仔细端详，寻找童年的记忆，“我从小在崇文门一带长大，那时就常常去长安街。现在看看照片，变化真是太大了，尤其是改革开放 40 年，不仅长安街，北京更是大变样了！”

从“窗口”看变化，一切均源于40年前的“关键一招”。

从中南海出发，经长安街至西郊机场，再飞抵深圳，2012年12月7日，党的十八大闭幕不久，刚刚当选总书记的习近平第一次离京就直飞改革开放的最前沿深圳，次日登莲花山，向邓小平铜像敬献花篮，向全世界释放“坚定不移走改革开放的强国之路”“改革不停顿、开放不止步”的强烈信号。

习近平总书记强调：“改革开放是决定当代中国命运的关键一招，也是决定实现‘两个一百年’奋斗目标、实现中华民族伟大复兴的关键一招。”

时光如烟，往事并不如烟。

“今天，我主要讲一个问题，就是解放思想，开动脑筋，实事求是，团结一致向前看。”40年前，还是在京西宾馆，在党的十一届三中全会前召开的中央工作会议上，邓小平同志发表了掷地有声的讲话。

35年后——2013年11月，同样在京西宾馆，党的十八届三中全会审议通过《中共中央关于全面深化改革若干重大问题的决定》，向全党全国发出了全面深化改革的总动员令。

从党的十一届三中全会到党的十八届三中全会，京西宾馆见证了世界上最大的执政党不断解放思想、与时俱进的历程。

“在京西宾馆诞生了很多影响中国和世界的重要决策，在这里召开的一次次会议，都与党和国家的命运息息相关。”京西宾馆负责人伍卫国说，“作为这些重大会议的服务人员，我们见证了一个个历史瞬间，这是至高无上的荣誉。”

40年间，从农村到城市，从企业到学校，改革为中国经济社会的全面发展不断注入强大动力。

长安街的变化，悄然发生。

1979 年 7 月 15 日，人民大会堂的万人大礼堂及部分大厅正式对外开放。大会堂的解禁，被海外各界誉为“中国改革开放的重大信号”。

20 世纪 80 年代，以建国饭店出现在东延长线上、中央电视台出现在西延长线上为标志，长安街东西延长线两侧陆续出现多个大体量办公、商业、金融类建筑；90 年代，北京贵宾楼饭店、中粮广场、交通运输部办公楼等建筑先后落成，长安街进入高速发展时期，长安街及其延长线两侧的建筑格局大体形成；进入 21 世纪，长安街东西两侧的北京商务中心区和金融街分别完成了规划建设任务，长安街的规划建设进入提速期。

“长安街两侧的建筑立面形成的图像，对外成为海外认识中国的一个窗口，对内则是全国各族人民感知祖国建设的一面镜子。”于水山说。

主持过多次长安街规划编制的北京市城市规划设计院原副院长董光器说，随着北京城市建设范围逐步扩大，长安街也不断向东西两端延伸。这条街孕育着中华民族伟大复兴的强国梦想。一次次规划的编制、蓝图的实施，就像改革每一步艰辛的探索和实践。

在长安街两侧的现代建筑中，有一半以上的建筑出自北京建工集团之手。北京建工集团前身北京建工局原局长杨嗣信已过耄耋之年，仍活跃在建筑工地。他主持建设的 405 米高的中央广播电视发射塔，当时曾创下全国最高纯混凝土建筑物的纪录。

“这个项目的技术难度比较大。项目团队用自己的智慧和实力破除了美国塔机公司的技术垄断，安全完成施工塔吊高空拆解。”杨嗣信说，技术上攻坚克难的经历，有些像改革开放的进程：没有现成的经验可循，就是靠着顽强意志和努力钻研奋力前行。

曾主持西单、王府井、金融街等高端商业及产业街区规划建设的北京市城市规划设计院规划师杨振华说，每天走在长安街上，总是能感到充满梦想、充满希望："从行政办公到文化传媒，再到金融地产，长安街就像首都发展的一面镜子，形象展现了改革开放释放的巨大活力。"

这活力，在党的十八大以后进一步得到释放，北京从聚集资源求增长到疏解功能谋发展，减量发展，创新发展，城市发生深刻转型。

减量发展，是为了更好发展。截至2018年，北京累计不予办理登记业务1.86万件，关停退出一般制造业企业1992家，调整疏解各类区域性专业市场594家，年燃煤总量从2270万吨减至600万吨以内，淘汰老旧机动车216.7万辆，清理整治"散乱污"企业1.1万家，全市常住人口增量和增速持续下降，城六区常住人口出现拐点……

有舍，才有得。令人鼓舞的变化就在身边发生：发展质量提高了，生态环境改善了，城乡面貌亮丽了，群众获得感增强了。

这是北京这座千年古都的发展新起点——2017年9月13日，《北京城市总体规划（2016年—2035年）》获党中央、国务院批复。

注重减量集约，严控城市规模，推动京津冀协同发展，加强历史文化名城保护，倒逼发展方式转变……在北京市城市规划设计院副院长石晓冬看来，新版总规处处体现着改革思维。

石晓冬说，紧紧围绕"建设一个什么样的首都，怎样建设首都"这一重大历史课题，在新版北京城市总体规划中，北京将着力构建"一核一主一副、两轴多点一区"的城市空间结构。

以天安门广场、中南海地区为重点，优化中央政务环境，高水平服务保障中央党政军领导机关工作和重大国事外交活动举办；以金融街、三里河、军事博物馆地区为重点，完善金融管理、国家行政和军事管理功能……

作为两轴之一，长安街被赋予了新的内涵和更崇高的使命——北京新总规就“完善长安街及其延长线”做出了规划，要求“长安街及其延长线以国家行政、军事管理、文化、国际交往功能为主，体现庄严、沉稳、厚重、大气的形象气质”。

历史上的通州被誉为北京的东大门。如今，长安街东延长线上，一座现代化的千年之城正在这里崛起。

《北京城市副中心控制性详细规划（街区层面）》草案公示：未来，北京城市副中心将容纳130万人口，建成国际一流的和谐宜居之都示范区、新型城镇化示范区、京津冀区域协同发展示范区。

北京城市副中心行政办公区“落户”通州区潞城镇，这让地处长安街东延长线南侧不远的郝家府村党支部书记郝辉章感受到十足的获得感：一座座高楼拔地而起，一条条马路向远方延伸，104户村民已经率先搬迁上楼。

“如果说中轴线是历史轴、文化轴，长安街及其延长线就是发展轴、政治轴，是中华民族不断发展、走向复兴的见证。”通州区委书记曾赞荣说。北京城市副中心的规划建设是党的十八大以来最重要的改革成果之一，更是习近平新时代中国特色社会主义思想的生动体现。

长安街东延长线最东头，通州这块古老土地一片勃勃生机：2018年第一季度，通州地区生产总值同比增长7.9%；在行政办公区建设步伐不断加快的背景下，建安投资同比增长16.8%，总量居北京市第一……

“作为北京‘一体两翼’中的‘一翼’，北京城市副中心是一座千年之城、未来之城。”曾赞荣说，“其规划建设事关京津冀协同发展战略的推动和疏解非首都功能的推进，我们要肩负使命担当，以最先进的理念、最高的标准、最好的质量做好每一件工作。”

长安街西延长线上，首钢老厂区内，一块“铁色记忆”匾静静地陈列在展览馆中。2010 年 12 月底，首钢完成了在石景山厂区的最后一炉铁水的冶炼，正式宣布停产。曾经的十里钢城再无机器轰鸣。

如今，面积 8 平方公里多的首钢老厂区有了一个新名字——新首钢高端产业综合服务区，被寄予打造“城市复兴新地标”的希望。

一座长 300 米、跨度 67.5 米的老精煤车间被改造成了短道、花滑及冰壶三个训练场馆，成为国家体育总局冬季训练中心。

刘博强 1996 年就成了首钢的一名技术工人，先后在轧钢、连铸、维检等岗位工作。伴随车间“变身”冬训场馆，冰场成了“刘博强”们新的工作场地，他们也完成了从“轧钢人”到“制冰人”的转变……

2016 年，北京冬奥组委入驻由西十筒仓区域 10 万平方米工业遗存改造的办公地；2022 年北京冬奥会单板滑雪大跳台比赛项目落户园区。

“十年前，首钢率先实施钢铁业搬迁，为成功举办 2008 年北京夏奥会做出突出贡献，如今又直接为筹办 2022 年北京冬奥会提供服务保障，与奥运结下不解之缘。”首钢集团党委宣传部部长郭庆说，“国际奥委会主席巴赫盛赞首钢是一个让人惊艳的城市规划和更新的范例。”

从改革开放之初年产 179 万吨钢，到 2017 年钢产量达 2784 万吨、如今钢铁产业和城市综合服务业协同并重发展，首钢的发展和转型不啻是改革开放的一个缩影。

全面推进公司制改革，深化混合所有制改革，力争在环保、房地产、矿产资源等重点培育业务板块打造 3~5 家上市平台……

解放和发展企业生产力，解放和增强企业活力，作为以承包制为标志的改革开放之初的国企改革典型，新时代，首钢集团拉开了进一步深化改革的大幕。

站在长安街上，能直观感受到“惟改革创新者胜”。只有继续高举改革旗帜，把改革进行到底，不断取得新突破、开创新局面，才能顺应人民群众对美好生活的向往，实现中华民族伟大复兴的中国梦。

这是一条开放融通的长街

“我家大门常打开，开怀容纳天地……”长安街上的故宫、国贸、秀水街……见证着中国开放的大门不会关闭，只会越开越大。开放带来进步，封闭必然落后。走开放融通、互利共赢之路，中国必然迎来一个更加光明的未来。

长安街北侧，建外大街 5 号，一座亭园水榭、绿树成荫的花园式建筑，伫立在一排排高耸的建筑物中间。这就是中国第一家中外合资酒店——建立于 1982 年的北京建国饭店。

“20 世纪 70 年代，全北京能接待外宾的酒店只有 11 家，房间非常紧张。”89 岁的建国饭店首任董事长侯锡九老人，回忆起历史仍激动不已。

“这是我与外资合作建造和经营的第一个旅游饭店，可以作为试点，创造点经验，请各有关部门积极给予支持配合。”在向国务院呈送的相关报告的批复中，批示内容振奋人心。这份报告送上后短短 5 天时间就得到批复，时任党中央副主席兼国务院第一副总理邓小平等 16 位党和国家领导人审核批准了这笔投资。

“过去我们的观念认为欠债是不光彩的。这可是 1000 万美元，借了钱还不上怎么办？当时我做好了如果出问题，自己去坐牢的心理准备。”代表中方签署向外国银行贷款的协议时，侯锡九内心有些忐忑。他形容，自己当时是用“颤抖的手”在协议上签了字。

开放，带来人流，带来交往——随着经济的发展，来京的海外旅游者与日俱增：1976 年接待不足 2 万人；1980 年接待 28 万人；2017 年，北京市接待入境游客 392.6 万人次，旅游外汇收入 51.3 亿美元……

“真是不敢想象的变化！”侯锡九说，“只有社会主义才能救中国，只有改革开放才能发展中国，我深有体会！”

一滴水可以反映出太阳的光辉。建国饭店，是长安街、北京乃至中国 40 年改革开放的重要历史见证。

“中国人民坚持对外开放基本国策，打开国门搞建设，成功实现从封闭半封闭到全方位开放的伟大转折。”2018 年 4 月 10 日，在博鳌亚洲论坛 2018 年年会开幕式上，习近平总书记面对中外贵宾郑重表示。

从引进来到走出去，从加入世界贸易组织到共建“一带一路”，40 年来，中国在对外开放中展现大国担当，为应对亚洲金融危机和国际金融危机做出重大贡献，连续多年对世界经济增长贡献率超过 30%，成为世界经济增长的主要稳定器和动力源。

距建国饭店不远处，一个自发形成的充满生机的民间市场也在对外开放的步伐中吸收巨大能量，迸发出名震四海的力量。它，就是秀水街。

从一些有生意头脑的北京人沿着繁华的建国门外大街两侧摆地摊，到

1985 年 8 月 15 日开业的秀水集贸市场，再到后来原址兴建的新秀水大厦，秀水街的“三变”，折射出巨大的时代变迁。

如今秀水街没有摩肩接踵的拥挤感了，一些商户走向定制、特色等小众化品牌，产品走向中高端。

“我现在卖得最好的是时装类、有设计感的产品，已经不是仿大牌。”商户张燕来说，“经历过板儿绿、大片鞋的时代，改革开放为人们打开了一扇窗。我自己注册了商标，自己设计一些东西。”

“我从小在这里长大，秀水街见证了我国市场经济特别是私营个体经济从诞生到规范发展的艰辛历程，是中国人敢想敢为、不断创新的‘活化石’。”年逾五旬的秀水街集团董事长张永平自豪地展示一个个原创品牌，“与过去‘贴牌’‘仿冒’大牌不同，现在秀水街非常注重知识产权保护，不允许假冒国外大牌的情况。高品质，合理价格，我们的许多产品和国外大牌的质量不相上下，但是没有过高的品牌溢价，购买非常划算。”

开放，带来物流，带来贸易——1978 年到 2017 年，我国进出口总额从 206.4 亿美元提高到 4.1 万亿美元，年均增长 14.5%，占全球进出口比重从 0.77% 提升到 10% 左右，在全球货物贸易中的排名由第 30 位跃升至第 1 位。

2018 年 11 月，作为中国新一轮高水平对外开放的举措，首届中国国际进口博览会举办，中国进一步向世界敞开胸怀。

中国拥抱世界，世界拥抱中国、拥抱北京——20 世纪 90 年代，越来越多的外国人来到北京不再是旅游、购物，而是寻找商机。

长安街与东三环交会处，就是赫赫有名的“国贸”，也是长安街上的一张名片。

当时，这里是长安街东端的终点。很少有人知道，这里曾经叫豫王坟，附近主要是仓库、工棚和车场。

“小时候每周都坐在父母的自行车后面路过大北窑桥，那时候桥下还是公交车停车场，停满了车身白红相间的大铁皮公交车……”一位北京“80后”这样描述童年时“国贸”一带给他的印象。

1984 年 11 月，合资建设与经营中国国际贸易中心的合同和章程在北京人民大会堂签署，奠定了改革开放之后中国首都中央商务区的核心区域。

1990 年，由写字楼、酒店、公寓、展厅和商城等多业态组成的国贸一期工程项目正式对外运营，总建筑面积 42 万平方米。

2001 年，中国加入世贸组织，这一年，北京 CBD 规划方案正式出台，并随之进入大规模的建设期。

2017 年 5 月，国贸三期 B 阶段工程投入使用，使国贸总建筑面积达 110 万平方米，国贸建筑群成为全球最大、功能最齐全、设备最先进的国际贸易中心之一。

“国贸建筑群，是改革开放的见证者。”中国国际贸易中心股份有限公司总经理唐炜说。

隔三环相望，同样位于商务中心区核心区，楼高 528 米的“中国尊”已于 2017 年 8 月 18 日封顶，成为北京最高的地标性建筑，刷新“北京高度”。附近的多个高层建筑仍在建设，一派繁忙景象……

东长安街 2 号，是商务部即原外经贸部办公所在地——一栋办公大楼矗立长安街南侧，沉稳大气、厚重质朴。

“中美谈判、中欧谈判，以及最后签字协议，都是在这座大楼里进行的。很多中外记者从早到晚等在大门口，等待最新消息。”作为中国入世谈判首席代表，75 岁的龙永图感慨不已。

中国入世后，经济总量在 10 年间跃升到世界第二。

“这在国际经济发展的历史上都是前所未有的。中国通过入世，大大推进了国内改革和发展，也使人们进一步明白了一个道理：只有开放才能发展。因为开放不但引进先进技术、资金和人才，同时也推动了国内的改革。以开放促改革，这一条今天仍具有重要意义。”抚今追昔，龙永图脱口而出。

一个国家、一个民族要振兴，就必须在历史前进的逻辑中前进、在时代发展的潮流中发展。

放眼当今世界，虽然出现“逆全球化”现象，开放融通的潮流仍然滚滚向前……

开放，带来新高度，实现新跨越——党的十八大以来，以习近平同志为核心的党中央准确把握和平、发展、合作、共赢的时代潮流和国际大势，从中国特色社会主义事业“五位一体”总布局的战略高度，从实现中华民族伟大复兴中国梦的历史维度，以开放促改革、促发展、促创新，谱写了中国与世界互利共赢的新篇章。

长安街正中北侧，伫立着世界上现存规模最大、保存最完整的古代宫殿建筑群：由 9000 余间房屋组成的紫禁城古建筑群。1925 年，这座紫禁城“变身”故宫博物院对外打开大门。

配合制作的纪录片《我在故宫修文物》走红；推出《故宫日历》等系列文化创意新产品；不断开辟新展厅，增加展示文物的数量和质量……党的十八大以来，故宫博物院的一系列举措，将这个世界上收藏中国文物藏品最多的博物馆的对外开放推向一个崭新高度。

“如果说北京作为世界著名古都是一张中华文明的‘金名片’，故宫就是其中最耀眼的标签和代表。”故宫博物院院长单霁翔说，只有传承、保护和利用好故宫博物院的文化遗产资源，将更多精彩的文化成果奉献给广大社会公众，让这些珍贵的文化资源“活起来”，才能无愧为“金名片”的美誉。

“故宫博物院将不断增强文化创意产品研发水平，推陈出新，将优秀传统文化与公众需求、时尚趣味相结合，让更多观众‘把故宫文化带回家’。”这位故宫“掌门人”的话，折射的是世界上最大执政党的文化自信，更折射出一个民族的开放心态。

长安街南侧，一汪碧波中，坐落着国家大剧院。

2017 年 5 月 14 日晚，“一带一路”国际合作高峰论坛文艺晚会《千年之约》在这里上演，为世界各国友人送上一场东西方交融的文化盛宴。

2000 多年前，怀着友好交往愿望的先辈们开辟了古丝绸之路，开启了人类文明史上的大交流时代。

2000 多年后，出席“一带一路”国际合作高峰论坛的数十位国家首脑政要汇聚北京，共商“一带一路”建设的大计。

“党的十八大后中国对外开放进入全新阶段，从‘一带一路’倡议，到提出亚洲基础设施投资银行等，其核心是通过利益共同体、责任共同体的构建来建设人类命运共同体，这是全人类的梦想。”龙永图说。

“因为人类命运共同体的伟大构想，中华民族伟大复兴的中国梦和世界梦前所未有地相融相通。”中国宏观经济研究院教授常修泽说。改革开放蕴含的经验和教训，不只属于中国，也属于世界。

“我要明确告诉大家，中国开放的大门不会关闭，只会越开越大！”在博鳌亚洲论坛2018年年会开幕式上，习近平总书记郑重向世界宣示。

扩大沪港通、深港通相关交易额度，允许外资控股合资券商，放宽汽车等行业外资股比限制……话音刚落，一项项决策从长安街北侧的中南海“飞”出，中国以实际行动彰显新时代扩大开放的决心和力度。

“我家大门常打开，开怀容纳天地……”10年前，伴随《北京欢迎你》的歌声，2008夏季奥运会在北京召开，世界对中国刮目相看。

长安街延长线，复兴路69号，矗立着北京奥运会标志性场馆之一的五棵松篮球馆，这里迎来过科比、詹姆斯、姚明等篮坛巨星，如今已成为一个以体育为中心的综合体——华熙LIVE，青年人喜欢的“热闹地儿”，也是备战2022年冬奥会冰上项目的主要场馆。

“2009年，奥运篮球馆经过了一次大规模改造，成为适合举办大型娱乐体育活动的综合场馆。”华熙集团副总经理靳飞说。从职业冰球赛到职业篮球赛，只需5至6个小时就可以完成转场。

到2022年冬奥会举办前后，这里将再次吸引世界的目光。北京，也将成为奥运史上第一个既举办过夏季奥林匹克运动会，又举办过冬季奥林匹克运动会的城市。

而这座超大城市、千年古都，已经确定了“三步走”目标：2020年，建设国际一流的和谐宜居之都取得重大进展，率先全面建成小康社会；2035年，初步建成国际一流的和谐宜居之都，“大城市病”治理取得显著成效；2050年，全面建成更高水平的国际一流的和谐宜居之都。

“继承发展传统城市中轴线和长安街形成的两轴格局，优化完善政治中心、文化中心功能，展现大国首都形象和中华文化魅力。”北京新总规为长安街及其延长线的发展指明了方向。

长治久安，一直是千百年来执政者和人民的共同期盼。浩浩长街，悠悠岁月……

“站立在九百六十多万平方公里的广袤土地上，吸吮着五千多年中华民族漫长奋斗积累的文化养分，拥有十三亿多中国人民聚合的磅礴之力，我们走中国特色社会主义道路，具有无比广阔的时代舞台，具有无比深厚的历史底蕴，具有无比强大的前进定力……”党的十九大上，习近平总书记在人民大会堂说的坚定有力的话语，仍然在人们耳边回响……

第九章

另一座北京“老城”尚待引起进一步重视

引言

这块和北京老城同等重要的区域，亟待整体保护和利用

北京有另一座“老城”，是一种比喻。

2017年国庆前夕公布的《北京城市总体规划（2016年—2035年）》，在“构建全覆盖、更完善的历史文化名城保护体系”中提出了“两大重点区域”，一个是老城，一个是三山五园地区，而且要求加强两大重点区域的整体保护。

“三山五园”地区是哪里？究竟什么才是“三山五园”？何以竟如此重要，重要到和“老城”并驾齐驱？要知道，老城里毕竟有故宫、天坛、地坛、中轴线……

对“三山五园”，普通公众并不清楚。

而真正走近“三山五园”研究者，走近历史，才发现，原来，“三山五园”是对位于北京西北郊、以清代皇家园林为代表的各历史时期文化遗产的统称。“三山”指香山、玉泉山和万寿山，“五园”指静宜园、静明园、颐和园、圆明园和畅春园。

而这里之所以重要，就是因为这里是“园林中的紫禁城”，“并非只是游玩场所，而是清朝政治中心”。

这是专家们的呼吁：“唯有将其作为一个整体空间进行恢复和改造，

才有可能实现文化的传承，进而实现文化的传播、旅游业和相关消费产业的发展，为北京带来‘综合实力’。”

这是专家们的共同心声——期待看到更加详细具体的“三山五园”保护利用规划方案，期待“三山五园”的保护和利用有更加强有力的统筹，期盼在“三山五园”保护中加大文物和遗址保护力度，活化特有的非物质文化遗产，让京西这块宝地更加灿烂辉煌……

在北京的西北郊，另一座“老城”，已经被纳入描绘这座千年古都未来十多年发展蓝图的最新规划。

当务之急，是从规划、建设到管理，亟待从决策、公众等层面唤起人们沉睡的保护、利用这又一座“老城”的意识。

另一座“老城”，就是“三山五园地区”。

“和北京老城相映生辉”

何为“三山五园”？为什么说“三山五园地区”是另一座北京“老城”？

这，还得从2017年国庆前夕在千呼万唤中揭开面纱的《北京城市总体规划（2016年—2035年）》说起——新总规在“构建全覆盖、更完善的历史文化名城保护体系”一节中提出，要“以更开阔的视野不断挖掘历史文化内涵，扩大保护对象，构建四个层次、两大重点区域、三条文化带、九个方面的历史文化名城保护体系”。

静明园（刘培恩摄影）

静宜园（刘培恩摄影）

三条文化带人们大多耳熟能详，即长城文化带、大运河文化带和西山永定河文化带，但是两大重点区域是什么，许多人却没有这个概念。新总规这样具体描述道：“加强老城和三山五园地区两大重点区域的整体保护。”

“这在以往的规划中前所未有。”专家们振奋之余，更是备感紧迫。

在新总规附图《文化中心空间布局保障示意图》上，一块总体呈东西向展开、和“老城”一样褐色的面积上标注着“三山五园地区”，其下方标注着“北京皇家园林——颐和园”，东侧标注着“清华大学”“北京大学”。

三山五园究竟是什么？竟然如此重要，和北京老城相提并论？而且都要求“整体保护”？为什么说是另一座“北京老城”？

三山五园，是对位于北京西北郊、以清代皇家园林为代表的各历史时期文化遗产的统称。“三山”指香山、玉泉山和万寿山，“五园”指静宜园、静明园、颐和园、圆明园和畅春园。

新总规出台后，海淀区委宣传部专门召集几位专家，也包括一直关注北京历史文化的我一起开了一个小范围讨论会。会上，海淀区的同志介绍了“三山五园”的最新认识和发掘。

“三山五园”的东界是地铁13号线，西至海淀区边界，北起西山山脊线和北五环，南至闵庄路和北四环，总面积68.5平方公里，与北京老城面积62.5平方公里相当，还略大一些。

面积相当，加上又并列为北京未来到2035年要加以整体保护的历史文化名城“两大重点区域”，某种意义上，“三山五园”不就是另一座北京“老城”吗？

伴随研究的深入，人们对三山五园的认识在深化：2004年的《北京城市总体规划》就将三山五园地区列为西郊历史文化公园、清代皇家园林风貌保护区、历史文化名城保护项目。2011 年，北京市“十二五”规划提出加强颐和园、圆明园等重大文化遗产的保护修缮和环境整治，推进以历史名园为核心的首都世界名园建设。2012 年，北京市第十一次党代会明确提出“推动海淀三山五园历史文化景区建设”。

“从金代开始，‘三山五园’就是一个文化底蕴深厚的区域。”在故宫博物院院长单霁翔看来，今天把“三山五园”作为北京历史文化名城格局中的一个完整保护对象，和北京老城相映生辉，过去很少能够站在这样的高度来进行保护。

2017 年 12 月 17 日，“三山五园区域文化认知与传播”学术研讨会在京召开，与会专家的研究成果，令人们对“三山五园”的价值有了进一步的认识。

“在全盛时期，自海淀镇至香山，分布着静宜园、静明园、清漪园、圆明园、长春园、绮春园、畅春园、西花园、熙春园、镜春园、淑春园、鸣鹤园、朗润园、弘雅园、澄怀园、自得园、含芳园、墨尔根园、诚亲王园、康亲王园、寿恩公主园、礼王园、泉宗庙花园、圣化寺花园等 90 多处皇家离宫御苑与赐园，园林连绵二十余里，蔚为壮观。”

北京市颐和园管理处范志鹏认为，三山五园是一个文化底蕴深厚的区域。清代，这里集中进行了紫禁城以外的大规模古典园林建设，形成了一个在世界范围都很少有的、在皇家宫殿以外集中建设的地区，它更加壮观和宏阔，功能性也更强。《北京城市总体规划（2016 年—2035 年）》把它作为北京历史文化名城格局中的一个完整保护对象，和北京老城相映生辉，历史意义非凡。

三山五园图（清代资料图）

园林中的紫禁城

北京西郊，层峦叠嶂，泉水充沛，山水形胜。自辽金以来，历经元明，不断有统治者在这里陆续营建行宫别苑，到清代进入全盛时期，陆续修建了一批皇家苑囿，主要有香山静宜园、玉泉山静明园、万寿山清漪园（后改为颐和园），还有畅春园和圆明园，这就是著名的“三山五园”——清代西郊皇家苑囿的主体。

玉泉山静明园、香山静宜园、万寿山清漪园，是山与园重合，而圆明园和畅春园则是平地建园。

海淀区的同志介绍说，“三山五园”是中国古典园林艺术的成系列、规模性的、集大成式的鸿篇巨制，是一部浓缩的中国传统文化百科全书，在清代具有举足轻重的地位，一度是政治、文化、军事中枢。

乍听这话，觉得不可思议。印象里，“三山五园”不是游乐的地方吗？

专家的介绍，让人明白历史的真相——“政自园出，因园记事”，和以往朝代“宫居理政”不同，清朝是“园居理政”。说三山五园是“政治、文化、军事中枢”，是因为自康熙帝开始，大多数清朝皇帝在这里听政理政，如引见大臣、御门听政、任命官吏、策试选士、勾决人犯、翰詹大考、阅试武举等例行政务，立储废储等重大事项，以及许多重要外事活动。清帝在三山五园的主要活动是居住、理政和游憩，三山五园见证了清朝政治的跌宕起伏和清代的兴衰历程。

根据中国人民大学清史研究所何瑜教授研究，康熙帝自康熙二十六年后，直到去世，每年有 150 余天在畅春园居住理政；雍正帝自雍正三年八月，园居理政后，平均每年在圆明园 210 余天；乾隆帝的理政地点，除紫禁城、避暑山庄、南巡和东巡途中之外，年平均驻圆明园 120 余天；嘉庆帝驻圆明园时间，年均 160 余天；道光帝驻圆明园时间，年均 260 余天，道光二十九年，有闰月，其园居时间高达 354 天；咸丰帝在咸丰十年八月初八逃往热河前，驻跸圆明园 7 年，年均时间也达 210 余天。

在清史专家看来，清朝存在 268 年，清帝有 226 年在三山五园理政，三山五园成为清朝的实际政治中心，是园林中的紫禁城。

“三山五园并非只是游玩场所，而是清朝政治中心。”从事北京文化史和元明清史研究多年的北京联合大学北京文化史研究所研究员赵连稳说。

长期从事中国史研究的厦门市委党校党史党建教研部张公政认为，清帝每年平均在园时间多超过在紫禁城的时间，紫禁城仅保留其统治权威的象征功能，“三山五园”的政治功能由“御苑”转向“宫禁”，清帝由“宫中理政”到“园居理政”的阶段转化，突显了以圆明园为核心的“三山五园”体系在国家政治中的地位。

“为北京带来‘综合实力’”

今天的人们，对颐和园、圆明园可能还有认识，但是对静宜园、静明园、畅春园就比较生疏了。

圆明园曾以规模宏大、珍藏文物众多、建筑规格中西合璧，达到了中国古代园林艺术的巅峰，被誉为“一切造园艺术的典范”和“万园之园”。

历史的尘烟，停滞在 1860 年——那年 10 月，英法联军占领北京，洗劫圆明园并付之一炬，文物被掠夺的数量粗略统计约有 150 万件。与此同

圆明园遗址公园内的大水法遗址

时，万寿山清漪园、香山静宜园和玉泉山静明园的部分建筑也遭到焚毁。

北京联合大学张宝秀教授是“北京学”专家。她说：“三山五园在 1860 年第二次鸦片战争中大多被英法联军焚毁，1900 年又遭八国联军洗劫，颐和园等园林后来陆续重建，但圆明园等昔日辉煌无比的皇家园林如今只留下了遗址，深刻铭记着中华民族曾经的耻辱。”

“三山五园是近代中华民族屈辱史的象征，具备耶路撒冷哭墙般的价值。”北京市海淀区文化促进中心副主任张东旭说。

据学者介绍，清朝灭亡后，颐和园被列为皇室财产，对公众开放。1928 年后由北平市政府接管，改为国家公园，但不少院落被私人占用。香山静宜园遗址在民国后被皇室赐给教育家英敛之、熊希龄等人，用于开办学校，民国时期香山多处地方被北洋政府官员圈占，兴建别墅。玉泉山的情况与之类似。圆明园遗址中残存的石雕、栏杆、太湖石、围墙、砖瓦被移走兴建花园、坟墓（张作霖、谭延闿等人墓地均使用了圆明园石料），部分华表、石狮、假山湖石被移置于燕京大学、清华大学、正阳门、新华门、中山公园等处。畅春园遗物也被搬运一空。其余园周围各附属园林及亲王赐园，大多转卖给燕京大学和清华大学，以及民国显贵富商，部分园林保存至今。

圆明园现在是遗址公园，畅春园则几乎消失殆尽，仅剩下两座寺门，位于北京大学西门西南，部分地域现在成了北京大学宿舍，畅春园南部变成了诸多商业设施，畅春园的西花园“变身”为海淀公园。要知道，历史上，康熙帝每年约有一半的时间居住在畅春园，直至康熙六十一年病逝于园内清溪书屋。

“三山五园”所在区域，主要是北京海淀区的四季青镇、海淀镇、香山街道和青龙桥街道辖区，伴随作为全国科技创新中心核心区的中关村科学城范围扩至海淀全区，如何处理好文化保护和发展的关系，无疑是横亘在城市治理者面前的一道难题，也是必须答好的考题。

如今的三山五园地区，有100多处文物点，其中颐和园、圆明园、清华大学早期建筑、碧云寺、景泰陵、未名湖燕园建筑、十方普觉寺、健锐营演武厅、静明园等9处是全国重点文化保护单位。颐和园还是世界文化遗产，还有双清别墅、梁启超墓、李大钊烈士陵园等文物。

双清别墅，是乾隆御题的香山二十八景之一。位于北京海淀区香山公园南麓的半山腰，原是清代皇家园林香山静宜园“松坞山庄”旧址

学者樊志斌长期从事红学、园林、博物馆等方面的学术研究，著有《三山五园研究》一书。

“各名园空间遭到侵占和破坏，各园林内和各园林间的河流和稻田，或被破坏，或被掩埋，或被侵占……”他说，“如何实现三山五园的整体保护和整体开发，是一个亟待在学理上解决的问题。唯有将其作为一个整体空间进行恢复和改造，才有可能实现文化的传承，进而实现文化的传播、旅游业和相关消费产业的发展，为北京带来‘综合实力’。”

建议 2020 年在圆明园建立象征中华民族和平复兴的纪念设施

将三山五园和老城并列，源自 2014 年 2 月习近平总书记视察北京时明确了这座千年古城的城市战略定位：全国政治中心、文化中心、科技创新中心和国际交往中心。

从小在北京成长、称胡同里群众为“老街坊”的习近平总书记说，北京是世界著名古都，丰富的历史文化遗产是一张“金名片”，要求“处理好城市改造开发和历史文化遗产保护利用的关系”。

这一要求，不仅适用于老城，也适用于三山五园。

成立三山五园研究院，建成三山五园文献馆、数字体验中心；将三山五园划分为三个文化功能区，即以清华、北大两校为核心的文化创新区，以圆明园、颐和园两园为核心的文化展示区，以玉泉山、香山为核心的文化休闲区；开展以圆明园、颐和园、香山周边城乡接合部为重点的整治、腾退、改造工程……近年来，在三山五园文化景区的建设上，海淀乃至北京下了不少功夫。

“‘三山五园’地区在 1860 年惨遭英法联军摧毁，又沉默和消逝了 157 年之后，即将以满怀文化自信的姿态向全世界人民展现出它独有的文化魅力。但同时我们也应该理性而清醒地认识到，‘三山五园’地区的保护现状距离新总规提出的目标还有相当大的差距，因此这项建设任务充满了挑战，给文化遗产保护者和城市建设者提出了更高的要求。”北京林业大学朱强、王一岚、马小淞在《北京新总规中“三山五园”地区的保护规划研究》一文中指出。

“三山五园”就是指清代皇家园林？几位研究者指出，清代皇家园林在“三山五园”中具有代表性，但并不意味着“三山五园”就等同于清代皇家园林，还应该包含自辽金时期至明清时期的古代遗产、中华民国时期的近代遗产、新中国成立以来的现代遗产。总之，“三山五园”的定义已经远远地超过了传统意义上“三山”和“五园”的狭义范围，而是包含着完整的历史发展时期和丰富的文化遗产类型。

2017 年 9 月，中共中央办公厅和国务院办公厅印发《建立国家公园体制总体方案》。

三山五园在北京全国文化中心建设中居于根基性、龙头性、枢纽性地位。张宝秀建议率先规划建设三山五园国家文化公园，作为三山五园保护和建设的有效途径，并可为探索和引导构建环首都国家文化公园体系发挥示范、引领作用。

讨论会上，专家们充分肯定三山五园的历史价值，不过都几乎异口同声提出建议，“三山五园”还是过于笼统，加上历经“劫”运，缺乏标志性建筑。

巴黎有凯旋门，华盛顿有国会纪念馆，北京老城有人民英雄纪念碑，而作为三山五园，似乎也应该有一个标志性建筑。

张宝秀说，2020 年，是圆明园被烧 160 年，北京建城 3065 年，也是实现中华民族“第一个百年”目标即全面建成小康社会之年。

“时间的重合，是一种巧合，也是一种必然。圆明园被烧，是中华文明跌落的标志。历经100多年的奋斗，中国人站起来、富起来了，正在走向强起来，能否像西方那样，建一个象征和平复兴的纪念设施？纪念柱、纪念堂，都可以。”我和张教授越聊越兴奋，碰撞出的火花也越来越多。

“三山五园是北京一张亮丽的名片，希望这张名片更加亮丽夺目，有更多人能够享受到三山五园的文化魅力和自然风景。”北京市委宣传部副部长陈名杰说，要努力把三山五园建设成中华民族伟大复兴的“见证地”，中华优秀传统文化、革命文化和社会主义先进文化的“交融地”，社会主义核心价值观的“培育地”，中外文化交流互鉴的“践行地”。

“我们必须清醒地看到，三山五园整体保护与科学利用水平离‘国家历史文化传承的典范地区’的要求差距较大，主要表现在遗产保护措施滞后、文化内涵挖掘不深、科技手段运用不够、治理方式单一、低端观光游弊端丛生，其本质是文化创新力度不够。既缺少像故宫那种大展，也没有高品位的文化演艺。游客不能深度体验三山五园的文化底蕴，各景点也不能有效提供丰富优质的文化产品。”陈名杰的话，坦诚而真实，“建设国家历史文化传承典范地区，关键是要围绕历史文脉下功夫，既要整理文物遗迹等有形文化遗产，又要系统整理史志、传说、非遗等无形文化遗产，让三山五园历史文脉传承有绪、发展有源。”

“抓实抓好文化中心建设，做好首都文化这篇大文章，精心保护好历史文化金名片”“加强老城和‘三山五园’整体保护，老城不能再拆”“凸显北京历史文化整体价值，塑造首都风范、古都风云、时代风貌的城市特色”……中共中央、国务院关于对《北京城市总体规划（2016年—2035

年）》的批复这样强调。

开展圆明园考古、香山昭庙和大慧寺保护修缮工作，全面梳理和综合评估现存遗址情况，实施圆明园大宫门历史风貌保护和功德寺景观提升等工程，依托圆明园升平署区域开展皇家御膳、宫廷音乐等文化传承工作，提升西山植被质量，部分恢复水稻田园风光，严格控制建设规模和建筑高度……北京新总规，为“三山五园”地区保护指明了方向。

期待看到更加详细具体的“三山五园”保护利用规划方案，期待“三山五园”的保护和利用有更加强有力的统筹，期盼在“三山五园”保护中加大文物和遗址保护力度，活化特有的非物质文化遗产，让京西这块宝地更加灿烂辉煌……

“北京历史文化是中华文明源远流长的伟大见证，要更加精心保护好。”作为传播人来说，“三山五园”的一个当务之急，还是加强传播，让更多人明白其过去和现状，共同研究、书写、描绘未来。当然，加强传播的一个前提，仍然是组织深入研究，充分挖掘其文化价值。

“三山五园”不好记。不过如果把其放到北京全市范围考虑，也许八个字，就能概括千年古都北京历史文化的精华：“一宫一城三带五园”，“一宫”是故宫，“一城”是老城，“三带”是长城文化带、大运河文化带和西山永定河文化带。

第十章

让人欢喜让人忧——长城探访记

引言

长城在呼唤

环顾北京，其壮美，不仅在于有从辽金到明清的历史遗存，有数不清的名人逸事、故居会馆，有金碧辉煌的明清皇宫，更在于有500多公里长的万里长城最精华段。

万里长城，无疑是一张北京名片、中国名片。

不到长城非好汉。而长城的现状究竟怎样?

自北京城东北绕至西北，一条“游龙”盘旋在崇山峻岭之间……因为拱卫京师的缘故，北京段长城历来受到帝王高度重视，多次加固，尤其是明代为了巩固国防将修筑北京段长城当作国家大事，使之在规模、质量和布防密度等方面都十分出色，也因此成为万里“长城之冠”。

长城资源调查显示，北京地区现存墙体总长度为573公里，其中明长城526公里；长城遗存2356处，包括长城墙体、单体建筑、关堡和相关设施等，分布于平谷、密云、怀柔、昌平、延庆、门头沟等6区境内。2006年，北京长城段被国务院公布为全国重点文物保护单位。

作为对历史文化有着浓厚兴趣的新闻人，从2017年开始，我们多次实地探访北京段的多处长城。

所见所闻，令人颇有几分感触，作为国家级文物，长城不愧是中华民族的象征，巍峨壮丽，多姿多彩，穿越千年依旧巍巍矗立，长城所凝聚、代表的民族精神，更是穿越时空直至久远……而长城保护、利用的现状借用一句歌词形容，就是“让人欢喜让人忧”。

让人欢喜让人忧——长城探访记

近年来，在崇山峻岭之间、人迹罕至之处，一些坍塌或受损的长城正得到逐步修缮。然而，尽管政府采取种种措施加强对长城的保护和修缮，但是现状仍然不尽如人意：一些长城缺少保护和修缮，险情不断；人们对长城的作用、丰富性还欠缺认识，对长城的保护、开发和利用还存在一定的误区，对长城文化、长城精神的挖掘亟待上升到更高层面。

重新认识长城，从更高层面保护、利用长城，尤其是长城北京段，已经刻不容缓！

和长城“结缘”：竟然因此“拿”了一次新华社社级优秀新闻

到北京工作生活 24 年，多次去过八达岭长城，那里的长城巍峨壮观，游人如织。而进一步认识长城，是 10 多年前在中国科协在海南召开的学术年会上。

万里长城是中华民族的象征和骄傲。以往人们老是说，长城是宇航员能从太空上看到的地面建筑物。人类究竟能否在太空看到长城？长期以来，人们对此一直争论不休，成了一段历史谜案。

而在当时，从国外宇航员“见”长城之说，到把此事写入小学课本，从我国首位航天员杨利伟宣称未见到长城，到欧洲空间局制造的“从太空看长城”事件，一时间迷雾重重，争论热烈。

曾在太空站工作的宇航员威廉·博格在1991年出版的《在太空中如何盥洗》一书中说，在那样的高度上已无法用肉眼看到长城，而需要用望远镜才能看到。

2000年，凤凰卫视曾采访第一批登上月球的宇航员之一的奥尔德林。他说，在月球上是看不到万里长城的，长城是狭窄而不规则的，在轨道上，很难看到不规则的事物。

2000年5月4日，首位太空游客蒂托在接受记者采访时也说：“我从中国上空飞过时看到了中国的河流和山脉，但没有看到中国的长城。”

2003年10月，中国首位宇航员杨利伟返回地球后表示：“看到地球景色非常美丽，但我没有看到我们的长城。”

2004年年初，全国政协委员王翔在全国政协十届二次会议上的提案，要求有关部门尽快纠正小学语文第七册课文《长城砖》中有关宇航员肉眼能看到长城的错误，教育部对此公开答复表示纠错工作正在进行。

八达岭长城秋色

美国宇航员尤金·塞尔南2004

年2月访问新加坡时表示："在高度为160至320公里的地球轨道上，中国的长城的确可以用肉眼看到。"国际空间站远征七队的科学官埃德·刘也赞同他的观点。

2004年5月11日，欧洲空间局网站首页以"从太空看中国长城"为题，发布了一张"普罗巴"卫星3月25日过境时获取的高分辨率卫星图像，文字说明指出，该图右上方一条蜿蜒曲折的细线条是延伸7240公里的长城。该公告还认为，如果天气、光照等条件适合，宇航员可以用肉眼看到长城。

公告刊出仅一天后，美国宇航局网站转发了此信息和图像。两家国际公认的空间科技权威机构发布的信息立刻引起广泛关注，类似"从太空看到长城并非神话"的报道出现于国内多家媒体，还有文章"叫停"政协委员建议小学语文课本应纠错的提案。

与此同时，质疑和否定的意见也纷纷见诸报端和网站。复旦大学和美国加州大学的学者首先提出不可能是长城，根据立体效应和翻转180度看，图像很明显是一条汇聚水流的山沟。

2004年5月19日，欧空局发布纠错公告，承认此前公布的图像解释错误，把一条注入密云水库的河流误判为长城，至于那条被判为运河的影像是否有错和宇航员能否看到长城等问题则未提及。

2004年5月27日，北京市测绘设计研究院的科技人员用航片、1∶10000地形图与欧空局的图像进行叠加分析后提出新的看法，长城、河流之说都不正确，是条山间公路。

2004年6月4日，有人提出"杨利伟没有看到长城事出有因"：杨利伟在21个小时的太空飞行过程中没有在白天飞越长城上空，因此根本没有时间看到长城。

2004 年 5 月，苏联女宇航员捷列什科娃访华期间曾透露，她在 1963 年环地球 48 圈的过程中看到过长城。

…………

究竟能不能看到？在 2004 年的中国科协年会上，我偶然看到了中国科学院遥感卫星地面站戴昌达研究员提交大会的一篇论文，通过一项实证研究为这一历史谜案画上了句号：科学家通过理论分析、遥感实验和实地验证确认，人类肉眼无法从太空看到长城，但依靠高分辨率遥感技术能“看”到长城，后来采写播发了消息《我国科学家澄清“历史谜案” 确认“肉眼无法从太空看到长城”》和新闻背景《历史谜案的由来 ——“从太空肉眼看长城”争论大事记》。

戴昌达研究员从事遥感图像解译 40 多年，他和光学物理专家聂玉昕研究员合作进行理论分析、遥感实验和实地验证。根据人眼视觉原理和视觉分辨率，几位科学家认为，即使长城宽达 10 米，常人识别长城的最远距离也仅约 36 公里，视力好的侦察员大概可在 62 公里处识别长城。“这些距离都远低于公认的太空高度，何况长城一般只有 5 米宽。”

会否像“黑夜看明灯”那样看到长城？戴昌达说，长城属砖土结构，不是发光体，也不是强反射体，与周围背景的反差不会太大，且宽度、高度有限，不会有太大的阴影和投影。“宇航员在升空或降落的瞬间也许能看到长城，但这个瞬间太短暂，宇航员也不能分心，不可能看清。”

“欧空局认定的‘长城’实际上是一条山沟，‘大运河’则是密云水库的主要支流——白河。”

《我国科学家澄清“历史谜案” 确认“肉眼无法从太空看到长城”》

一文被许多媒体采用。一时间反响强烈，这篇文章后来也被评为新华社优秀好新闻。

北京早期长城之谜：认识长城的丰富性、多样性

2017年的一天，一则消息，让我们眼前一亮：耗费37年之功，3卷本《北京历史地图集》终于出版。《北京历史地图集》是已故著名历史地理学家、中科院院士、北京大学侯仁之教授及其所率领的历史地理学科研团队，历时37年时间完成的一项重大科研成果。全套书文字75万字，地图460幅，历史照片100余幅。

这则消息提到，在北京境内确定有北齐长城的存在。

北齐长城？以前只听说过秦长城、明长城，怎么冒出来一个北齐长城？

好奇心驱使我们专门约了侯仁之先生的学生、北京大学历史地理研究中心教授唐晓峰见面。那是一个阴雨天，在五道口附近的一家咖啡馆里，我们见到了唐晓峰教授，边喝咖啡边聊，随后又去了他位于北大校园里的办公室。

一般在北京地区所见的明长城，修筑整齐，有高大砖石墙体和空心敌楼。唐晓峰与团队其他成员在编绘《北京历史地图集》中，注意到北京北部山区有一些与一般所见明长城显然不同的古长城遗址。

“最开始是密云退休教师张伯丞发现的。”唐晓峰说。过去这些年，他和同行、学生一起实地踏勘30多次，最终确定了北齐长城在北京境内存在的证据，并绘制出了具体的走向。

原来，公元550年，高洋废东魏孝静帝，自己即皇帝位，建国号齐，称齐文宣帝，改元天保，首都依然定在邺（今河北临津西南）。后代史学

北大教授唐晓峰

家为区别南方萧道成所建齐朝，称之为北齐，也叫高齐。北齐王朝建立后，承东魏疆土，领有今洛阳以东的河南、山西、河北、山东和辽宁、内蒙古各一部；南邻梁朝，公元 557 年梁亡后为陈；西接西魏，公元 556 年西魏亡后为北周；东滨渤海；北与柔然、契丹、突厥、库莫奚毗邻。高洋一方面在政治上采取措施，严禁贪污，制定齐律，建立州郡，稳定内部；另一方面为巩固防务，首先进行军队整顿，加强对游牧民族及对西魏、北周的防御，立国 27 年中，连年出击北方强敌柔然、突厥、契丹，取得节节胜利，在出击北方强敌的同时，为巩固北方边防和防御西部的北周，曾先后在北部和西部多次斩山筑城，断谷起嶂，修筑过长城。北齐所筑长城规模之大，稍次于秦长城。

唐晓峰送我们一本他与人合著的书《北京北部山区古长城遗址地理踏

查报告》，书上一张张彩色照片，清晰可见分布在昌平、密云、延庆等区的古长城遗址：有的倾圮十分严重，仿佛碎石块“砌”成的古长城；有的石垒城垣，犹如一条游龙一样，在一条条山脊上蜿蜒分布；有的两侧都是绿色植被，因而这条“游龙”就显得格外醒目。

一张照片上，是“历史见证人”指捏纹瓦：一块略微弧形的瓦片上，清晰可见当年工匠指捏留下的凹陷痕迹。这些倾圮严重的石垒长城究竟分布在哪些地段？它们是何时所建？它们与高大的明长城又是什么关系？

唐晓峰与团队从2004年起开始展开实地调查，最早从明万历年间有人记载、“瓦砾纵横，微有雉堞”的“秦皇之址”即昌平西部北西岭遗址开始，而且把重点放在寻找人造器物和测年标本上，对当地发现的陶瓦陶片进行了分析鉴别，有指捏纹瓦、素板瓦、筒瓦等。

“那里扼守在蓟城通往怀来的古道上，北齐时将长城建在那儿，可能与当时的防御目的和筑城能力有关。”唐晓峰说。

门头沟大村遗址、门头沟大村城堡以西长城遗址、门头沟德胜寺遗址……按照“十里一戍”的记载，专家们在门头沟、密云多个地点找到了北齐长城的城堡遗址。

《北京北部山区古长城遗址地理踏查报告》记载了27处古长城遗址，配有大量图片和遗址地图、遗迹示意图、遗址分布示意图、剖面示意图和图表等，是一本考证严谨的学术图书。

“长城城堡中指捏纹瓦的发现，为我们判定长城遗址的年代提供了重要依据。系列城堡的发现，使我们对北京早期长城遗址的构造和戍卫特点有了更深入的认识。”唐晓峰说。

历史上，在山西大同、山东济南、河北漳县，都发现过北齐时期的

"指捺纹"房瓦。2006年，在北京旧城西部原蓟城所在的白纸坊桥南护城河底中水管道工程工地发现唐代河道，河道沙砾层中发现了指捏纹瓦，同年广安门广益大厦工地也出土了位于汉代地层之上的指捏纹瓦，专家认为当属于北齐时期。

"这些瓦的年代可以确定长城的年代，我们找到了那把破解长城年代的'钥匙'，初步解决了长久以来没有解决的问题。"唐晓峰说。

在这位权威专家看来，北齐长城沿线的城堡和墙圈分为三级：一是有瓦的城堡；二是没有瓦，可能只有一些草顶的房屋；三是位于山顶上的小型墙圈，面积在200平方米以下，小的只有数十平方米。"北齐长城的建筑规格并不一致，有的地方比较高大，有的地方十分瘦窄，而且在很多地段尽量依托自然山体，在一些山势险要、林密难行的地段则没有筑城。在一些山脊上往往只在鞍部筑墙，山尖陡峭之处并不筑城。建筑方法上，多用石块干垒之法，省工省水，减少工作量。"

明朝利用了大部分北长城的基础，进行大规模改建，使北京地区的长城蔚为壮观。专家指出，《隋书·卷三十·地理中》在涿郡昌平县、渔阳郡无终县、北平郡卢龙县、安乐郡燕乐县与密云县下均注明"有长城"，这五个县的位置恰在今天北京昌平、密云、天津蓟县、河北卢龙一线。

"隋朝是继北朝而立，前朝长城还清晰可见。在这些地方经过的长城不会是燕秦长城，只能是北齐长城。"唐晓峰呼吁，整齐雄伟的明长城和原来低矮的石垒长城形成鲜明对照，石垒古长城遗迹今天大多已经无人理会，所有长城旅游开发的地段都是明长城部分，但是对于完整的长城历史研究来说，那些更古老的长城遗址却有着更重要的意义，亟待保护和开发。"这些古长城遗址，虽然没有明朝长城高大整齐，但其嶙峋的墙体却有着更加古老的韵味。其历史意义、文化价值都非常高。”

“北京北部山区的古长城遗址，应该得到进一步系统的研究和必要的保护。在妥善保护的前提下，古长城的某些地段可以开发，作为明长城的附属旅游项目，丰富北京的长城旅游文化。”这位专家继续呼吁。

抗战“长城”——作为中华民族精神的象征，要重新挖掘

习近平总书记指出：“北京是世界著名古都，丰富的历史文化遗产是一张金名片。”

为此，北京确立了三个文化带——大运河文化带和长城文化带、西山永定河文化带，并相继或即将出台有关规划。

2017 年，“七七事变”80 周年之际，我们驱车近两个小时去密云探访潮河之畔著名的古北口。

“地扼襟喉趋朔漠，天留锁钥枕雄关”，古北口是长城上最著名的关口之一，是北京与东北地区往来的咽喉要道，自古以来就是兵家必争之地。

1933 年，盘踞在我国东北的日寇侵占热河后一路长驱直入。在喜峰口、古北口等地，长城抗战爆发：是年 3 月，北京地区抗战第一枪在古北口打响。这是长城抗战中战时最长、双方投入兵力最多的一场战役。

密云区党史办负责人说，先后有 4 万余名官兵奋勇抗击日寇，伤亡万余人，毙敌数千人，战况极为惨烈。

“那是一场激战中的激战，战斗持续了两个多月，打破了日本鬼子‘一个星期拿下古北口’的迷梦……”2008 年起担任讲解员的古北口村村民刘宪娥说。

沿着崎岖山路，我们登上古北口附近蟠龙山长城的一处制高点——将军楼，80 多年前，为争夺这处制高点，敌我双方展开殊死搏斗。

十米见方、满目疮痍的将军楼保留了80多年前的原貌：一层顶上赫然一个直径一米多宽的炮弹洞，墙上可见大小不一的弹坑；一块斑驳城砖上，留着日寇刻的汉字——“步兵十七联队占领”。可以想象，当年这里曾经发生的战斗之惨烈：日寇动用了飞机、大炮、坦克，疯狂进攻；我军坚守阵地，顽强阻击来犯之敌。

战争残酷的印迹就在眼前，而长城的巍峨更是令人震撼。左蟠龙、右卧虎，在将军楼上极目四眺，层峦叠嶂，气象万千，长城犹如一条巨龙在山峦间盘旋，忽上忽下，巍峨壮观：这历经多个朝代、见证无数血雨腥风的巍巍长城，不正是中华民族百折不挠精神的象征吗？

“当时的长城血流成河，漫山遍野都是尸身。”68岁的村民张玉山说。父辈告诉他，战斗持续两个多月，村里百姓冒着生命危险，将几百具阵亡将士的尸骨收殓，合葬于长城脚下。

“入土为安，一层芦席，一层遗体……”古北口战役阵亡将士公墓于2015年8月被列为国家级抗战纪念设施、遗址，公墓大门上是一副黑色挽联：“大好男儿光争日月，精忠魂魄气壮山河”，横批“铁血精神”。

这铁血精神，不正是长城精神的写照？

仿佛就是这精神的印证——距离将军楼不远处，一条乡间公路旁，形似帽子的帽山虽然不高，却格外陡峭。山脚下，一块白色大理石材质的“古北口长城抗战七勇士纪念碑”耸立，在青山绿水间格外醒目。80多年前，日寇在此遭到顽强阻击，用飞机和重炮疯狂轰击、以死伤百余人的代价艰难攻克山头，结果发现阻击者竟只有7名战死的中国士兵。侵华日军被中国军人忠勇为国、宁死不屈的精神所打动，将他们的遗体埋葬于山前，并在坟前竖起木牌，题字“支那七勇士之墓”。

“电影《集结号》还约定吹号撤离，这里没有集结号。7个中国士兵凭一挺机枪、几支步枪，勇敢担负起掩护大部队撤退的任务，直至全部壮烈牺牲……”回忆历史，负责人感慨万千。

从1933年3月5日中日军队接战，到当年5月19日密云县城陷落。在历时75日的古北口战役中，中国军队不畏强暴、浴血奋战，用鲜血和生命捍卫了民族尊严。

纪念碑前，一株株鲜艳的秫秸花怒放，生机勃勃……

“古北口一役，虽以失败告终，但将士们视死如归、血战到底，虽败犹荣！”密云党史办原调研员林振洪说。

恢复重建的古北口北关关口巍峨壮观，也是长城的一部分。相传宋嘉祐五年，即1060年，欧阳修自汴京出发，直奔古北口，在这里登上峰顶，望长城内外，思乡之情油然而生，留下了“古关衰柳聚寒鸦，驻马城头日欲斜；犹去西楼二千里，行人到此莫思家”的诗句。古往今来，无数帝王将相、文人墨客从这里进出，或远赴关外，或抵达京师。康熙、乾隆等清帝前往承德避暑山庄，也是从这里走过。

铁血精神，自古就有传承——北关关口一侧的杨令公庙，记载了辽宋时期一段众所周知的历史：杨令公庙初建于辽太平五年，庙门两侧白墙上的“威震边关”四个大字格外醒目。当地干部介绍说，这是杨令公战死沙场后，虽为敌对一方，辽国有感于其忠贞爱国情怀为其所建。农历九月十四是杨令公的生日，当地百姓自发为其庆祝，逐渐形成规模盛大的民间庙会，每年吸引周边地区众多民众参加。

爱国精神，一直在传承。有关资料记载：1937年全面抗战爆发后，密云人民前赴后继，先后有3000多人参加中国共产党领导的抗日武装，7600

多名抗日群众献出生命。

“全面抗战爆发后，北平虽被日寇占领，但中国共产党领导的抗日武装一直战斗在长城内外。1945 年，日寇投降，苏联红军和冀东抗日根据地承兴密联合县政府在古北口接受了日军投降。”林振洪说。

落后就要挨打，发展才是硬道理。经过多年努力，如今 9000 多人的古北口镇已经成为全国首批中国特色小镇、中国历史文化名镇。作为生态涵养区，旅游业已经成为这里的支柱产业。距古北口约 60 公里外，京沈客运专线正紧锣密鼓地施工。未来几年开通后，包括古北口在内的北京密云，这块光荣的土地，将踏进高铁时代……

最险长城：不仅需要修缮，更需要“开放利用”

“这长城都有 400 多年了。”81 岁的卢天来老人，在长城脚下居住已经 10 多代了，祖先是从山西逃荒来的。

西栅子村 5 大队，北方明媚的阳光下，这个长城三面环抱的自然村显得格外安宁，路边，花开得正艳，一根电线杆上挂着一个指示牌，上面写着民宿的名字和电话。山居、宾馆……不少民居上的广告牌格外醒目。

这个村子守护的长城，就是万里长城最著名险段之一的箭扣长城——距怀柔县城约 40 公里的箭扣长城位于京郊怀柔区西北的八道河乡境内，最高海拔 1299 米，由于整段长城蜿蜒呈“W”状，形如满弓扣箭而得名，是各种长城画册中上镜率最高的。

路边、院子门口，偶尔能见到“老外”在向村民询问什么，村口的停车坪上，停放了近 10 辆越野车或者小汽车，不时有背包客上车或者下车……

“村子里住了 10 多户老外，一租就是 5 年或者 10 年。”当地了解情况的同志说。

卢大爷早年当过村支书，一直到 1998 年才“下来”。如今的村支书，是他的大儿媳妇。

“原来一般没人破坏，后来搞开发，人多了，尤其是年轻人来爬长城的多了，有些破坏，现在管理了，不多了，大多数人能把垃圾带走，也有不自觉的。”

老支书有两儿两女，8 亩地 1000 块钱一亩租出去了。“几年前开民宿，一年能挣三四十万，大儿媳妇当村支书以后就不做了。”

前往箭扣长城的山路两侧都是果树，路边一道铁丝网引起我们的注意，上面挂了两块约一米宽的纸牌子，上面写着：“摘栗子者罚款一百元，折枝五百至一千。”

“这都是村民自制的，修长城搬运砖，得给他们交补充费，只能由中标单位和他们谈，从他们中标的经费里出。”怀柔区文委副主任郭大鹏解释。

山路确实有些陡峭，路上还撒满了落叶，尤其下山时候脚踩在上面有些滑，有时候人不由自主地小跑起来。有经验的人拿根树枝或带根拐杖做支撑，确实能起到平衡的作用。

我们登上的长城段，是箭扣 146 号敌楼至 150 号敌楼，也就是从天梯至鹰飞倒仰一段，总长约 1003 米，地势十分险要，是北京段长城之精华所在：这里关隘设计严谨，敌台密集，工艺精湛，但因早年人为的破坏以及自然冻融、开裂，敌楼、敌台、墙体坍塌损毁严重，多处出现安全隐患。

“如不及时进行抢险加固，很可能全部坍塌，并且这里每年都多次发生游人伤亡事故。”2014 年由怀柔文物管理所编制的《抢险修缮工程立项报告》这样指出。

报告里一张张图片，形象展示了长城各敌楼箭扣 146 号敌楼到 150 号敌楼各个敌楼的残损状况，惨不忍睹。

登上“修旧如旧”的敌楼远眺，三个不同方向的长城在一处山峰峰顶会合，呈倒“Y”状的“北京结”清晰可见：北面往九眼楼的方向通向黑坨山、宣化和大同；向西南方舒展逶迤而去的长城则通向响水湖、大榛峪、黄花城长城；向东南方向经过鹰飞倒仰、天梯、箭扣长城可直通慕田峪长城。北京结是长城上罕见的三处长城的交会点，同时也是内长城、外长城的连接点。

“这里的白灰已经有 400 多年了。”六十出头的怀建集团有限公司古建分公司副经理程永茂做长城维修已经有 20 多年时间，老人年纪虽然最大，爬长城却走在最前面，“这里的长城主要是拱卫京师和十三陵”。

据说，长城修缮一延米的成本要两万。“这里的砖，一人两块，60 斤，背上来，二次搬运费高。”程老指着长城地砖说。

箭扣长城最有名的一段，是“箭扣天梯”和“鹰飞倒仰”，天梯就在眼前，几乎呈垂直状，陡峭难攀。眼睁睁看着一位背包客从天梯上手脚并用爬了下来，我不禁为之捏把汗。这是一位来自北京郊区的驴友，喜欢只身一人爬长城。

就在山谷间，不时能看到苍鹰翱翔，“鹰飞倒仰”果真名不虚传。

郭大鹏说，未来 5 年，将修缮重点确定在对箭扣长城保护、利用和展示上，积极争取国家级、市级文物保护专项资金，把箭扣长城修缮工程打造成全国精品示范项目。根据不同地形地貌和保存现状进行多样设计，经过认真筛选，按照轻重缓急和便于管理的原则，计划投资 1.5 亿元，分 5 段对箭扣长城进行修缮，全长 7728 米，敌台 51 座，贯穿整个箭扣段长城。

该建的建，该修的修，该用的用，这是文物保护的原则。作为国家级文物，长城不仅需要修缮，更需要开放利用，在利用中才能实现更好的保护。

“我们计划打造长城体验区，把箭扣长城作为长城体验区的首选点进行建设，在保护利用上摒弃‘旅游景区’的模式，按照高端长城文化体验区的定位，以‘保护为主，适度建设’的理念进行保护、传承和利用。”郭大鹏说。

在怀柔文委的规划里，长城体验区的建设，首先，将根据游客徒步、探险习惯，结合长城自身险峻程度和观看角度，架设辅助性栈道及观景台，既可满足游人近距离感受长城的沧桑魅力，又可以使长城免受人为的攀爬破坏；其次，计划在西栅子村修建长城文化展馆，兼具接待中心功能，通过图片展览、文物展示、书籍展卖、旅游产品售卖等不同方式，展示长城文化。

“同时我们还设想箭扣长城大型实景演出场地，以艺术形式回顾和演绎大气磅礴的历史风云、边塞奇观、民俗民风，以充满视觉冲击力的艺术作品，引发观众心灵震撼，从而留下深刻印象，演出可借鉴外地成功经验，实现顶级艺术家与当地农民群众的相互结合，共建共享，形成和谐互利的良性格局。”郭大鹏描绘出一幅未来图景。

长城文化带是修缮示范带、文化展示带，也是旅游体验带、生态保护带、富民产业带。

“仅怀柔区域内长城 65.4 公里，就有单体建筑 284 座、城堡 22 座、不可移动文物 69 处、碑碣石刻 255 块。长城周边还有明代板栗园、长城古

以险著称的怀柔箭扣长城

怀柔箭扣长城“西大墙”，墙壁雪白，犹如一条白龙

堡、古村落等丰富的历史文化遗存，“长城的文化内涵极为丰富，太多和长城有关的故事、传说亟待搜集整理。”郭大鹏说，“长城修缮刻不容缓，以怀柔为例，除少数长城进行旅游开放外，目前绝大部分都处于自然状态，因长期经风受雨，地壳变动，灌木滋生，多数墙体损害严重，抗自然能力减弱，有的已经倒塌或濒临倒塌，甚至消失，加强对长城本体的修缮已是迫在眉睫。”

长城“险”情不断 保护和利用亟待加强顶层设计

长城修缮，仍在进行中。

2018 年 8 月的一天，我们又应邀赴密云新城子镇，探访正在修缮的东沟段长城。由于人为破坏以及自然冻融导致的开裂，这里的敌台、敌楼、边墙等砌筑墙体坍塌损毁严重，结构多处出现安全隐患，急需进行必要的修缮加固。这次抢险修缮主要针对东沟段的 209 号至 213 号敌楼，以及 204 号至 213 号敌楼之间的长城墙体。

新城子镇与河北滦平、承德、兴隆三县接壤，“一脚踏四县”，是北京第一缕阳光升起的地方。明朝时，这里就是战略要地，古堡密集。2018 年起，东沟村北一段近千米的长城开始修缮。因地势险峻，车开不进山，几十万块修缮所需城砖只能依靠最原始的骡驮、肩扛方式运至施工处。

北京 500 多公里长城，其中一部分是京冀两地的交界线，东沟段长城就是这样。由于北京一侧交通更加不便，我们从河北一侧上山。车队沿着村路行驶到一处停车处，在道路旁一字排开，无法再往上开了。

我们到时，14 头骡子已经都“背”上了沉甸甸的长城砖，每头骡子的背上都有两个方筐，各装了 6 块长城砖，大约有 300 斤。

运送长城砖的骡队

以险著称的怀柔箭扣长城，背包客正在爬“天梯”

骡子是从附近村庄农民那儿征集来的。54 岁的农民杨成海就是其中一位。在满是碎石的山路上，老杨拄着根粗树枝，一边大声吆喝赶骡子，一边吃力往上走。蜿蜒山路上，骡队依序而行，响起“嗒嗒”蹄声。

由于背的东西太沉，可以清晰地看到骡子肚皮的急促“呼吸”、喘着的粗气。骡队缓缓上行，骡子不时驻足休息，走走停停……村民告诉我们，工程实施以来，已经有两头骡子累倒了。

“骡子走不动，卸下两块砖吧！”有人喊。

一位赶骡人赶紧走到骡子旁，从两边筐里各抱出一块砖，放在路旁……

终于走到一处平台，这里有抽水机从村里抽水上来形成的水坑，骡子可以在这里及时补充水分，而通过电泵，水一直可以沿着水管往上被抽到长城墙体下。

抬头向上望，不远处山峰上耸立着残存的敌楼，近处，密林中一条羊肠小道通往长城，由于前段时间刚下过雨，密云降雨量还位居北京市前列，小道上遍布深浅不一的蹄印，泥泞不堪。

幸好出发前一天，北京市文物局的同志提醒我们要穿适脚轻便的鞋，携带矿泉水、食物，背有一定容量的双肩包，还要准备手套。我戴了一副耐磨的手套，在上下攀爬过程中发挥了巨大作用：无论是上爬还是下行，往往都要用手拽住路旁的树才行，一位当地人给了我一根硬木棍做登山杖，也非常管用。

一路跟着骡队，抵达长城修缮处。到这里，要再往上运长城砖，就只能靠人扛了。这段长城的最低处是一处水关，两面长城正在修缮，左侧长城俨然是石块长城：城砖坍塌后，内包的石块都裸露了出来；右侧的长城沿山势往上，一块块木板横搭着，便于工人通行，10 多个头戴安全帽的工人正在城墙上忙着拌白灰、砌城砖，有的墙体已修补完整，露出城砖。

为了到达最近山峰上的敌楼，我们沿着陡峭的山间小道继续往上走，扯着树枝，手脚并用，又经过 20 多分钟，终于到达敌楼：敌楼损毁严重，一角有坍塌，用木棍支撑着，工作人员反复提醒大家不要往那个角落去；通往敌楼顶层的梯子已经坍塌了一半，只能借助一侧的缝隙，在别人的托举下爬上去。登上敌楼顶层，竟然有黄色的小花绽放，极目四眺，周围群山起伏，沟壑纵横，气象万千。

两次修缮现场的探访，让我们感受到了长城修缮之难：由于长城多建在险峻之处，不少地段人迹罕至，地势复杂，修缮起来十分不易。

“长城基本都在山区，许多地段险峻，施工难度很大，但施工季节很短。”北京市文物古建工程公司东沟段长城项目负责人、55 岁的张保如说。正因为如此，50 多名工人都是早上五点半就出工，天黑才能休息。

“刚到这儿时，根本没有路，大家是拿镰刀、铁锹现开路，修长城的路可以说是人踩出的。”北京市文物古建工程公司古建专家、61 岁的万彩林说。水是利用水泵一级级抽上来，电则是要靠发电机，但最难的还是运材料，因为地势垂直高度高，机械进不来，只能靠“车、骡、人三级接力”。

尽管不易，人们一直在行动。

据北京市文物局介绍，2007 年至 2016 年的 10 年间，北京累计投入资金 3.74 亿元用于长城修缮保护，重点修缮了怀柔河防口、九渡河、青龙峡长城、密云古北口长城、延庆九眼楼、八达岭长城、平谷红石门长城、昌平流村长城、门头沟沿河城长城等。2015 年是纪念反法西斯战争胜利 70 周年，北京市高度重视长城沿线抗战遗址的保护工作，陆续对爆发古北口战

正在修缮的密云东沟段长城

役和南口战役的密云古北口长城卧虎山段、蟠龙山铁门关段、昌平区南口流村段长城进行了抢险加固和修缮，使长城抗战遗迹得到了有效保护。

通过环境整治、抢险性修缮，部分长城段的安全隐患得到消减，历史景观已得到恢复。但由于几百年的自然侵蚀，大部分长城段仍具隐患，难抵风雨，抢险修缮任务依然艰巨。

主要以苹果种植和进城务工为主要收入来源的东沟人，对长城修缮寄予厚望。

“长城是珍贵的历史文化遗产，修缮不易，要好好保护。”东沟村党支部书记秀海青说。村里已经制定发展规划，希望长城修好后，能凭借这张历史文化“金名片”和企业合作，发展乡村民俗旅游度假，建设集乡村度假、生态观光、娱乐休闲、户外运动于一体，具有农耕文化特色的生态乡村旅游地，促进村民就业和增收。

“它已经超出文物保护和利用的层面”

老城、三山五园地区、长城北京段、中国大运河北京段、京西古道、燕山文化景观区域（明十三陵、银山塔林、汤泉行宫等）、房山文化线路、南苑文化景观区域（南苑及南中轴森林公园地区）、国际文化景观区域（北京商务中心区及三里屯地区）、创意文化景观区域（望京、酒仙桥及定福庄地区）……这是2017年国庆前夕发布的《北京城市总体规划（2016年—2035年）》规划的北京十片重点景观区域，“长城北京段”位列其中。

“有计划推进重点长城段落维护修缮，加强未开放长城的管理。对长城保护范围及建设控制地带内的城乡建设实施严格监管。以优化生态环境、展示长城文化为重点发展相关文化产业，展现长城作为拱卫都城重要军事防御系统的历史文化及景观价值。”北京城市新总规对“长城文化带”提出了上述要求，虽只有短短108个字，内涵却极其丰富。

要知道，北京地区的长城始于战国时期的燕国，目的就是抵御东胡、山戎等游牧民族的侵扰。秦代以后的许多朝代都在北京地区修建过长城，长城修筑工程最为浩大壮观的非明代莫属，那是因为明代北京城的北面就是国防前线。

北京市文物局提供的一份资料显示：北京域内的长城墙体及与长城不可分割的各单体建筑、附属设施、相关遗存等，其中约超过半数已处于严重损毁甚至濒临消亡的状态，还有约40%相对保存状态一般，也因常年失于及时修整而隐患重重，很难挡御风雨年复一年的摧残，剩下不到10%的长城本体、附属设施、相关遗存，基本属于已得到抢险性修缮或已开发利用的段落。八达岭长城自1958年对社会开放以来，共接待世界各国元首500余位，国内外游客达2亿余人次。

“中国的线性文化遗产，体量最大的就是两个，一个是大运河，一个是长城。”最近几年，北京市文物局局长舒小峰一到周末就喜欢去爬长城，“现在要加大对北京长城段的抢险，现在就是先救命，后治病，先救命就是防止突然坍塌。”

长城是我国重要的地理和文化标识，是中华民族的精神象征。长城保护尤其是北京段的保护、利用，还需要进一步引起社会各界重视。

“写在国歌里的文物就一个，就是‘把我们的血肉筑成我们新的长城’，这是把民族精神注入了一个文物。长城的保护和利用之所以重要，就在于它已经超出文物保护和利用的层面了，应该从更高的层面看这件事情。”舒小峰说，不少长城沿线地区地处偏僻，经济欠发达，“长城保护、传承和利用，还有物质层面的作用，就是在做好保护工作时，怎么跟长城沿线老百姓脱贫、改善民生、发展经济结合起来。”

文物需要保护，同时需要传承和利用。

长城文化带的建设，不光是文物保护、本体保护和物质层面的概念，还有传承问题，更多的是精神层面的传承，就是长城历史文化内涵的发掘、传播和宣传。

“利用是什么样的利用？是低端利用，村村点火、户户冒烟，破坏性使用，还是加强规划、有序管理？这些都是迫切需要研究的问题。”北京市文物局透露，长城文化带的保护与利用是北京市文物保护的重要内容，已将长城抢险修缮列入“十三五”文物保护重大工程项目，将进一步加大资金投入，进一步推进昌平南口、密云古北口、怀柔箭扣长城等抢险加固工程，同时进一步落实北京市辖区内长城沿线各区、乡镇政府在长城保护工作中的主体责任，强化市政府有关部门的监管职责，鼓励全市单位和个人以各种形式参与长城保护工作。

第三编

城市灵魂

导言

灵魂之城

城市，是人类生活最伟大的创造。

说一座城，是有灵魂的，是因为在这座城的舞台上来来往往过的人，尤其是杰出的人留下了动人的故事、感人的精神……

在近现代历史上均有举足轻重地位的北京城，更是如此，更是一座凝聚了奋斗精神、爱国精神的城市……

“正是在人类追求自由秩序的过程中，城市成为一个无比重要的驿站乃至目的地，人们在此不断上演各种戏剧、话剧，甚至生于斯、终于斯。”北师大教授张曙光说。

3000 多年来，尤其是近现代以来，“北京”这座城市的舞台上演了多少人间戏剧？戊戌变法、义和团运动、张勋复辟、袁世凯称帝、五四运动、卢沟桥事变……

我们走近这座城市里的人们：从燕南园里的“今昔”大师到在京工作生活 12 年，实现从一个教育部公务员到小说家、文学家“蜕变”的鲁迅，再到 20 年前回国创业、连续 10 年全球脑起搏器植入量第一的李勇杰，正是这些人身上蕴藏的精气神，成为这个城市的灵魂所在。

南京大学教授潘知常说，正是因为城市“这容器承载”了人类的全部自由、全部权利、全部尊严，因此，它才有生命、有灵魂，犹如人的最终

“成人”，它也最终得以“成市”。

北京，早已“成市”，而且是“大市”，一座东方明珠式的大城。

第十一章

一个城市的灵魂和荣光
——北京宣南名人故居、会馆探访

引言

身边的名人故居、会馆

就在眼皮底下，这么多名人故居、会馆，咫尺之遥！

而我在这里生活了20多年，竟然浑然不觉。

过去两年里，我对周围的胡同小巷开始琢磨，开始行走，才发现，就在我们工作生活的宣武门、长椿街往南一带，云集了如此之多的会馆、故居。

而这些逃过大拆大建，虽然大多沦为大杂院的会馆、故居，在党的十八大以后迎来了命运的转机——北京的历史文化遗产，是一张中华文明的"金名片"，要加强保护和利用。

上斜街在金代，竟然就像今天的王府井一样繁华?!

龚自珍在京为官，在这一带居住多年，写下了"落红不是无情物，化作春泥更护花""我劝天公重抖擞，不拘一格降人才"等名句……

以康有为、谭嗣同为首的1300多名举人在这里和胡同北侧对门的嵩云草堂即河南会馆聚会，由康有为起草了一份1.4万多字的谏书，反对割地赔款，要求外御强敌，内行变法，史称"公车上书"。

谏草亭犹在，而当年上千名举人的脚步声仿佛还能听到，他们聚集在杨椒山祠，一起公车上书，呼吁变法强国。

岁月悠悠，多少兴和衰、沉沦和奋起，多少人物的命运或喜或悲，就在这块土地上发生。

名人故居，是一个城市的灵魂和荣光。

我喜欢看故居，在青岛看过康有为、老舍等人的故居，在北京看过李大钊、郭沫若、茅盾、齐白石、梅兰芳、纪晓岚等名人的故居，看了故居，对他们的生平更为了解，对他们的成就更为理解。

古人说，山不在高，有仙则名；水不在深，有龙则灵。套用这句话，我要说，城不在大，有名人就行；街不在老，有故事就好。因为这些名人先贤的身上，往往凝聚着人类最宝贵的品质、精神，给后人以启发、勇气甚至光明，照亮前行的道路……

北京是一座千年古都，从辽金元明清到近现代，这块热土镌刻下太多帝王将相、革命志士、英雄豪杰、文人墨客的历史痕迹。故居，就是这些“痕迹”最有效的物理载体，当然还包括会馆，因为会馆中“居住过许多名人，因而也成了名人故居”（古建专家王世仁语）。

“老城不能再拆！”近年来，具体说是党的十八大以来，这座城市对历史文化的认识发生了巨大变化，一些被列为市、区级文保单位的故居、会馆等直管公房类建筑启动腾退，并列出了时间表，使人们看到了希望。

2018 年 2 月 18 日，即狗年初三，一个阳光灿烂的日子，笔者从长椿街到宣武门，再到菜市口，不到两小时的时间里，徒步探访了东莞会馆、龚自珍故居、沈家本故居、杨椒山祠、湖南会馆、浏阳会馆……

中国近代法学奠基人沈家本故居：活化利用、物尽其用

清朝在北京实行“旗民分城居住”。八旗居内城，汉人居外城。在北京宣武门以南的外城地区，逐渐形成了以汉族朝官、京官及士子为主要居民的地域，人们称之为宣南。

从西周蓟城、唐代幽州到辽代南京、金代中都，基本都在宣南一带。“北京有多老，宣南就有多老”，笔者多次探访宣南胡同街巷里的故居、会馆，徜徉其中，感受历史的回响。

新华社北京分社所处的位置叫诚实胡同一号，位于老墙根胡同和广安胡同（早已扩成南北双向车道）十字路口的东南侧，这里距离宣武门不远，实际上是北京老城的一部分。这个地理位置，意味着这里四处都是历史，就如老墙根，正如王世仁先生所说，“这个‘老墙’应即是辽城东墙”，也就是辽代燕京的东墙。

正因为地处老城，周围还有一些在过去突飞猛进发展、大拆大建中幸存下来的胡同和四合院，也就是如今的大杂院。为什么说“幸存”？记得2017年在宣武门南整治后的达智桥胡同采访时，一位在这里住了几十年的退休教师说，其实早在十多年前这里就传闻过要被房地产开发商改造，大伙都等着腾退搬迁，但是后来就没消息了，而就在这一带，恰恰是宣南核心地带，是名人故居、会馆云集之地。

2014年2月，习近平总书记考察北京时指出，“北京是世界著名古都，丰富的历史文化遗产是一张金名片，传承保护好这份宝贵的历史文化遗产是首都的职责”。

一锤定音！北京的历史文化遗产的命运从此发生转折。宣南一带也有

了变化，拆迁是不可能了，关键是怎么样保护利用好。伴随着疏解整治促提升、背街小巷整治提升等一项项工作的展开，这一带的街巷、故居开始加快重新收拾、整治的步伐。其中，最有名的，就是位于西城区上斜街金井胡同 1 号的沈家本故居。

沈家本何许人也？1840 年出生的沈家本是浙江吴兴人，清朝光绪朝的进士，历任天津与保定知府、刑部左侍郎、大理院正卿、修订法律大臣等，坚信以法救国、以法强国，在清末激烈的思想与权力交锋中，使一系列与世界接轨的法律条文问世，如《大清刑事民事诉讼法》等，著有《历代刑法考》《诸史琐言》，还主持制定了《大清民律》《大清商律草案》《民事诉讼律草案》等一系列法律，建议废止凌迟、戮尸、刺字等酷刑，最早提倡、创设了中国的律师制度、中国检察制度、现代审判制度，提出了改良监狱、让在押犯人学习劳动技艺以备出狱后能吃上饭等人性化措施，堪称中国近代法学奠基人。

沈家本故居纪念馆

故居整体坐北朝南，从院子东侧走过，高高的墙体已然修葺一新。故居前面新辟出一个方形小公园，空间顿显敞亮，在这紧促的胡同里实在是难得一见，故居木质大门看上去比普通四合院的门大许多。

笔者曾经在故居基本整饬时有机会进过一次这座院子，一进大门，顿感豁然开朗，进门东侧有一座中西合璧、砖木结构的两层小楼，就是1905年沈家本筹资建成的藏书楼——“枕碧楼”，楼内曾藏书5万余卷。这是一座三进四层的院落，十分宽敞。难怪2015年出版的《增订宣南鸿雪图志》第二卷在介绍沈家本故居时这样描述：“整组建筑布局严谨，宽敞实用，很合主人的身份。”这位清末著名法学家从1900年入京到1913年逝世一直住在这里，写成了多部著作。

故居已经作为纪念馆免费对外开放，常设展览通过丰富史料反映了沈家本的生平及成就，其中一份由沈家本书写的奏折手稿叙述了清末四大疑案之一——‘杨乃武与小白菜案’当时审判中的诸多疑点。藏书楼展厅里还展出了由沈家本第四代孙沈厚铎先生捐赠的多个老物件儿，包括沈家本用过的藏书章、沈家本故居里用过的铜制手壶、“万寿无疆”墨碟、龙凤双琴朱砂墨等，故居内还设有清末修订法律人物展、中国古代法治人物展。真算是活化利用、物尽其用了。

期盼“公车上书”发生地早日重见天日

沈家本故居是北京市西城区下了决心腾退再利用的。而就在距其不远处的达智桥胡同和校场三条交接处，赫赫有名的杨椒山祠的腾退工作就差最后“临门一脚”。

走进这座面积不亚于沈家本故居的院落，当年“公车上书”的情景仿佛重现眼前：上千举人联名上书救国图强……

历史的尘烟，仿佛就在昨日：这座院落是明代兵部员外郎杨继盛（号椒山）的故居松筠庵，杨继盛因写了《请诛贼臣疏》历数严嵩"五奸十大罪"，被诬陷下狱，受尽酷刑，入狱3年终被杀害，死时年仅40岁，被后人尊为忠臣典范。死后12年，明穆宗登基，赐杨继盛为太常寺少卿，谥号忠愍。杨继盛临刑前写下的名句——“浩气还太虚，丹心照千古。生平未报国，留作忠魂补”，一直到今天仍为人们所传诵。清乾隆年间，松筠庵被改为祠堂，起草《请诛贼臣疏》的书房后来被称为“谏草堂”，清代道光年间即1848年在祠之西南隅建一八角“谏草亭”。戊戌变法时，以康有为、谭嗣同为首的1300多名举人在这里和胡同北侧对门的嵩云草堂即河南会馆聚会，由康有为起草了一份1.4万多字的谏书，反对割地赔款，要求外御强敌，内行变法，史称“公车上书”。

谏草亭

走在杨椒山祠西侧的校场三条，胡同两侧的墙体都已进行了修缮，有的画上了画，或者嵌上了砖雕；院子内，绝大部分住户已经搬走，房屋破旧、电线乱搭，院子里杂草丛生，还有假山石可以辨别，谏草亭则被砖封得严严实实，似乎曾经住过人，忧中有喜的是，“整组建筑虽已破败，但原有格局及主要建筑仍为原状”（《增订宣南鸿雪图志》）。

期待这座有着如此历史——象征浩然正气，又是重大历史事件发生地的杨椒山祠早日完全腾退，早日重见天日，对社会公众开放……

北京最古老斜街：期待会馆和故居“复兴”

达智桥胡同往西不远，有一条不长的斜街——上斜街，据说是京城最古老的斜街之一，历史可以追溯到900多年前的辽代，当时叫“檀州街”。由于历史上这条胡同里共建有三座关帝庙，因此得名三庙街胡同。在辽金时期，三庙街胡同就相当于今天的西单、王府井，是一处相当繁华的街区。如今，长椿街路口往南有条三庙街，其路北的小区就叫“三庙小区”，想来和这个不无关系。

一日路过，偶然一瞥，发现了上斜街56号门前挂着一块牌子，上书“东莞会馆”几个大字，大门两侧是保存完好的八字影壁，很是气派。传说这里曾是清雍正年间大将军年羹尧的故宅。光绪年间即1910年，由广东陈氏家族陈学陶等人购得这处院落，次年改建为东莞会馆，据说当时在后院设立了敬贤堂，主要祭祀袁崇焕等莞籍先贤。晚清进士、莞籍文人张其淦曾撰文：孤忠曾督蓟辽师，问前朝，柱石何人，赫赫大将军，足显山川聚灵秀；伟烈犹思东莞伯，愿后辈，风霜炼骨，茫茫新世界，好凭时势造英雄。

东莞是一座历史文化名城，有着 1700 多年的郡县史，是岭南文明的重要发源地之一。如今的东莞，因“世界工厂”而闻名遐迩。东莞会馆大部建筑还保有旧时格局，历史上曾经居住过古文字学家、金文专家容庚，史学家、方志学家张次溪等莞籍名人。

走进东莞会馆的院子，基本都是拆改翻建的房子，只有中间一栋从屋檐、房柱等判断是老房子，据《增订宣南鸿雪图志》描述，“现仅有中方厅保留原状”“中方厅坐东朝西，为歇山过垄脊，筒瓦屋面，面阔三间”。

院子里的绝大部分房子都贴了封条，落款时间是 2016 年 5 月 12 日。从大门口墙上贴的“致居民的一封信”可以看出，这里的腾退工作被列为西城区宣西风貌协调区北地块项目，从 2015 年 3 月 31 日就开始了。

龚自珍故居的“命运”：计划腾退

从东莞会馆往东，穿过名为“广安胡同”的马路，右手边的上斜街 50 号就是龚自珍故居、后来的广东番禺会馆。

只见一个高台上，一栋房子上的北侧挂着一块方形铝制牌子，上面写着“北京市西城区普查登记文物　龚自珍故居”字样。

龚自珍是清代著名思想家、文学家，官至内阁中书、礼部主事，他自 15 岁起写诗，直到 1841 年 49 岁去世，总共创作诗集 27 卷之多，今存 600 余篇。“落红不是无情物，化作春泥更护花”“九州生气恃风雷，万马齐喑究可哀。我劝天公重抖擞，不拘一格降人才”等诗句，至今仍然朗朗上口，久为传诵。他的诗，秉承了屈原、杜甫、陆游、辛弃疾等诗人的家国情怀。

一条夹道，直达院中，横横竖竖的几排房子，早已面目全非，令人想起龚自珍的《鹊踏枝·过人家废园作》：“绣院深沉谁是主？一朵孤花，墙角明如许。莫怨无人来折取，花开不合阳春暮。”

绣院深沉谁是主？这座原本坐南朝北的故居，有两进院落，分为东、中、西三路，西路及会馆大门因拓展道路已被拆除，中路一进院为格局相对规整的四合院落，二进院现存四栋传统建筑。由于常年作为居住场所，年久失修，文物建筑翻改严重，多数建筑主体结构已经翻建，历史风貌保存较少。

据北京市西城区有关人士介绍，东莞会馆、龚自珍故居、太原会馆等5个市、区级文保单位2018年正在腾退中……

湖南会馆：毛泽东召集驱张大会遗址

新华社北京分社所在的老墙根东南侧不远就是菜市口，路口东南侧能看到前些年在一片历史街巷基础上建起的小区中信城，西南侧是一栋电信公司大楼和一座酒店，后面仍然保留了一些胡同和四合院，也是北京南城所存不多的胡同区之一。

一天中午休息时间，我徒步来到菜市口西南侧，实际上就是“枫桦豪景”小区南侧的胡同里探访。没有想到，这里的胡同大都是南北走向的——四合院分布在南北走向胡同的东西两侧。

烂缦胡同原名烂面胡同，原本北起广安门内大街，南至南横西街，是早在明朝时就已形成的古老胡同。距离胡同北口不到50米远的101号就是湖南会馆。

建于 1887 的湖南会馆最初是来京应试的湖南籍举人、京官及候选人员的住处，民国时期成为湖南籍革命志士活动的场所。这里也曾留下毛泽东同志早期革命活动的身影——从 1918 年 3 月开始担任湖南督军的张敬尧，是一个作恶多端的反动军阀，上台后滥发纸币、盗押矿产、强种鸦片、纵兵抢劫、无恶不作，引发了湖南全省人民的愤怒。当年 9 月，毛泽东在学生联合会干部中酝酿驱逐张敬尧。学联公开发表“驱张”宣言，一场浩大的“驱张”运动正式开始。这是毛泽东独当一面发起的第一次有广泛影响的政治运动。为扩大影响和取得全国各界支持，毛泽东率领赴京“驱张”代表团于 1919 年 12 月 18 日到达北京，他的第二次北京之行一直到 1920 年 4 月 11 日。1919 年 12 月 28 日，毛泽东组织在湖南湘乡会馆召开“旅京湖南各界驱张运动大会”，并且在会上发表了演讲，大声疾呼“张毒不除，湖南无望”，10 位国会议员当场签名，并推举熊希龄、范静生、郭同伯三位议员见呈总统、总理，表达湘民“驱张”的决心。

就是在这期间，和李大钊、陈独秀等人的交往，对新书籍的阅读，使青年毛泽东逐步成为马克思主义者。他在 10 多年后对斯诺这样说：“我第二次到北京期间，读了许多关于俄国情况的书。我热心地搜寻那时候能找到的为数不多的用中文写的共产主义书籍。有三本书特别深地铭刻在我的心中，建立起我对马克思主义的信仰。”

据《增订宣南鸿雪图志》记载，李大钊 1917 年也曾在湖南会馆以“亚细亚学会”的名义发表过演说，陈独秀、蔡元培等人出席了会议。

湖南会馆原来是一处幼儿园，现在已经腾空，据说准备作为北京阳明书院的办公场所。

烂缦胡同位于“辽南京安东门旧址”附近。虽是冬日，午后的阳光灿烂而温暖，古老的胡同十分静谧，不时可见高大沧桑的树木。如果不是不少院子门前悬挂的五星红旗提醒，真不知今夕是何年，更难以想象，曾经活生生的历史，就在脚下。

绍兴会馆：周树人在这儿住了 7 年变身“鲁迅”

绍兴会馆就在烂缦胡同东侧的南半截胡同 7 号，坐西朝东，从胡同北口往南走几步就能看见，门前停放着一辆电动三轮车，门两侧各贴着一个红色的“喜”字。这里早就是典型的大杂院，建满了杂屋，院内“小路”仅能容一人走过，左侧路中间一株像藤的树顽强生长，令人印象深刻。

和湖南会馆比，这座院子显得“苍老”许多，如果不是门前分别于 1991 年、2011 年分别立的区文物保护单位、市文物保护单位标志，根本不会想到这就是赫赫有名的绍兴会馆。

由北京市西城区文物保护研究所编辑的《文物古迹览胜：西城区各级文物保护单位名录》一书这样描述绍兴会馆，“现存建筑大部分主体建构未经改动，风貌古朴”，和东莞会馆等比，这就算幸运的了。

绍兴会馆始建于清道光六年，是鲁迅先生在北京的寓所之一：1912 年，名不见经传的周树人来到北京工作，就落脚在这里，一住就是 7 年。

“没有吃过人的孩子，或者还有？救救孩子……”就是在这里，周树人于 1918 年创作出了我国新文学史上第一篇白话文小说《狂人日记》，还写出了《孔乙己》《药》《一件小事》《我之节烈观》等作品。毫无疑问，这里是鲁迅早期作品的摇篮，难怪有人说，鲁迅是到了绍兴会馆后才成为“鲁迅”的。

鲁迅在北京住了14年，从一名公务员成长为一名伟大作家，其中有一半时间是在绍兴会馆度过的。后来，他和弟弟周作人一起在西直门内八道湾购置了一套四合院，再后来，鲁迅从八道湾又先后搬到砖塔胡同61号、西城区阜成门内大街宫门口二条19号居住，后者就是现在鲁迅博物馆院内的故居。

绍兴会馆称得上是鲁迅“故居”，也是无数绍兴籍士子学人进京落脚之地，据说秋瑾烈士的战友徐锡麟比鲁迅早几年来京筹备武装、准备皖浙两省起义时，也在这里住过，还曾为修缮会馆捐过钱。

戊戌变法两甲子：谭嗣同九泉之下应笑慰

烂缦胡同再往东，临大街一角的北半截胡同41号，就是著名的浏阳会馆，也是谭嗣同故居。《文物古迹览胜：西城区各级文物保护单位名录》一书注明：浏阳会馆位于“北半截胡同41号，南半截胡同6号、8号”“由前后两进院落组成，前部为主，格局清晰、主次分明、空间开敞，后部为辅，用地局促。谭嗣同住在一进院正房内，自题为‘莽莽苍斋’”。

浏阳会馆整体建筑也是坐西朝东。门前一块石碑上注明了这里属于2011年6月13日公布的北京市文物保护单位；门口张贴着对院落内的承租户实施腾退的公告，落款是2017年12月4日；门口和房子的墙上，贴着一些标语，如“腾退是改善生活的机遇，而不是发家致富的根本，腾退的补偿政策不会逾越，不切实际的幻想不可实现”等。走进浏阳会馆，能看到有的房子已经贴上了封条，封条上有日期，最近的是2018年2月2日。

院内一株槐树有好几十米高，极其挺拔，应该“年岁”不小——要知道，2018 年恰逢戊戌变法 120 周年。120 年前，即 1898 年 6 月 11 日，光绪帝下诏“明定国是”，推行新政，戊戌变法肇始，前后历经 103 天，史称“百日维新”。中国史学会会长戴逸先生曾在 20 年前撰写的《纪念戊戌变法一百周年纪念碑记》中指出：“戊戌变法实开中国近代改革之先河，冲击封建桎梏，解放思想，刷新风气，启示后人，功不可没。今值纪念戊戌变法百年之期，神州大地沧桑巨变，社会主义中国屹立东方，改革开放遍结硕果。北京为戊戌变法策源之地，城南宣武为维新志士荟萃活动之区，抚今追昔，弥足深思。”

60 年一甲子，在两甲子之后，后人终于开始腾退浏阳会馆，纪念那段中国人都不应该忘却的历史、那段变法自强的日子，谭嗣同九泉之下有知，应该笑慰。相信尽管腾退不易，一定会尽快见到浏阳会馆腾退一空、修葺一新的那一天。

而 2018 年，又恰逢改革开放 40 年，今日之中国和 20 年前相比，又不可同日而语，已经稳居世界第二大经济体位置多年的中国，正从站起来、富起来迈向强起来的新时代。

从长椿街到上斜街，然后一路东行，再到达智桥胡同、菜市口几个胡同，一路寻踪故居、会馆……

把图片发到微信朋友圈后，没想到当时分管文物保护等工作的北京市西城区副区长徐利看后打来电话告诉我，2017 年 15 项文物项目已全部启动。三清观、兆惠府第遗存、聚顺和栈南货老店实现全部腾退。安徽会馆中路清零，项目腾退比例 89%；大栅栏西街 37、39 号商店腾退 95%；晋江会馆（林海音故居）、梨园公会腾退 94%；华康里、宜兴会馆腾退 93%；

云南新馆腾退92%。截至2018年1月24日，西城区2017年新启动的文物腾退项目共腾退居民435户，腾退比例达86%。

“在紧张调度新项目的同时，我们也在有序推进粤东新馆、杨椒山祠等结转项目，先后完成了护国双关帝庙、护国观音寺（文物本体）的腾退，全年共完成历年结转项目腾退居民72户。2017年是真正意义上大规模启动文物腾退工作的第一年。”

据悉，参照“沈家本样本”，“十三五”期间，北京市西城区将有包括28处名人故居和会馆在内的50余项直管公房类文物完成腾退。

真是好消息！我不由得想起《比较视野中的北京文化》一书所说的一段话：“名人故居的多少是一座城市历史悠久和文化厚重程度的标志之一。保护这些地方的原貌，使之不因时间流逝而毁弃，不仅是让后人感受到我们文明长河的久远，更重要的是能形成一种文明氛围，让仰慕文化的人们产生一种对文化古都的敬仰。”

第十二章

这个世界，有一种精神不死
——三访燕南园

引言

历史的影子

究竟有什么东西是永不熄灭的火炬？是物质，还是精神？

走进燕南园，你就会找到答案。

北大一隅，建在明代勺园遗址之上、面积不大的17个小院，已有90多年的历史。

这里的一砖一瓦一木，都镌刻了历史的影子，记录下了无数名师大家的命运变化、悲欢离合。

许多名字，人们耳熟能详：冰心、翦伯赞、周培源、马寅初、陈岱孙、冯友兰、汤用彤、王力、朱光潜、侯仁之……

多个下午，我在和今天居住在这里的“主人们”的聊天中顿悟：能量守恒，物质不灭，而精神也能够薪火相传，绵延持续……

我喜欢看名人故居，因为这些承载了历史和记忆的老房子，是一个城市的灵魂和荣光。

放眼北京城，除了老城里的一些名人故居，地处西北角的清华、北大校园内，也有一些名人故居，构成了这座城市文化和记忆不可或缺的一部分。

我很早就萌生了到北大燕园里探访那些名人故居的想法，2017 年第一次因为工作关系拜访北大宣传部时，就询问了一下燕南园的情况，宣传部部长蒋朗朗说，那些早期的名教授故居都在，都还在用着。

2018 年是北大建校 120 年，这个机缘使我终于圆了这个梦想：看看燕南园，而且是一个月里连着去了三次。

错过工业化？1793 年英特使马嘎尔尼驻地

燕南园，究竟是什么？为什么这么吸引我？

还是在写《三山五园：另一座北京老城》时，我对北京大学所在的这块土地有了新的认识：原来，清华和北大所在的区域，都属于新的北京城市总体规划里“三山五园”区域，而作为北京历史文化名城保护和“老城”同等重要组成的两个部分之一，“三山五园”的分量自然不言而喻。

海淀所在区域，自古以来就是泉水丰沛之地。自辽金以来，北京西郊即为风景名胜区，西山以东层峦叠嶂，湖泊罗列，泉水充沛，山水衬映，具有江南水乡的山水自然景观。因此，历代王朝皆在此地营建行宫别苑。

走进北大西门，能见到一小湖，湖对岸是一曲廊，湖畔一块不起眼的石碑上写着勺园的由来：“勺园是明朝著名书画家米万钟（1570 年—1631 年）于明万历年间所建，是‘米氏三园’中最为有名的一个，明朝诗人多有诗词歌咏，清初在勺园故地建弘雅园，康熙曾为之题写匾额。乾隆时，英特使马嘎尔尼朝见清帝时曾驻此。后为郑亲王府，嘉庆时改名为集贤院，清帝在圆明园临朝时，此处是大臣们入值退食之所。1860 年，集贤院和圆明园一起为英法帝国主义侵略者焚毁。”

勺园，是取“淀之水滥觞一勺”之意。是明末和松江董其昌并称为“南董北米”的书画家米万钟仿江南园林所建。侯仁之先生在《燕园史话》中有一段对勺园景观的介绍：“它的面积不过百亩，但是细流潆洄，湖泊连属，岗峦起伏，林木幽深。”

勺园虽不大，却使桥、廊、亭、阁与水有机结合，在有限的空间里营造出曲折回环的无限境界，给人烟雨江南的风光之感。

据悉，米万钟曾于万历四十五年亲手绘《勺园修禊图》，现藏北大图书馆。勺园故址在今勺园大楼北侧，亭榭曲廊是近年新建的。

史料记载，自清乾隆起，由于清帝常在圆明园设朝听政，官员们要从城里赶来上朝，为了方便他们落脚休息，便把弘雅园作为所谓“文职各衙门堂官的公寓”，嘉庆六年正式改称其为“集贤院”。据侯仁之先生在《燕园史话》中记叙：“集贤院曾一度作为囚禁英法俘虏的地方，相传正是因为这个原因，被释放回去的俘虏，为了进行报复，这才引兵从通州直趋海淀，终使集贤院与圆明园同归于烬。”

民国初年，勺园旧址被燕京大学购得用以作为校园用地，而当时的燕大校园却是以淑春园遗址为主来设计修筑的，勺园遗迹并没有得到很大的恢复。20世纪80年代后，北大在勺园故址上修建了留学生楼群，如今，北大党委宣传部等部门也在这里办公。

历史的巧合，令人惊叹：220多年前，由勺园演变而成的弘雅园，因为英国马噶尔尼使团的到来，成为最早接待西方正式使团的食宿场所；而跨越悠悠历史长河，如今的勺园又成了北大校园中专门接待外国学者和留学生的地方。

燕南园的由来

“所谓大学者，非谓有大楼之谓也，有大师之谓也。”对北京大学，世人多半知道未名湖、博雅塔，湖光塔影，美不胜收，而对燕南园却知之少些。其实，更代表北大精神，或者更有“历史”味道、人文味道的，就是燕南园无疑，因为它有历史，有人文故事。

就在勺园旧址上，后来兴建了燕南园，如今默默藏在北大校园内，与世无争，却是这所学校精神和力量的源泉。

2018 年 4 月初的一天，我们走出北大党委宣传部所在的勺园办公楼，经过一个围栏篮球场，绕过一栋老楼，眼前突然出现几栋老式的房子——沿着一道斜坡走上去，就进入燕南园地界。

这里的 50 号到 66 号别墅，就是燕南园。在北大党委宣传部部长蒋朗朗的带领下，我们走进这片充满故事和传奇的院落……

一条甬道两侧，坐落着一个个院子、一栋栋小楼，青砖灰瓦，格外安静：一个世纪之前，即 1919 年前后，北京三所大学——汇文大学、华北协和女子大学和通州协和大学陆续合并成一所大学，取名燕京大学，而有意思的是，由于汇文大学的英文名字是“Peking University”（“北京大学”），有文章记载：“合并后的学校曾经打算挂出‘北京大学’的牌子，但是这与已经名播天下的‘国立北京大学’几无二致，显然不妥。”

历史是如此的巧合！有谁能想到，30 多年后，新中国的教育系统推行高校院系调整，燕京大学与北京大学合并，北大迁到了原燕大的校址——燕园。燕京大学校长司徒雷登亲自勘察，选定北京西郊一处宽敞的地方，也就是明代米万钟的勺园与清代和珅的淑春园所在地：几经易主，清末时归睿亲王后代所有，因屡经战乱，已经破败不堪，后来民国时期陕西督军陈树藩买了这处废园。司徒雷登跑到西安，几番谈判，最后以 6 万元的价格买下。

1925 年，新校园初具规模，燕京大学迁入新址，为给教职工提供住宅，学校在勺园旧址东侧兴建一座中西合璧的园林式校园即燕园——因位于燕园南部而得名燕南园，除泥石砖瓦外，其他建筑材料多由国外运来，门扇窗框的木材是上好的红松，精美门把手由黄铜制成，房间里铺设打蜡地板，楼梯设在屋内，屋角有造型典雅的壁炉，卫生间里冷、热水分路供应，每座住宅还有独立的锅炉房以供冬季取暖，上下两层楼各有独立的卫生间。

燕南园里多两层小楼，附带一个小花园，花草林木格外繁茂。这些小院编号从 51 号到 66 号，从燕大到北大，一直没有变更。20 世纪 50 年代初，这里西墙北端向外延伸，多了编号为 50 号的新宅院。如今，在一些小楼门口，还能看到当年挂上的黑底白字门牌。

“取的是美国城郊庭院别墅的模式，或小楼或平房，一色的灰砖外墙。”《北大燕南园的大师们》一书代序中这样写道。

“住燕南园的一定是知名学者”

我们第一次到访燕南园的季节，恰值 4 月末，北大校园、燕南园里姹紫嫣红，生机盎然。

之所以要到这里来，就是因为这里曾经居住过冯友兰等许多大师级、传说中的人物，具体还有哪些，开始还真不完全清楚，后来查阅资料才知道有历史学家洪业、向达、翦伯赞，数学家江泽涵，物理学家周培源、饶毓泰，经济学家马寅初、陈岱孙，哲学家冯友兰、汤用彤、冯定，语言学家王力，美学家朱光潜，历史地理学家侯仁之……

记得早年北大有句很流行的话：“知名学者不一定住燕南园，住燕南园的一定是知名学者。”还有年轻学生曾表达自己的梦想：“奋斗二十年，走进燕南园。”由此可以想象，燕南园在北大人心中的地位。

从西北角进入燕南园，走上一个长坡，迎面一栋二层小楼是51号，一扇半开半掩的门，庭院里草木葱茏。

“这里原来居住过物理学家饶毓泰、数学家江泽涵。”蒋部长还专门请来一位老师讲解。

饶毓泰何许人也？芝加哥大学学士、普林斯顿大学哲学博士，曾任南开大学物理系主任、北京大学物理系主任，吴大猷、江泽涵、陈省身等都是他的“门下”。

后来第二次到访燕南园，专门约好了到51号院的北京大学文化产业研究院看看，那天恰好院长们都不在，不过却有机会参观了这栋楼。

走进51号院，只见门廊上刻着四个大字——“美学漫步”，应该是取自北大著名美学家宗白华先生的同名图书。这栋20世纪20年代美式风格的建筑，灰砖外墙，室内装饰是典型的西洋风，墙上挂着一些油画……一层长方形会议室里，摆放着一长条会议桌，一侧摆放着海报，工作人员告诉我们，这里会不时举办一些研讨会。

沿着楼梯往上走，才发现这栋楼实际上是三层：一层是大会议室、3D影片观赏室；二层是研究院教师的办公室，以及一个小型会议室；三层是图书室和展览厅，四周书柜里摆放着一些图书，中间是空荡荡的。在这栋

燕南园 51 号，曾经居住过物理学家饶毓泰、数学家江泽涵

有历史、有文化的美式建筑里办公，应该别有一番风味吧。

在这里工作多年的年轻女子，是河北高碑店人，因为小家也在高碑店，每个周末乘坐高铁往返北京和高碑店之间，享受高铁“同城效应”的便利。听说我们对燕南园的历史感兴趣，她热情地找来几本《北大燕南园的大师们》，我们同行的人人手一册，让人感动。

51 号院隔壁，是有着两层小楼的 66 号院，曾是冰心和吴文藻夫妇的新居，从 1929 年起一直住到 1938 年，当时在北京大学任教的美国记者埃德加·斯诺和妻子海伦是这里的常客。“文革”后期，朱光潜先生也曾经搬进这栋楼居住……

两座石狮，仅容一人过的青砖院门……走进燕南园 57 号，迎面豁然开朗，几株四季苍翠的油松格外引人注目。

燕南园 57 号，几株四季苍翠的油松格外引人注目，
这里就是冯友兰先生居住过的“三松堂”

燕南园 66 号，冰心和吴文藻夫妇、朱光潜曾经居住过

“这里就是冯友兰先生居住过的‘三松堂’。”虽然饱经磨难，冯友兰在生命的最后10年，在“耳目丧其聪明，为书几不成字”也就是半盲的状态下，通过口述、助手记录的方式写作，到1990年7月完成共7册总共150万字的《中国哲学史新编》一书，4个月后即11月26日，95岁的他从容离世。

离世前的日子里——1989年，冯友兰身体状况日渐下降，经常住院，他对女儿宗璞说：“我现在是有事情没有做完，所以还要治病。等书写完了，再生病就不必治了。”

家学传承，在这燕南园体现得尤为充分。冯友兰的女儿宗璞，是一位才华横溢、闻名遐迩的作家：2005年，她所写的《东藏记》获得第六届茅盾文学奖。

家学渊源 同行“小鸟”

与57号院相邻的，是58号院，同样有一对精巧的石狮子把门。

这里居住过一家两代人，都赫赫有名：国学大师汤用彤和他的儿子汤一介。

汤用彤自幼学习英文，后来学习梵文、巴利文，还通晓法文、日文，在北大执教30多年，讲过中国佛教史、魏晋玄学、印度哲学史、西方哲学史、欧洲大陆理性主义、英国经验主义、逻辑学等课程。

季羡林、任继愈在《国故新知：中国传统文化的再诠释——汤用彤先生诞辰百周年纪念论文集》和《汤用彤全集》两书序言中，都阐述了这样一个观点：自清末以来，中国学术界由于种种原因，陆续出现了一些国学大师，汤用彤就是现代中国学术史上少数几位能会通中西、接通华梵、熔铸古今的国学大师之一。

汤用彤的儿子汤一介，从小耳濡目染，子承父业，从事哲学研究，出版过《郭象与魏晋玄学》《早期道教史》《在非有非无之间》《中国传统文化中的儒道释》等著作。2002年10月，他向学校领导提出编纂《儒藏》的构想，得到了张岱年、季羡林的鼓励和支持。2003年，教育部批准立项，北京大学整合文科院系的力量并联合有关高等院校和学术机构，正式启动了《儒藏》工程，汤一介任《儒藏》首席专家，另外有日本、韩国和越南等国家的学者共约500人参加编纂。

2014年，习近平总书记考察北京大学时曾来到人文学苑，和87岁的汤一介促膝交谈，了解《儒藏》编纂情况。

时隔4年，我来到燕南园探访，随口问起："汤先生还在吗？""他已经去世了，不过乐先生还在。"学校工作人员说。

"乐先生"，就是汤一介的夫人乐黛云先生。

北大就是这样薪火相传——既有家学渊源，又有伉俪情深：乐黛云和汤一介是同学，是比较文学专家，出版过《比较文学原理》《中西比较文学教程》《跨文化之桥》等专著。她和汤一介共同出了一本随笔集，是"连理丛书"中的一种：《同行在未名湖畔的两只小鸟》。

2014年9月9日晚，汤一介离世，10月出版的《燕南园往事》，成了老人生前最后一部作品，也是汤一介、乐黛云夫妇与女儿汤丹、儿子汤双合著的唯一一本家庭回忆录，回忆自1952年搬入燕南园58号以来的半个多世纪的风风雨雨和酸甜苦辣咸的五味杂陈。

汤家的故事，在燕园里流传，而王力一家的故事，也堪称传奇：《古代汉语》是我们大学时都学过的教材，王力也因此名满天下。

房屋高耸，廊柱巍峨……位于燕南园正中的60号院是一栋西式建筑，曾是著名语言学家、翻译家、诗人和散文家王力先生的居所，王力一生出版过40多部专著，50多年执教生涯中开设过20多门课程，70多岁还学会越南语，从而能熟练运用7种语言。他在燕南园住了整整30年。

王力的几个孩子也都有出息，传为佳话：儿子王缉志是四通打字机的发明人，女儿王缉慈是北大城市与环境学院的退休教授，儿子王缉思曾任北大国际关系学院院长，儿子王缉宪则是香港大学地理学系教授……

一家两代人的记忆，都和燕南园紧密联系在一起。

“北大主义者，即牺牲主义也”

燕南园西南角，63号院是一座翠竹环绕的平房，这里住过富有传奇色彩的经济学家、人口学家马寅初：他曾怒斥“四大家族”，被蒋介石逮捕监禁；曾化装成厨师坐船投奔共产党解放区；担任北大校长后，每逢演讲，开头的问候总是：“弟兄们！”

一侧墙上，镌刻着马寅初的头像和他关于“北大之精神”的一段名言：“所谓北大主义者，即牺牲主义也。服务于国家社会，不顾一己之私利，勇敢直前，以达其至高之鹄的。”

学校工作人员告诉我们，马寅初在新中国成立后应邀出任北京大学校长，1957年就在这栋房子里接受了《文汇报》记者的采访，呼吁“我们现在有计划经济，同时也应该有计划生育”。虽然后来遭受政治打击，仍然坚

马寅初先生曾经住过的燕南园 63 号院

持观点："我虽年近八十，明知寡不敌众，自当单身匹马，出来应战，直至战死为止，决不向专以力压服、不以理说服的那种批判者投降。"

马寅初没有投降，也没有"战死"……1979 年，在历经劫难后，97 岁的他终于得以平反。1982 年 5 月 10 日，马寅初在北京医院辞世，享年 100 岁。

1982 年 9 月 1 日，马寅初逝世 4 个月后，在党的十二大上，中央正式将计划生育确定为基本国策。

1989、1995、2005，在这三个年份，中国内地人口先后达到 11 亿、12 亿、13 亿……正是由于计划生育政策，中国一个个人口高峰延期到来。

物是人非，时移世易。据《北大燕南园里的大师们》一书记载，56 号院后来还住过北大副校长、主持编纂《新华字典》的声韵学家魏建功，甚至"文革"期间臭名昭著的"造反派"头目聂元梓……

人已去，楼仍存。一切令人感慨不已。

56 号院的传承："把做学问当作自己的生命所在"

人事有代谢，往来成古今。

燕南园里，曾经大师云集，如今也有不少优秀学者在这里继续研究、学习。

55 号院，经济学家陈岱孙曾经居住过，至今门前还立有他的全身铜像，经过翻修，这里几年前迎来了新主人——华人物理学家、诺贝尔奖得主李政道。据说李政道先生平时住在美国，一年回国两三次，回来就住在这里。

王力曾居住过的燕南园 60 号院，已经成为北大工学院的临时办公室。

北大自蔡元培起，就有美学教育和研究的传统。57 号院的对面是 56 号院，低矮篱笆、一排平房，小院显得较为开阔，这里曾经是著名科学家、北大老校长周培源先生的居所，现在是教育部人文社科重点研究基地——北京大学美学与美育研究中心所在地。

樱花树、白桃、玉兰、海棠、牡丹、芍药、竹子……院子里种了不少花草树木，一种美的意境油然而生，难怪在周培源时代这里曾被誉为"周家花园"。

"从年轻的学者到老的学者，都把做学问当作自己的生命所在、人生意义所在，我认为这是北大一个很好的传统……"当我们第三次走进燕南园，走进这 56 号院时，在书香满屋的书房里，和年已八旬的著名美学家叶朗先生聊起来。

他不知不觉就会聊起冯友兰、朱光潜、宗白华等先生："文革"后朱光潜没几年就翻译出版《黑格尔美学》两大卷三大本，"当年周恩来总理讲过，像《黑格尔美学》这样的书，只有朱光潜先生来翻译才能够胜任愉快！"

周培源先生住过的燕南园 56 号

叶朗先生告诉笔者，《黑格尔美学》两大卷三大本，还有《歌德谈话录》、莱辛的《拉奥孔》，加在一起大概 150 万字，朱光潜先生花了 3 年时间进行翻译出版，而那个时候他已 80 岁高龄了。“这是一种惊人的生命力和创造力，一种人生境界的体现，所以后来朱先生去世的时候，我写了一篇文章悼念他。”

56 号院的房子里别有洞天：中间一排会议室，适合举行研讨会；天井里，一方石头和一丛竹子，给这个小院增添了无限江南韵味……

一段段历史，一件件往事……从冯友兰到朱光潜、宗白华，叶朗先生的回忆，仿佛使时光倒流回那些风云变幻的年代，一位位以往离我们比较遥远的先贤形象顿时鲜活起来。

而叶朗传承了先生们的精神：他不仅出版了《中国小说美学》《中国美学史大纲》《胸中之竹——走向现代之中国美学》等众多著作，还组织 30 多所大学 150 位专家花 12 年时间编了一套 10 卷 19 册 1100 万字的《中国历代美学文库》，更在这里创办了北京大学“美学散步”文化沙龙，至今已经举办 20 多次，每次二三十人，“举办美学沙龙，就是为了继承北大人文传统，请一些著名学者，其中有科学家、艺术家，体现文理交融”。

叶朗先生几年前开始组织开设网络“审美和艺术”课程：“在北大讲课，500 人的教室是最大的教室了，可是网络课就不同了，包括艺术审美、昆曲、敦煌、红楼梦等，加在一起，已经有 2600 个学校 64 万人选课，你说这个面多大?! 这就是教育公平，了不起！”

燕南园也有灰色的一面——历史不容忘记，“十年动乱”期间，燕南园成了“资产阶级反动学术权威”的“黑窝”，那些昔日为人们所崇敬的学者备受折磨：批斗、游街、遭毒打、关牛棚……1966 年，住在 50 号院的北大图书馆馆长、历史系教授向达在“改造”中活活劳累至死，无人搭救；国际知名的光谱学家饶毓泰于 1968 年 10 月在 51 号院自尽；两个月后，历史学家翦伯赞和夫人在 64 号院双双服安眠药身亡……

“这些朴素的院落，曾经是群星荟萃的地方，曾经是北大的灵魂所在。”2018 年，北京大学 120 周年，一位校友这样写道：“燕南园依旧笼罩在康德宣讲灿烂星空的神圣光照之中，北京大学由蔡元培开创的人文传统没有中断，燕南园海棠依旧。燕南园，是北大当之无愧的象征，是一个民族值得珍惜的精神家园。”

燕南园入口处，耸立着两座石碑，据说是乾隆年间的物件，是从圆明园移来的，人称“花匠碑”——从清末到如今，这碑，已经见证了一个多世纪的时光，也印证了一个道理：在这个世界上，有一种精神不死，有一种灵魂永在。

北大燕南园入口处石碑

第十三章

从今不薄读书人
——鲁迅的“北京印记”

引言

北京，对“周树人”意味着啥？

对于一个民国之初的教育部公务员来说，北京意味着什么？

意味着信息发达、各种思想的碰撞？意味着对中华优秀传统文化的汲取？

也许都对，不过，对于这位名叫“周树人”的公务员来说，北京，意味着命运的转变，意味着从公务员到斗士、旗手的变化……

沿着居京14年的印记，我们开始了追寻、追问……

我生活、工作20多年的北京，是唯一一座集“四都”于一体的城市——千年古都、伟大社会主义中国的首都、迈向中华民族伟大复兴的大国首都、国际一流的和谐宜居之都。

对往事的追寻，引领我走近身边无处不在的历史。其中一个人物，是绕不过去的。

他，就是鲁迅先生。

如此敢于直言，遗传基因太强大了！

其实，除了20多年前在中小学课本中所学的以外，还有两件事进一步勾起了我对鲁迅的兴趣：一是我在过去20多年里参加过近20次全国两会报道，其中最过瘾的一次，就是11年前作为一线记者，唯一的任务就是“盯”新闻出版界。没有想到，界别联组讨论会上，鲁迅先生之子、全国政协委员周海婴从读者排长队买书的“于丹现象”说起——“于丹现象”和“易中天现象”都说明“不是书卖不动，不是大家不看书、不买书。那是因为很多书没有贴近老百姓，没有眼睛朝下”。联想到反复治理的图书盗版问题，他诚恳地向在场的数十位委员“检讨”：“我检讨一下，我也买盗版书。一本书五六块钱，想了解一下，就买一本翻翻，看完再当废纸卖掉。”这一张口，大家都有点晕了——买了也就买了，这样的“事”干吗在会上说啊？周海婴先生不愧是政协委员，他娓娓道来：现在一本书动不动三四十块钱！书价虚高，使许多老百姓不得不去买盗版书。自称“也是出版同人”的周海婴质问：“书价为什么总是定得这么高？”他建议从广大读者角度出发推广普及本和“廉价书”，将虚高的书价降下来，使更多的人享受到知识的阳光。

这位鲁迅后人的耿直，给人留下深刻印象：如此敢于直言，遗传基因太强大了！

当时的文章把前因后果都写全，也给周海婴本人看了以后，才播发新华社通稿：作为政协委员，有问题、有分析、有建议。当然，多年过去，现在回看周海婴先生提出的书价虚高问题，依然存在……

多年前，一个机会，我有缘认识了鲁迅先生的长孙、鲁迅文化基金会副理事长兼秘书长周令飞先生，没想到他和鲁迅先生竟然如此相像：都留着小胡子，额头、眼睛、眼皱纹……都像！他年轻时候的经历曲折坎坷，这些年的一个主要任务就是从事鲁迅传播与普及的文化公益工作，除了撰写《鲁迅是谁》《鲁迅姓什么》《让鲁迅回家》等长篇理论文章，创建

八道湾鲁迅纪念馆内

上海鲁迅文化发展中心、同济大学鲁迅研究中心等，还举办了“鲁迅文化论坛”等活动，记得前几年还举办了一次“鲁迅和雨果：跨时空对话”的活动……

这一切都进一步引起了我对鲁迅的兴趣——而几次实地踏访或者偶然相遇，才突然发现：其实，鲁迅先生至今还“生活”在我们身边，就生活在北京老城的街巷胡同里，“活”在菜市口附近的绍兴会馆、在西直门内八道湾原址修复的北京市第三十五中学院内的“鲁迅三兄弟旧居”，以及新文化街上的鲁迅中学、前门大栅栏的青云阁、虎坊桥附近的东方饭店和北大红楼里……

居京：占据了鲁迅 1/4 的人生时光

106 年前，即 1912 年 5 月 5 日，32 岁的周树人以教育部部员的身份，从江南来到北国，直到 1926 年 8 月 26 日离开，在北京共居住 14 年之久。

居京和居乡，自然是大不同。20 世纪之初，辛亥革命发生后的北京，人口一百多万，不仅有前朝皇室、八旗子弟、以旧学为知识基础的学者，还有留学归来的现代知识分子，以及如骆驼祥子般的都市贫民、乡下劳动力。民国初立，在这样的环境中，信息发达，思想激荡……

对这位后来以笔名“鲁迅”名冠天下的作家来说，北京成为他仅次于故乡绍兴居住时间第二长的城市。

“北京时光”，在周树人 56 年人生历程中占据了 1/4。虽然只有人生 1/4 的时光，但在北京生活居住的时期，却是周树人创作的高峰期，更是他变身“鲁迅”的时期——以《狂人日记》为开端，鲁迅创作了短篇小说集《呐喊》《彷徨》，散文诗《野草》和回忆散文集《朝花夕拾》大部分，以及《坟》（部分）、《热风》、《华盖集》、《华盖集续编》等系列杂文，并翻译了大量作品。

“北京时光”，也成为鲁迅学术著述的高产期。

如今，鲁迅进京“第一站”——居住生活了7年的绍兴会馆，还幸运地保存在北京市西城区菜市口西南侧的南半截胡同7号。这里是鲁迅进京“第一站”，也是他在京生活时间最长的一个地方，坐地铁四号线，在菜市口站下车，走没有多远就能找到。

和许多大杂院类似，绍兴会馆的院子，早已被过去岁月里不断兴建的小房子“塞”得满满的。如果不是门前的“绍兴会馆”牌子，很难想象这里就是《狂人日记》《孔乙己》等鲁迅早期经典作品的“诞生地”。

“历史文化是城市的灵魂，要像爱惜自己的生命一样保护好城市历史文化遗产。”“要本着对历史负责、对人民负责的精神，传承城市历史文脉，下定决心，舍得投入，处理好历史文化和现实生活、保护和利用的关系，该修则修，该用则用，该建则建，做到城市保护和有机更新相衔接。”——幸运的是，党的十八大以后，尤其是习近平总书记2014年2月视察北京提出一系列明确要求后，北京老城内的会馆、名人故居等文物保护单位已经开始加快腾退步伐，绍兴会馆旁边的浏阳会馆也在2018年年初开始腾退，想来，一胡同之隔的绍兴会馆的腾退和重见天日，也应该是可以期待的事情吧？

民国教育部：鲁迅工作 14 年的地方

门口有两座石狮子，牌匾上“清学部”三个金色大字格外醒目……西单路口往南没多远的教育街一号，是清政府学部暨民国教育部旧址，也是鲁迅初进京城时的办公地点。

2018 年 3 月中旬的一天下午，笔者走进这座三进院子。

进门就看到，右前方墙上的一块硕大的白色石碑上用中英文双语写着：

北京市外事实习学校位于西单教育街一号，地处首都繁华的商业中心，原为清朝顺治初年所建敬谨亲王尼堪王府之一部分，距今已有三百六十余年的历史，是市级文物保护单位。

鲁迅曾经工作过的民国教育部旧址

饭店的建筑历史可以追溯至清代，敬谨亲王尼堪是清太祖努尔哈赤长子褚英之三子，因有战功，并战死沙场，谥号“庄”，此府亦称“庄王府”。

1999年，西单路口改造，经有关部门考证，“庄王府”是北京唯一留存的明翰林院旧址。

“1905年（光绪三十一年）停止科举，各省建学堂，为统一管理全国学堂事务，在此设立学部。辛亥革命后，学部改为教育部。鲁迅先生曾在此任佥事（秘书）兼一科科长等职。”

左手，矗立着一栋2层小楼，西城区文化委员会文物科马毅说，这是后来建的，原来是锅炉房。

“翰苑琼筵酌令辰，棘闱来阅凤城闉。百年士气经培养，寸晷檐风实苦辛。自古曾闻观国彦，从今不薄读书人。白驹翙羽传周雅，佐我休明四海春。”一进院右侧是一个小院，一丛郁郁葱葱的竹子，使院落充满生机，4块复制的石板——“乾隆幸贡院御笔碑”上镌刻着乾隆皇帝在乾隆九年十月二十七日莅临贡院赏赐大学士和翰林学士酒宴时写的4首御笔诗。

“这是复制品，原件在北京石刻艺术博物馆收藏。”马毅说，“只有石板下的3块石座是历史原物。”

果真，石座看上去颜色都要深一些，而且都镌刻着莲瓣纹和卷草纹。这可能是这座有着300多年历史的院子最“老”的东西了。

二进院的院子显得格外修长，南北足足有几十米，显得空荡荡的。原来，这座院子的产权属于北京市西城区教委，曾经长期作为北京市外事实习学校的实习饭店，由于近年招生不太理想，去年7月就腾空了，据说要再利用起来建教师名人堂。

2010 年就在这里工作的保安祝召村来自河南，他说，由于这里是文物保护单位，每天每两小时要在院子里巡视一遍。

从今不薄读书人——乾隆的诗耐人寻味。“读书人”周树人从 1912 年到 1926 年，就是在这里任职 14 年。每月二三百块大洋的薪水，“待遇”就是从今天来看，也是相当不薄。

而让人啼笑皆非的是，“从今不薄读书人”的乾隆“创造”了历史上最为惨烈的文字狱——文字狱在历朝时有发生，以清朝最为严重，其中又以乾隆年间尤烈，乾隆时期文字狱共发生 130 余起，其中 47 案的案犯被处以死刑。

无论是住在菜市口附近的绍兴会馆，还是后来搬到八道湾，鲁迅都要来这个院子上班。就是在这里，周树人作为民国教育部的公务员，办了不少有意义的事情：大力搜求各种图书，准备建立“规模宏大”的“中央图书馆”，筹备京师图书馆迁馆和建设分馆；计划编刊《文教》杂志等，特别是还受命与钱稻孙、许寿裳等合作设计国徽、审听国歌和审定注音字母。其间，鲁迅被任命为教育部佥事兼科长，大致相当于现在的处级，且须总统钦定，直接听命于社会教育司司长，主管社会文化、科学、美术等事宜，同时著书立说，翻译国外进步作品，参与并举办各种文学团体。

走到院子的第三进，里面还有当年作为北京市外事实习学校的实习饭店时留下的厨具，最后面一道门紧锁着，透过门缝，已经能看见几十米外的神州第一街——长安街了，期待这个院子早日利用起来，重见“光明”。

“周氏兄弟旧居”：创作《阿 Q 正传》的地方

鲁迅在绍兴会馆住了 7 年之后，于 1919 年 8 月买下八道湾 11 号院——从交下订金，到请砖瓦匠、木工、玻璃工装修，到当年 11 月 21 日携二弟周作人一家入住，再到 12 月 31 日从绍兴接来母亲、妻子及三弟周建人一家，阖家同住，再到 1923 年 8 月 3 日因兄弟失和搬出，鲁迅在这里居住了 3 年多时间。

如今，这里早已不是当年的街巷景象。2015 年 3 月，北京市第三十五中学高中部正式迁入赵登禹路 8 号，成为这片街区新的主人，令人欣慰的是，校园内保留了修缮一新的“周氏兄弟旧居”。

从西门走进位于赵登禹路与西直门内大街交会口东南角的这所学校，

北京市第三十五中学高中部内保留的“周氏兄弟旧居”

迎面一栋中西合璧的两层建筑“志成楼”格外醒目，这座楼是从三十五中高中部旧址整体迁建过来的。北京市第三十五中学始建于1923年，前身是志成中学，李大钊先生是建校董事之一，并在学校旧址的老楼——“遵义楼”工作过，异地复建后的“遵义楼”占地约800平方米，被命名为“志成楼”，作为学校校史馆使用。楼前有一副对联：“百年志成先贤初心宣武功 今兹卅五吾辈夙愿弘文治”，中间是校训“勤美 严实 诚真 勇毅”。

三十五中吴静瑾老师说，这座楼是在新建高中部时从原来地方整体搬过来的。“当代著名诗词大家叶嘉莹先生当年从辅仁大学毕业后，第一份工作就在志成中学。”

和志成楼前空地的地砖完全不同，楼前左侧一条道上铺着的是石块，有的石头上写着“八道湾胡同”字样，提示人们这里就是当年胡同所在的位置。

走进第一道门，迎面是一道影壁墙，上面写着这个院落的来龙去脉：“这里，见证了蔡元培、毛泽东、胡适、刘半农、钱玄同等先驱的笑语，见证了他们投身新文化运动的热忱，见证了新文化运动的轰轰烈烈。这里，留下了鲁迅先生黾勉勤奋、笔耕不辍的高大身影，记录了一个伟大灵魂思索立人的痛苦……”

左侧一大块空地的一角耸立着一棵苍老巨大的槐树。吴静瑾老师说，这里就是按照当年鲁迅买这个院子时候的场景恢复的，“鲁迅重视孩子成长，要给孩子们足够的活动空间，这块空地是给孩子们提供的游戏运动的空间，虽然他自己当时没有孩子，但是周作人、周建人已经有了孩子”。

一排南罩房共8间，门前牌匾上写着“周氏兄弟旧居”字样，左侧墙上，一块铝制牌子上写着“鲁迅立人教育研究会”，这个研究会由三十五中和鲁迅文化基金会共同发起成立，秘书处就设在这里。要知道，鲁迅就是在这里创作了《阿Q正传》《故乡》《社戏》《风波》等作品。

鲁迅文化基金会从事鲁迅研究多年的荣挺进老师对这里太熟悉了，他说："就在这南罩房门口，1920年4月7日下午五六点钟，青年毛泽东来过这里，在客厅坐了一会儿，肯定见到了周作人，见没见到鲁迅，还不能肯定。"

指着南罩房最西头那间房，荣挺进老师告诉我们，根据鲁迅自述和当年在此居住过的人的回忆判断，鲁迅就是在那儿创作了《阿Q正传》，"因为这间房符合鲁迅所说的，是唯一有后窗的房子"。

我不禁走上台阶，走进去看，房间里空空的，果然南侧墙上高处有一个后窗。

"故居将成为鲁迅博物馆的一个馆区，正在布展，鲁迅写作室等将以复

八道湾周氏兄弟故居，鲁迅创作出《阿Q正传》的南罩房卧室还原

原方式陈列，按有关记载还原陈设。”荣挺进老师介绍。

在这里，鲁迅创作并编定小说集《呐喊》，翻译出版了《工人绥惠略夫》《爱罗先珂童话集》等作品，完成了《中国小说史略》初稿。从这里出发，他奔走于民国教育部和所属文博机构，以及兼职的北京大学、北京师范大学等学校之间。

中院西厢房、中院东厢房、后院西屋、后院中屋、后院东屋……一一走过，这里的房子基本保存完好，两位老师介绍，今后布展设计中，这些房子都将利用起来，展现“鲁迅书房”“鲁迅的艺术实践”等。

正北屋门上牌匾写着“立人讲坛”四个红色大字，吴静瑾老师说，这里已经举办过数次讲座了。

“鲁迅曾在这里种下过不少自己喜欢的花木，比如丁香，我们也将按原位置、原树种种上一些。总之，这里将成为和其他地方的鲁迅博物馆不一样的、承载更多教育教学功能的地方。”吴静瑾老师说。

荣挺进老师告诉我，院子里还将安放李大钊和鲁迅交谈的雕像，“因为三十五中搬迁，李大钊先生和鲁迅先生‘意外’地在八道湾‘重逢’了。真是无巧不成书，当年李大钊先生被捕后，他的长子李葆华就在鲁迅兄弟的这个院子里避过一阵风头”。

后院西侧，一株巨粗的老国槐仍然生机盎然，是迄今没有被搬动的原物，是历史的“见证树”。

鲁迅三兄弟旧居，曾被誉为中国历史上“新文化运动的重镇、青年知识分子的精神圣地”，当年无数名人志士往来这里，留下了历史的印记……再过不久，这里就将重现历史风貌，给人们提供一个感受历史、体悟未来的场所。

离开周氏兄弟旧居时，看到路边一块牌子这样介绍八道湾胡同：“始建于元代，是老北京最具代表性的胡同之一，西口原为河流，后成为道路，因湾岔多而得名。八道湾十一号原属王府，民国时期成为民宅，一九一九年鲁迅兄弟购买合住，鲁迅搬出后，周作人一家在此居住。兄弟俱为文豪，胡同因而享誉。”

东方饭店：民国文化主题的酒店，鲁迅曾避难于此

西城区万明路 11 号，是距天安门、前门等北京市中心不远一处相对安静的地方，这里坐落着一座貌不惊人的饭店：北京东方饭店。

虽然貌不惊人，却极具故事性——北京东方饭店建于 1918 年，民国初期与北京饭店、六国饭店齐名，是京城三大饭店之一，五四新文化运动和北伐战争等重大事件，都在此留下了回声：1922 年，罗文干、蔡元培、李大钊、蒋梦麟、胡适、马叙伦等北大教授，在东方饭店宴请苏联政府代表团；1925 年至 1926 年，钱玄同、赵元任、刘半农、黎锦熙、林语堂等学者，每月聚集在东方饭店研究汉语注音问题；1928 年 6 月 10 日，白崇禧率部进入北平，在东方饭店宴会厅召开中外记者招待会，宣布北伐胜利；1935 年至 1936 年，张学良、张大千等人住在东方饭店。五四运动期间，陈独秀在对面新世界游乐场散发传单，随后在北京东方饭店门前被捕。抗战期间，这里被日本人占用，新中国成立后长期作为高级接待机构……

走进饭店，人们仿佛走进百年历史的尘烟之中。大堂迎面就是 4 幅油画，分别以民国时期发生在东方饭店的 4 件历史大事为内容，分别是：少帅斡旋、鲁迅避难、国语注音、北伐告捷。每幅油画的正下方，还分别配

以一块铜板，中文在左、英文在右，以双语注解了画面中的事件。

一层大厅一侧有一个橱窗，里面展示了留声机、老式电话等东方饭店的早期物品，让人有种穿越感。以前我多次和朋友一起在颇有意境的老房子 1918 咖啡屋喝咖啡、聊聊天，感觉很有复古的味道，这间咖啡屋就在东方饭店的附楼 1 楼，据说民国时期在北京就非常有名。

回旋木质楼梯、玫瑰窗、落地大摆钟、铜把手……如今，这里依托独有的历史资源，正在全力打造“民国文化主题酒店”。欧陆经典风格的花园、20 世纪初中西合璧的洋楼，将北京南城特有的怀旧韵味和饭店悠久的历史结合在一起。

有一次，一位外地来京的朋友住进了东方饭店老楼，没有想到这里都是“名人居”：“蔡元培”“傅抱石”“陈独秀”“张爱玲”“梅兰芳”“张学良”“刘半农”“林语堂”“老舍”“白崇禧”“巴金”“张大千”“李大钊”“邵飘萍”“茅盾”“叶圣陶”……一扇扇门上写着一个个耳熟能详的名人名字。

朋友就住在二楼拐角第一间的 206 室——鲁迅当年住在这里——门上一块牌子上写着“鲁迅”二字，右侧牌子上是鲁迅的介绍。镂空窗棂、彩色玻璃窗……走进房间，从家具到装饰，布置颇具民国特点。书桌上，还摆放着一个鲁迅先生坐着的小雕像……朋友灵机一动，就以鲁迅小雕像为前景，拍起“合影”照片……

墙上有一块牌子，上写：“北京东方饭店初期建筑：建于 1918 年，是当时北京唯一的民族资本自营的高档饭店，也是香厂新市区的组成部分。在此发生了众多历史事件，并且留下了各界名人的足迹，后几经变迁，至 1986 年恢复对外营业。其初期建筑原平面由呈‘口’字形的四栋三层楼房组成，现仅存 1918 年建设的西楼及 1953 年翻建的东南楼。2009 年 7 月，被西城区人民政府公布为区级文物保护单位。”

鲁迅自己有家，为何会住到东方饭店？我向荣挺进老师请教，据他介绍，原来，1926 年“三一八”惨案发生后，鲁迅及李大钊等一批文化人士遭到段祺瑞政府通缉，为安全起见，他先后在莽原社、山本医院、德国医院和法国医院等处避难。4 月中旬，奉系军阀张作霖入京，为防战事危险，鲁迅另租东方饭店一个房间，将母亲、夫人及住家里的朋友接来暂住；因直系冯玉祥主动撤离北京，战事未起，一天之后送回家。鲁迅外出避难时间是 3 月 26 日至 5 月 2 日，其间写下了《记念刘和珍君》《二十四孝图》等文章。

根据许广平的回忆：“在鲁迅避难期间，奉军入京。那时守北京的是冯玉祥部，属于直系，奉直是不和的，一般人都恐怕会发生冲突。因此，鲁迅在某一天托人在东城的东方饭店赁了一间房，把母亲及朱氏接去，另外还有一位住在他家的许钦文的妹妹羡苏，又托她到校邀我，一同去住在旅馆。第二日看看没什么事发生，母亲就回家了。此事荆有麟先生曾帮忙。”

东方饭店住宿价格不菲，如今多是老外在这里住宿。

翻看《文物古迹览胜：西城区各级文物保护单位名录》，才知道东方饭店还发生过这样的历史事件：曾悬挂于人民大会堂内的传世国画《江山如此多娇》，便是傅抱石、关山月于 1959 年 7 月至 10 月在此创作出来的；“文化大革命”中的八个“样板戏”也是 1967 年 3 月至 5 月在这里修改审定的……

青云阁：留下许多知名学者足迹

如果说东方饭店确实和鲁迅有渊源，留下了深刻的印记，那么，位于

位于大栅栏的青云阁

前门的青云阁和鲁迅又有何关系？

多年前，在大栅栏街道工作委员会工作的一位朋友听说我是湖南宝庆人后，带我来到这个前门大栅栏西街和杨梅竹斜街之间的青云阁，原来，讨袁名将、宝庆人蔡锷将军就是在青云阁的普珍园结识了名妓小凤仙，并多次在普珍园小酌，普珍园的名菜辣子凤节备受小凤仙喜爱，从而演绎了一段名留千古的爱情故事。蔡松坡逝世后，小凤仙因无法忘怀，又来到青云阁找寻记忆……20 世纪 80 年代在青云阁原址拍摄的电影《知音》，就是根据蔡锷将军与小凤仙的爱情故事改编的。

前门大栅栏西街是条步行街，33 号青云阁如今已是政府招待所，在诸多临街店面中，这栋三层青砖小楼、典型的轿子型建筑显得鹤立鸡群。

走进这座已有两百多年历史、1905 年重新翻建的小楼，里面别有洞天：中庭为跑马廊，两侧墙上贴着不少清末、民国时期的老照片，最后面是一整面墙，墙上写着蔡锷和小凤仙的故事，还提到了鲁迅等名人。

青云阁是清末民初北京四大商场之首，青云阁内的普珍园菜馆、玉壶春茶楼、步云斋鞋店、富晋书社等众多老字号留下了鲁迅与周作人、沈尹默、刘半农、钱玄同等众多知名学者的足迹。

《文物古迹览胜：西城区各级文物保护单位名录》如此形容："为清末北京四大商场之首，是一座综合性商业娱乐场所，内设茶座、小型演出厅、时新百货商店，其功能和劝业场相似，但又比较高雅。鲁迅住在绍兴会馆时，常来此饮茶会友……"

鲁迅先生在京生活 14 年，常到青云阁里的玉壶春茶楼品茗，他最爱吃玉壶春的春卷、虾仁面等名点，这在鲁迅日记中屡有记载。

青云阁北侧的杨梅竹斜街，是一条倾力打造的文化小街，临街砖券大门匾额上，题刻着"青云阁"三个古朴的大字。

作为商场的青云阁存在时间较短，约在 20 世纪 20 至 30 年代停业。这里还吸引了不少京剧名角，如梅兰芳、程砚秋、马连良等。

鲁迅故居：两棵鲁迅手植的丁香树格外繁茂

位于北京市西城区阜成门内大街宫门口二条 19 号鲁迅博物馆内的鲁迅故居，明显比八道湾原来的院子小得多，是鲁迅在北京最后两年生活的地方——这是鲁迅于1924年春天自己设计改建成的，也是迄今在北京保存最完整的一处鲁迅故居遗址。鲁迅在这里一直住到1926年8月，然后离开北京去往南方。此后，1929年5月和1932年11月，他两次自沪返京探望母亲，也在此小住。就是在这里，鲁迅完成了《华盖集》《华盖集续编》《野草》三本文集和《彷徨》《朝花夕拾》《坟》中的部分精彩华章。

故居门口有一个书店，各种版本的鲁迅作品和研究鲁迅的图书摆满了书架，琳琅满目。我曾多次来到这里，走进故居，里面并不大，让人印象很深的是，院子里两棵鲁迅手植的丁香树格外繁茂，北屋后面还有一个小园子，仿佛儿时绍兴故居的百草园。

今天的鲁迅故居，被鲁迅博物馆“囊括”在内。走进鲁迅博物馆大门，首先映入眼帘的是院子正中那尊鲁迅雕像。陈列室内，有鲁迅手稿、生平史料、藏书、藏画、藏碑拓片、友人信札等文物藏品；许广平、周作人、周建人、章太炎、钱玄同、许寿裳、胡风、江绍原、魏建功、瞿秋白、冯雪峰、萧军、萧红、叶紫、柔石、冯铿等新文化运动时期历史人物的遗物；大量的鲁迅著、译、辑、编著作版本和鲁迅研究著作版本、现代文学丛刊与新旧期刊；大量中外版画的名家名作，以及蒋兆和、李可染、吴冠中等一批大师级的作品，让人目不暇接……

据说，加上位于北京市东城区五四大街29号、隶属于鲁迅博物馆的北京新文化运动纪念馆馆区，也是依托原北京大学红楼建立的旧址类博物馆、全国唯一一家全面展示五四新文化运动历史的综合性博物馆，鲁迅博物馆馆藏文物、图书等藏品7万余件，其中国家一级文物759件。

作为首批国家一级博物馆，这里早在1956年10月19日就正式对外开馆，那一天是鲁迅逝世20周年纪念日——此前，1947年鲁迅原配夫人朱安病逝，中共地下党组织通过北平高等法院查封了故居，将其暗地保护起来。1949 年 10 月 19 日，正值鲁迅逝世 13 周年，故居正式对外开放。次年 3 月，许广平先生将故居和鲁迅生前的藏书、文物全部无偿捐献给国家。1954 年初，文化部决定建立鲁迅博物馆，在故居旁增建陈列室。

对于鲁迅这样一位文学家，阅读他的著作当然是第一要务

鲁迅在北京生活、工作过的地方，至今留下“印记”的地方还有很多，比如位于西单西南侧新文化街上的北京鲁迅中学，是“北平女子师范大学”旧址。我曾有幸走进学校采访，一进古色古香的大门，两栋楼之间，就能见到鲁迅先生的白色塑像。青砖雕花，回廊相连，古色古香的建筑，静谧的校园，见证了一个多世纪的风风雨雨……鲁迅于 1923 年至 1926 年曾在这里执教。校内迄今有保存完好的鲁迅先生任教时为学生演讲的礼堂、讲课时的教室等珍贵历史遗迹，礼堂现辟为“鲁迅生平展室”。

北京沙滩，一栋 5 层红楼巍然屹立，这就是 1918 年 8 月投入使用的北大红楼，迄今已经整整满 100 岁。北大红楼现在是新文化运动纪念馆，也是鲁迅博物馆的一部分。红楼一层有蔡元培、陈独秀等风云人物的展览，左侧一间教室门口竖立着一块牌子，牌子上一侧是大家熟悉的留着胡子的鲁迅照片，另一侧则写着：“学生大教室：1920 年 8 月，时在教育部任职的鲁迅被蔡元培聘为北京大学讲师，讲授‘中国小说史’。鲁迅以他渊博的学识和精辟的分析，深深吸引着每一位听课的同学，教室常常爆满。有人回忆说，听鲁迅先生的课，‘在引人入胜、娓娓动听的语言中蕴蓄着精辟的见

解，闪烁着智慧的光芒’。”从后门走进教室，正前方是一块黑板，教室中间摆放着32张带扶手的木椅子……仿佛看见近百年前，一群青年在这里聆听鲁迅先生授课，讲述中国小说的缘起、发展……

不过，就在鲁迅被聘到红楼授课前一年，伟大的五四运动也就是从这里发端，从离这间“学生大教室”咫尺之遥的“新潮社”教室——红楼东侧一间长方形教室发端的：五四前夕，以新潮社社员为首的北大学生，在这里制作了3000多面旗帜、标语等。罗家伦在此起草《北京全体学界通告》，发出“中国的土地可以征服而不可断送，中国的人民可以杀戮而不可以低头”的呐喊，并在游行出发前印出两万份……

走到红楼东侧尽头，是“东方馆”，我在里面买了鲁迅博物馆常务副馆长、《鲁迅研究月刊》主编、中国鲁迅研究会副会长兼秘书长黄乔生的两本签名书《字里行间读鲁迅》《我心依然——读写鲁迅》，书中自序说：鲁迅生前身后曾得到过很多头衔，文学家、革命家、思想家、战士、旗手、圣人、民族魂……给鲁迅这样丰富复杂、多面立体的人下定语，是十分艰巨的任务。用简单的贴标签、戴帽子的方式论定一个人物，是危险的。对于鲁迅这样一位文学家，阅读他的著作当然是第一要务。而且读得越细致越好……

鲁迅在北京一共居住过四个地方。除绍兴会馆、八道湾和宫门口二条外，还有砖塔胡同。

北京市西城区文化委员会主任孙劲松告诉我，鲁迅先生搬出八道湾后，曾经在砖塔胡同住过10个月，后来才搬到目前宫门口二条鲁迅博物馆所在的故居。他在砖塔胡同住过的院子早已被翻改得不成样子，但鲁迅先生有张在房前的照片存世。2011年，院子所在地本要腾退绿化，有学者提出那里是鲁迅先生在京连续的 4 个居住地之一，应予保护。西城区在反复听取专家意见的基础上，结合砖塔胡同整理，准备拆除原有翻改建筑，查找资料，在原址复建……

往事历历，犹如昨日……

我们正需要鲁迅这样的文化“苦工”

环境究竟对一个人有怎样的影响？北京，对鲁迅有怎样的影响？

黄乔生说：“鲁迅正是这样一个人生遭遇极为痛苦的人……他经历的巨大痛苦主要来自精神，是不被理解的孤独和寂寞：‘这寂寞又一天一天的长起来，如大毒蛇，缠住了我的灵魂了。’他在北京前期就主要是这种痛苦的体验，但这个时期，也是他观察和积累的重要时期，没有这个时期，就没有后期的文学业绩。”

“鲁迅和北京，是相生相成的关系。北京是周树人成为鲁迅、成为一个伟大作家的地方；倒过来，鲁迅也成为北京历史文化的重要内容。某种程度上，是古都文化孕育了鲁迅，北京有这样的体量和内涵。”荣挺进研究鲁迅 20 多年，正撰写一本新书《家里的鲁迅》，“具体来说，人们把教育部小官周树人和文学大师鲁迅对上号，是在他发表《阿 Q 正传》之后，就是在八道湾居住时期。”

追寻鲁迅印记，还只是开始，钱理群先生的文章《我们为什么需要鲁迅？》，仿佛正好是这种追寻的最好回答——2018 年，恰逢北京大学建校 120 周年，北京大学出版社的微信公众号登出了钱理群教授于 2006 年 9 月

“急就”的这篇文章：在当下的思想文化界、鲁迅研究界就或隐或显地存在着一种倾向：在将“鲁迅凡俗化”的旗号下，消解或削弱鲁迅的精神意义和价值。

“在鲁迅面前，你必须思考，而且是独立地思考。正是鲁迅，能够促使我们独立思考，激发我们的想象力和创造力。”

“他期待并帮助我们成长为一个有自由思想的、独立创造的人——这就是鲁迅对我们的主要意义。”

“他是永远不满足现状的，因而是‘永远的批判者’；这也是鲁迅思想的核心。鲁迅曾提出一个‘真的知识阶级’的概念，其主要内容就是以上所说的两个方面：永远站在底层平民这一边，是永远的批判者。”

“在我们今天这个浮躁、浮华的、空谈的时代，或许我们正需要鲁迅这样的文化‘苦工’。”

…………

这，也许就是钱理群教授出版《鲁迅与当代中国》的全部意义，也是我们在追寻印记中需要感悟的深层内核。

有一天，我在和北京市西城区一位负责人谈起鲁迅时忽发奇想：能不能把鲁迅居住、工作和去过的地方串联起来，形成一个“鲁迅文化专线”呢？

期待出版《鲁迅在京工作生活线路图》，人们能沿着这条线路，感受近百年前的京城生活——这条专线，就可以从绍兴会馆出发，到西直门内八道湾原址建起的北京市第三十五中学院内的周氏兄弟故居，再到新文化街上的鲁迅中学、前门的青云阁和虎坊桥附近的东方饭店、沙滩北大红楼……

想起鲁迅之孙周令飞强调的一段话："我认为当下最重要的工作是应该让我们心中的鲁迅形象回归他的本色：一位才华横溢的作家，精神上的导师，生活中的朋友。我们对鲁迅的解读也不仅要有'鲁研'，更要有'鲁普'，即鲁迅的普及，就是以一种更为平易近人的方式，向人民传播他的精神、人格和智慧，从而促进鲁迅精神的传承。"

印记犹存，精神不死……

第十四章

刀尖上的“勇”者之舞
——中国第一台“细胞刀”手术20年之际的寻访

引言

连续10年脑起搏器植入量世界第一的背后

美国约翰·霍普金斯医院神经外科博士后、一手开创中国功能神经外科学、国内“细胞刀第一人”……在中国功能神经外科领域，李勇杰是一个“神话”。而剥去层层耀眼的光环，他本质上永远是一位医者，一位不断探索新领域的科学家型医生，挡在通往死神和疾病歧路上的医者。

改革开放40年之际，李勇杰主编的150万字的《功能神经外科学》一书出版……

他是1979级大学生——改革开放后最早一批通过高考改变命运的大学生之一；20世纪90年代初，又伴随出国留学潮赴美学得“一手”真功夫；拿到美国绿卡却毅然选择回国，短短20年间开创并引领一个学科跻身国际“第一方阵”……

一部书，一个人，一个学科，一个时代……

翻开《功能神经外科学》，走进首都医科大学宣武医院功能神经外科暨北京功能神经外科研究所，走近李勇杰团队，了解功能神经外科的发展，仿佛看到一幕幕刀尖上的“勇”者之舞，曼妙身姿、精彩舞技里，是舞者永不停歇的脚步……

湖北罗田人郑心意的命运，在而立之年被彻底改变了。他扭曲如麻花一样的身体终于不再痉挛、抖动，不受控制的舌头也终于稳稳地吐出了一声“谢谢”。

在郑心意命运的“分岔口”，他的主治医生、北京功能神经外科研究所所长李勇杰微笑着站在那里——正是他和他的团队通过手术，实现了“中国阿甘”曾经破碎一地的“自立”梦想。

2018 年 7 月 12 日，是中国第一台“细胞刀”手术 20 年纪念日。笔者走进连续 10 年成为全球脑起搏器植入量第一的机构——首都医科大学宣武医院功能神经外科暨北京功能神经外科研究所，一探究竟。

1979 年入学北大，1994 年赴美留学，20 年前回国创办北京功能神经外科研究所，几年前开始探索社会办医、建立门诊部，帮助更多的人能够看上病、看好病……

近 40 年的时光里，李勇杰的命运和一个学科、一个时代的变化紧密联系在了一起。

睁眼向洋看世界：从“细胞刀第一人”到“一粒种子”

人类大脑，堪称世界上最神奇最复杂的物质之一；而要在大脑上动“刀”，不仅需要勇气，更需要“真功夫”。

李勇杰治愈郑心意的那台手术，名为“脑深部电刺激手术”。简单地

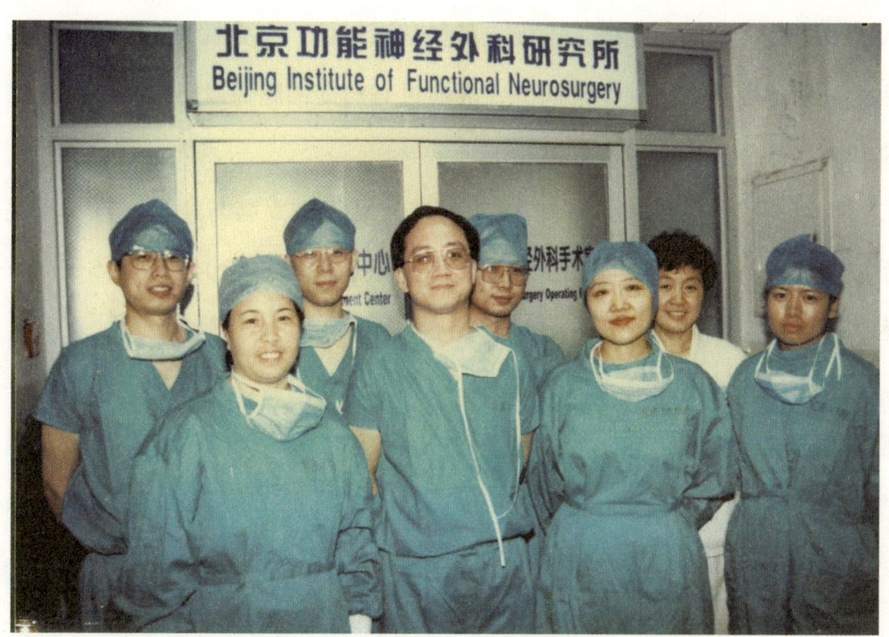

1998 年研究所第一台“细胞刀”手术团队（采访对象供图）

北京功能神经外科研究所成立（采访对象供图）

说，就是在人脑的深处放入电极。其科学原理是：人类肌体的运动障碍是因为一些脑细胞发生了异常病变，而通过对病变细胞加以电刺激，从而控制和调节它们发病的症状。

听似简单，其实人类直到19世纪末才认识到人脑与意识、行为的关系。而利用外科手术精准地治疗大脑组织，则要追溯到1947年立体定向技术的出现，针对的病症正是被称为“不死癌症”的帕金森病。

最初病人的手和足表现出节律性震颤，行动迟缓，系鞋带、纽扣，穿脱鞋袜困难，患病后5~15年，渐渐丧失活动能力……帕金森病，是一种缓慢进展的疾病，主要发生于中老年时期。拳王阿里、陈景润等都不幸罹患这种疾病。

1994年，刚刚来到美国约翰·霍普金斯医学院做博士后的李勇杰，第一次接触到当时最前沿的微电极导向立体定向神经外科手术。这是一种通过毁损脑内“震颤细胞”从而停止病人肌体震颤的技术，被形象地称为“细胞刀”：作为一种神经调控手术，它采用立体定向的方法进行精确定位，在人脑内植入刺激电极，通过体外遥控装置调控脑内电极的刺激参数，以控制和改善患者的疾病症状，是人类实现脑—机“对话”梦想最为成功的案例。

“这种脑深部刺激器，又称脑起搏器，是进入21世纪以来国际医学界治疗功能性脑病最先进的技术手段，其中以帕金森病患者的治疗为最成熟和常见。”时至今日，李勇杰至今记得那一刻的震撼。手术室里，在对一位美国马里兰州的病人颅内准确定位后，一个很细的电极深入她的大脑，找到病变的异常细胞，然后通过射频加热的办法将其“破坏”。几秒钟之内，她右手剧烈的震颤消失了，泪水涌出眼眶：“哦，天哪，它（抖动）停了，十年了……”

“整个世界好像寂静下来，我只能听见内心深处的声音：一定要掌握这项技术！”57 岁的李勇杰，至今仍记得决定自己未来学术方向乃至人生命运的那一刻。

当时，这一先进的手术技术在国内还是一项空白，医生们还把帕金森病叫作“震颤麻痹”。早已是国内医学博士、行医数年的李勇杰很清楚，中国患有像帕金森病这样的神经系统功能性疾病的患者达数千万，急需高水平的脑外科手术介入治疗。

在博士后出站后，李勇杰毫不犹豫地加入当时世界最负盛名的立体定向神经外科——罗马琳达大学医学中心，仅用两年时间就掌握了“细胞刀”的全部技术。

“中国有那么多病人，我要回国，把学到的技术带回来！”李勇杰内心的声音再次响起，这一次什么也不能阻止他回国的脚步：舒适的生活、整洁的环境、美国的绿卡……“我走得义无反顾。”他说。

1998 年 7 月 12 日，中国第一台“细胞刀”手术在宣武医院开始了。归国的“留美精英”李勇杰是主刀大夫，也是麻醉师、影像师、护士……因为谁也不知道这台“高精尖”的手术是怎么做的，他需要亲自把控每一道环节。

打头架、带病人去核磁室做脑扫描、手术靶点定位、靶点位置计算、开颅、钻孔、将极细的穿刺针穿入抵达靶点位置、沿针道插入一根微电极……不知不觉，8 个小时过去了，沉浸其中的李勇杰丝毫不觉，围观的医生、护士看到：电极定位的误差不超过 1 毫米，病人颤抖的手在术中就渐渐停了下来。

“人的大脑是个黑盒子，立体定向技术有点像GPS（全球定位系统），必须准确到毫米。”李勇杰说。

《功能神经外科通讯》是研究所办的同行交流的刊物，2012年4月出版的第十期封面是一幅瑞士民族英雄威廉姆（William）在殖民者的压迫下，对准不远处儿子头顶上的苹果拉弓射箭的画面。

“穿越遥远的时空，我们在捕捉画面中威廉姆的呼吸，切诊他的脉搏，心有戚戚，惺惺相惜，对那情那景感同身受。”李勇杰在杂志扉页撰文《勇气与担当铸就荣耀》说：“因为，我们职业是治病救人的医生，疾病是‘魔’，医生是张弓搭箭者。面对患者求助甚至绝望的眼神，面对疾病疑难和复杂性的挑战，面对治疗工作带来的医学风险和社会学风险，我们每天都接受着考验和挑战。这不仅需要我们对自身知识与技能的信心，还挑战我们的勇气和担当。”

神经外科手术，特别是立体定向手术，恰似弯弓射苹果。

“这要求高度的精准，不允许丝毫差错，才能保证患者于无恙，且‘射’疾患于无影无形。”李勇杰说。

“感觉太神奇了。”目睹手术全程的医生鲁晓利记得，手术成功后，慕名而来的病人越来越多。到了那年年底，李勇杰团队已经每月能做几十台“细胞刀”手术，一套科学的手术标准流程随之建立，手术时间也随之缩短到平均两个小时。

“我只是一粒种子，把这项技术带回国，到处开花结果。”被誉为“细胞刀第一人”的李勇杰谦虚地说，“如果说自己有何贡献，那就是让立体定向技术在中国发展得更为精细，更有安全保障。”

帕金森病，是运动障碍病最为常见的一种。流行病学统计显示，中国有 200 万患者，占全球总患病人数的 40%。由于人口的日益老龄化，帕金森病的发病率还在增加，已经成为中老年人神经系统的常见病之一。

北京功能神经外科研究所的开创和探索，使无数患者看到了希望。

截至 2018 年 7 月 12 日，20 年时间里，北京功能神经外科研究所共为 6690 例运动障碍病患者实施了立体定向手术治疗，涉及 13 类功能神经外科疾病：帕金森病占 75% 以上，其次是原发性震颤（10.87%）、肌张力障碍（7.17%），其他的运动障碍病仅占 5.74%，包括脑瘫、抽动症、帕金森叠加综合征、不随意运动、舞蹈病等。

1817 年，英国医生帕金森在《震颤麻痹论》一书中确认了帕金森病，此后国际医学界以他的名字命名了这种疾病。

“2018 年是帕金森病被确认 201 年。”李勇杰说，“我出国之前，这个病在国内还叫‘震颤麻痹’，国外已经叫帕金森病 100 多年了。现在都叫帕金森病，就是大家睁眼向洋看世界后学习的结果。”

“回国刚开始三五年，我们是孤独地战斗，最近五六年，各地医院、大学都迫不及待要发展功能神经外科了。”李勇杰说。

勇者无敌：20 年让功能神经外科学“花开”中国

以 20 年前的第一台“细胞刀”手术为起点，中国已建立起一个以运动障碍、癫痫外科和疼痛为核心，发散到神经脊柱、面肌痉挛以及精神外科等多层次、全方位的功能神经外科的学科构架。

李勇杰“一个人的战场”也变成了“团体赛”。当年，宣武医院因他的

功能神经外科主任李勇杰教授（采访对象供图）

归来而设立了北京功能神经外科研究所，它是中国第一家功能神经外科领域的临床治疗和科研机构。自 2009 年起，这里已成为全球最大的“脑深部电刺激治疗中心”，脑起搏器植入量连续十年全球第一。

“这是一个团体赛的成绩，但脑刺激器的高科技来自大洋彼岸，植入量再大也只是跟跑，而不是领跑。”李勇杰很清醒，“不做昙花一现，而要长足稳定的发展，这才是我回国创业的真正使命所在。”

面对庞大的医疗需求和彼时一片空白的中国功能神经外科领域，这位外表儒雅、讲起话来有些慢条斯理的医生显示出人如其名的“勇”字，一肩挑起了人才培养、学科建设两副重担。

很难想象，2010 年李勇杰治愈郑心意的“扭转痉挛型脑瘫”时，脑电极植入手术在国际上也尚处在各项早期临床探索中。这意味着，他所做的前沿探索不可避免会有失败的风险。

李勇杰坦承，自己固然“爱惜羽毛”，但要做一个好的脑外科医生，“短期看智力，中期看能力，长期看担当”。为此，他立下三条做手术的规矩：“最难、最新、最有风险的手术，我来做！”

一次，李勇杰遇到了一位病情特别复杂的癫痫患者小意。她在外地手术失败后，被一位医学前辈介绍过来就医。但经过一次无可挑剔的开颅手术后，她的病情居然又复发了。这意味着，之前对病灶的判断很可能是错的！

等李勇杰被同事喊到病房时，看到的是这样一幕情形：患者母亲坐在窗台上，万念俱灰。年轻医生们求助和紧张的眼光投向他，“我们不能退缩，要为荣誉而战，为病人的信任而战！”基于细致的观察后，他果断第二次开颅检查，确认真正的病灶竟在脑的顶叶区，紧挨着大脑运动皮层，距离不到 2 厘米！

第三次开颅手术做不做？谁来做？李勇杰毫不犹豫地站在了手术台前，他小心翼翼切除了指甲盖那么大的病灶细胞，避开了凶险的运动皮层伤害。

“病人才 16 岁，如果因为手术而瘫了，年轻医生很可能无法承担这种巨大的心理负担，那就我来吧。”他微笑着回忆，仿佛那些惊心动魄的“生死时刻”如平常。

一直追随他的鲁晓利医生评价他“不怒自威”，但“当他在的时候，所有人都发自内心地依靠他，这就是李教授的人格魅力”。

他待人以诚。

“病人要么不看，只要我接了，就一定要负责到底！”李勇杰说，“一定是敢于担当的人进步快，一定是怕出事的人进步慢，最后比的是担当。”

“李老师常对我们说，成为一名好医生，做人是第一位的。能够医治的疾病，治疗要认真精准，疑难病例要讨论出最佳的治疗方案，暂时没有方法治疗的疾病，要让患者和家属正确认识，积极面对疾病。‘有时是治愈，常常是帮助，总是去安慰’。”李勇杰的学生周长帅曾在一篇名为《大医生的小故事》文章中这样描述自己的导师。

诊治来自世界各地的患者 10 多万人、手术治疗 1 万多例……20 年如白驹过隙，李勇杰实现了自己归国的抱负：面向全国医院的 16 期“宣武讲习班”，培养出一支高水平的功能神经外科“国家队”，培训了全国上千名医生；“细胞刀”、脑深部电刺激、内镜手术等前沿技术一一引入中国，可诊疗的病种已拓展到 30 多种。

“我本身就是强迫症、完美主义者。”李勇杰说，“科研是一种精神、态度和方法，要把科研当工作，把工作当科研，就是要弄明白、搞清楚，把科研精神贯穿工作之中，不断扩大技术的适应证。”

有人问李勇杰：“你不怕教会徒弟，饿死师傅？”他哈哈大笑：“我有那么多新技术、新领域要去学，哪有时间想这些？”

帕金森病、原发性障碍、肌张力障碍、抽动症、不随意运动、脑瘫、肌强直等运动障碍病，多种癫痫类疾病，中枢性疼痛、周围神经损伤性疼痛、癌痛、内脏痛、软组织疼痛、腰腿痛、颈肩痛等慢性疼痛，腰椎间盘突出症、颈椎间盘突出症等神经脊柱类疾病……《功能神经外科学》记载的 30 多种疾病，北京功能神经外科研究所的专家们都治过，或者做过手术。

“在功能神经外科领域，治疗病种像我们这么全的平台，全世界都找不到！”李勇杰语气和缓，却透着自信和骄傲，“20 年，我搭起来一个学科发展的平台，带出了一支队伍。就是我退休了又有什么关系？这个学科也会继续发展下去。”

功能神经研究所会议室里，墙上有序悬挂着一幅幅相框，而且一个比一个长：原来是研究所一年一度的合影。

“在李所长带领下，我们的合影坚持了 20 年。我们是一个大家庭，队伍越来越大，所以合影照片越来越长。”鲁晓利说。

回首改革开放 40 年，李勇杰感慨万千：“我们赶上了改革开放的年代，这是中国几千年来，无论是经济、社会，还是知识、科学、技术发展最好最快的时期。从一个懵懂少年到医学专家、学科带头人，从一个怀揣梦想的创业者到理想的落地和生根开花结果，我的成长、收获，都拜时代所赐。”

“从痴人说梦到梦想成真，我多像那个奔跑在美丽海滩上的孩子，在被浪花簇拥到沙滩上的海货中，我欣喜地捡到了几粒色彩缤纷的贝壳儿……而环顾四周，这样的孩子还真多！”回望 40 年，李勇杰颇多感慨。

永远在路上：“不安分”的科学家

20 年磨一剑。李勇杰率领的 100 多人的团队，已经成为功能神经外科领域全世界都响当当的“中国队”，跻身国际“第一方阵”——北京功能神经外科研究所早在 1999 年就被美国帕金森病基金会授予“卓越成就临床中心”称号，成为亚洲唯一获得这一殊荣的临床机构。

他还有什么追求？

“我是一个不安分的人，天生就喜欢做点新的、不一样的事情。”他脸上露出几分孩童般的神气，“我希望被大家认可为一名科学家型的医生。”

事实上，当科学家是李勇杰从小的梦想，学医倒是偶然。20 世纪 60 年代，他出生在山西省大同市的一个普通家庭。在那个“运动接运动”的特殊岁月，由于家庭出身“富农”，童年的李勇杰是一个“沉默、胆怯”的小孩，“有着和年龄不相称的老成和孤独”。

但在他示人的表象背后，藏不住一个有趣、充满好奇心的灵魂。由于父亲的严格要求，他对自然科学了解颇深。6 岁时，他突发奇想，要用水流和水车制作“永动机”；唐山大地震后，他用漆包线吊着小锤，穿过“羊眼圈”，只要一摇晃便会触发电铃响声大作，他对这个自制“地震仪”十分得意；15 岁时，爬上屋顶装天线，自制的“矿石收音机”居然能收到中央人民广播电台的声音……

1977 年，中国恢复高考，进入重教育、重知识的“科学的春天”。

“恢复高考，使得原本几乎完全凝固的社会阶层重新获得分化与流动的生机。”1979 年，已经获山西省物理竞赛一等奖的李勇杰放弃免试上本省大学的机会，选择参加高考，并且考进全省前 20 名，母亲一句“咱家出一个医生就好了，你就学医吧”，孝顺的他从此和医学相伴至今。

1991 年，从山西医科大学获得医学博士学位，并已在美国《脑研究》杂志上发表两篇英文论文的李勇杰，看到了国内外尖端技术水平的巨大差距。强烈的求知欲让他“孤注一掷”，不惜卖掉了刚分配的住房，留学美国。

“我的成长、收获都拜时代所赐，如果没有赶上改革开放 40 年的黄金时期，我可能不会主宰自己的命运。”他说，“因此我坚信，我这颗种子只有落在祖国的土地上，才是归宿，才能得到最蓬勃的生长。”

“改革所开启的机遇之门越来越大，个人得以主宰自己命运的概率也越来越高。”选择归国的李勇杰，确实获得了“最蓬勃的生长”——在他的带领下，北京功能神经外科研究所不断追踪功能性脑病领域在全世界的最新动态，改良技术方法，提高治疗水平，拓展治疗范畴。

1999 年 3 月，北京功能神经外科研究所应用丘脑底核毁损技术治疗帕金森病获得成功，同年又开展脑深部电刺激技术（脑起搏器治疗术）治疗帕金森病。

1999 年 5 月，首例全身性扭转痉挛的手术获得了成功。

1999 年下半年，首例痉挛性斜颈、舞蹈症以及抽动秽语综合征等的手术相继获得了成功。

进入 21 世纪，在创造性地把手术的治疗范围拓展到其他运动障碍性疾病之后，他们又开始了手术治疗癫痫和疼痛的工作……

“李勇杰团队始终领跑着中国功能神经外科向前发展，从治疗帕金森，到癫痫，到疼痛……”山西医科大学刘玉玺教授说。

近年来，北京功能神经外科研究所年平均手术量在 1600 台以上，一支各有所长、朝气蓬勃的队伍也成长起来——

张国君和遇涛专注顽固性癫痫的致痫灶定位和显微手术治疗，胡永生专长于慢性疼痛的手术治疗和神经调控，朱宏伟擅长神经脊柱和颅神经病，李建宇有 20 年的运动障碍病手术治疗经验……

2017 年 9 月，功能神经外科华夏会议在北京召开，国际临床神经生理联盟主席等 20 余位世界顶尖学者以及国内百余位知名专家如约而至。李勇杰在大会发言中介绍了研究所过去 20 年完成的世界最大宗运动障碍病手术病例总结：共完成手术治疗 6467 例，此外还发现男性患帕金森病的风险是女性的 1.46 倍，整体运动障碍病是 1.45 倍；发病年龄上，半数的帕金森病患者在 53 岁前发病，半数患者在 61 岁之前接受手术治疗。

李勇杰回国头 10 年，致力于把帕金森和癫痫的诊疗推动到国际水平，然后他又转而关注慢性疼痛的治疗。

“疼痛里最多见、危害最大的是椎间盘突出，我现在的兴奋点是如何做得更细致、更微创，与国际理念和模式接轨。”他说。

探索，一直在路上——

“科学，解决‘天’的问题；技术，解决‘地’的问题。我仍然看好外科手段对重度抑郁症等情感障碍的治疗前景，希望找到那把钥匙，打开天地链接之门。”他说。

李勇杰是北京市政协常委，多次为医疗体制改革鼓与呼，他也身体力行：2014 年，推动社会资本创办北京西典门诊部，让先进国家专科专病医疗模式落地生根，探索分级诊疗的新路径。

“医改已经进入深水区，不仅需要张弓搭箭者的技能‘底气’，需要医改相关者的责任感，更需要改革者的勇气和担当。医疗体制改革有风险，医疗体制不改革更有风险。带着责任、勇气和担当上路，因为我们相信，历经曲折甚至凶险，我们终将收获荣耀！”李勇杰的话，说出了西典门诊参与者的共同心声。

“任何一个学科都有其科学性、系统性和完整性的要求和发展期许……于我而言，功能神经外科领域 20 多年的学习、研究、实践和教书育人的经历，对其热望更甚。”2018 年，李勇杰带领团队将毕生所学和实践汇编成一本 150 万字的皇皇巨著《功能神经外科学》，“编著团队秉持纵向的历史梳理和横向的全球视野并重，理论阐释和临床实践相结合的理念，希望借此脉络织就功能神经外科领域的全幅画卷”，希望“其成为功能神经外科领域的经典之作”。

“患有神经系统功能性疾病的患者占总人口的10%以上，需要介入性治疗者达数千万，而能够通过外科手术获益的对象保守估计也有500万之多，这个数字大约是脑肿瘤患者的10倍。如此巨大的医疗服务需求不容忽视，历史性的学科发展机遇更不容错过。”他在前言中呼吁。

2017年10月，美国神经外科年会在波士顿举行。北京功能神经外科研究所朱宏伟、张佳星赴会，发现这个大会“无论讲座内容还是前沿领域展示，功能和神经脊柱占比将近一半，大家都在立体定向、导航、人工智能等方面下功夫……”

“这个大会真正展示了神经外科未来的发展方向，可从中看到我们的不足，也看到了我们的地位。值得自豪的是，北京功能神经外科研究所的许多工作走在世界前沿，相信在新的领域我们也会紧跟国际步伐，在神经脊柱专业做出自己的特色。”张佳星说。

面对成绩，李勇杰异常清醒。

“我们让国际上的先进技术在中国落地生根、结出果实，在临床上甚至和国际同行并跑了。这里面当然有创新，但是脑深部电刺激技术来自大洋彼岸，是国外发明的，我们现在还缺少真正的原创性的发明创造。我们需要开创新领域、发明新设备，从创意、研发、市场开拓到资源整合，建立完整的科学研究与产业发展的链条。”李勇杰说，“期待从量变到质变，这种可能性现在大大增加了。”

李勇杰透露，他们正在酝酿进行无创手术，“这是外科手术和治疗的下一步，将是一个很大的突破点，我看好它”。

《功能神经外科学》付梓之际，正是阿尔法狗战胜人类围棋顶尖高手的时候。

“大脑有 600 亿到 700 亿个脑细胞，如果把它们看成一个个星球，那么大脑就如同宇宙般无穷。”看好脑机接口的李勇杰兴奋地说，“如果我们能与工程师联手，可能会连接人类想象力与行动力，那将开辟功能神经外科全新的世界。”

第十五章

从“井冈山”到“战狼”“奔驰”
——一辆车承载的启示

引言

“北汽人”对汽车的追求，竟然如此百折不挠

没有什么，像汽车一样，这样代表工业文明；

没有什么，像汽车一样，如此折射出一个国家的工业综合实力……

不走进北汽，不知道“北汽人”对汽车的追求，竟然如此百折不挠——

一个地方企业，一个当年为红旗提供零部件的汽车修配厂，竟然创造了如此之多的第一，在逐梦轿车的道路上走得如此坎坷。改革开放之前的20年里，研制了“井冈山”牌轿车，试制生产过“卫星”牌微型轿车、“北京”牌高级轿车、“东方红”牌轿车、北京210C吉普车、北京212吉普车、北京750中级轿车、130轻型卡车、“长城”牌摩托车……

还是改革开放以后，伴随大门打开，“北汽人”终于抓住一次次机遇，从美国吉普、韩国现代到德国奔驰，从轻型载货汽车到新能源汽车，一次次合作，一次次跨越……

2018年11月8日，喜讯传来：北汽“BJ80轻型军用越野车”自主研发项目荣获2018年度“中国汽车工业科学技术奖”一等奖！

4大系列23款车型……传承北汽“越野世家”基因，中国新一代轻

型军用越野车成为北汽集团化发展、自主创新体系建设11年的标志性成果之一……

从“现代”到“奔驰”，或者自主品牌的“绅宝”，从合作合资到自主创新，一辆辆“北京产”的汽车上，究竟承载了怎样的启示？

这是历史性的一幕——2018年7月，北汽南非工厂正式投产，第一辆汽车在中国国家主席习近平和南非总统拉马福萨视频连线“见证”下缓缓驶下生产线。

作为中国企业在南非及非洲投资规模最大的汽车工厂，更作为涵盖研发、采购、生产、销售以及金融服务等全产业链的生产基地，这里将生产

1958年，北京第一汽车附件厂干部职工艰苦卓绝、夜以继日地研制国产汽车（北汽集团供图）

1958 年 6 月 20 日，北京第一汽车附件厂成功试制出第一辆轿车“井冈山”（北汽集团供图）

制造北汽旗下的乘用车、越野车、轻型运载车，以及其他适合当地市场的汽车产品……

沧海桑田，往事犹在眼前——

就在 60 年前，在共和国首都北京，怀着一个“汽车梦”，一个为一汽、一拖等提供零部件配套的汽车修配厂，敲打出了北京第一辆小轿车——“井冈山”牌轿车。

60 年后，历经改革开放 40 年洗礼后，北汽集团已经发展成为一个能生产轿车、越野车、商用车、新能源车、卡车等各种车型，年营收近 5000 亿元的企业，在世界五百强排行榜上“节节高”。

第一家中外合资汽车企业、第一家股份制汽车企业、第一家轻型载货汽车中外合资企业、中国加入世贸组织后第一家中外合资汽车企业、中国第一家股份制新能源汽车公司、中国汽车行业第一个国家级技术创新中心、中国第一家新能源整车 A 股上市公司……

一系列“第一”，犹如一个个脚印，记录了一家中国汽车企业的发展历程，成为“奋力拼搏、团结协作、知难而进、志在必得”北汽精神的最佳注脚，从一个侧面见证了中国汽车业在改革开放大潮中的发展壮大。

抓住改革开放机遇，才能创造一个个“第一”

北京顺义，毗邻繁忙的首都国际机场，一座以北汽集团标志为造型的建筑格外引人注目。明亮的大厅里，展示着众多自主研发的车型，人们纷纷在电影《战狼 2》中爆红的红色 BJ40 越野车前拍照留念。

从改革开放前红遍大江南北的绿色国产越野车 BJ212，到如今的 BJ40 越野车，从一个侧面折射出北汽跌宕起伏的发展历程。

汽车，是工业文明的标志，也是一个国家走向现代化的标志。

2018 年，是汽车诞生 132 周年，中国汽车业 65 周年，北汽诞生 60 周年。

“现在我们能造什么？能造桌子椅子，能造茶碗茶壶，能种各种粮食，还能磨成面粉，还能造纸，但是，一辆汽车、一架飞机、一辆坦克、一辆拖拉机都不能造。”新中国成立之初，毛泽东主席曾发出这样的感慨。

60 年弹指一挥间，中国人民以“敢教日月换新天”的豪情壮志，将昔日一穷二白的落后农业国建设成为工业大国。2009 年，中国更是成为世界最大汽车生产国，一直延续至今。

北汽集团办公楼大厅左侧，就是一个展示企业发展历程的常设展厅。一辆乳白色的老式小轿车静静伫立，这就是“井冈山”牌轿车；一张照片上，坐在车上的朱德笑逐颜开……

“井冈山牌”小轿车

北京汽车制造厂的前身是北京第一汽车附件厂，最初主要任务是修理汽车和为长春的第一汽车制造厂和洛阳的第一拖拉机厂提供配件。

作为中国汽车工业的元老，北京汽车制造厂首任党委书记冯克在“井冈山”牌小轿车诞生那一年刚刚 36 岁，他曾回忆说：“那时我们虽然是个汽车附件厂，但一直和军队有密切关系，最初为抗美援朝造军用摩托车，一个车斗带三个轮子的那种。那个时候造汽车是件了不起的事情，从国家领导人到普通群众都很热情，有的工人修了一辈子汽车，也没造过车，特别希望能够自己造车。”

1958 年，新中国开启了国民经济发展的第二个五年计划。那一年，中国迎来第一个汽车热潮。当时国内只有一汽一个汽车厂，而一汽也只有解放牌中型货车一种产品，远远满足不了市场需要。中央提出地方可以打造汽车工业。

当年 3 月，北京第一汽车附件厂决定以西德大众汽车公司的四缸冷风轿车作为参考，自主设计制造小轿车向国庆九周年献礼。4 月初，设计工作正式开始，制造一辆设计先进、性能要求很高的小轿车，对于一个缺乏必要设备、从来没有生产过整车的附件厂来说，在今天都绝非易事，在当时更是面临着重重困难。

没有图纸，没有参考资料，就自己动手测量。经验丰富的老工人把样车拆散，一个个进行精密测量，清华大学老师带着 80 多名学生也加入进来，日夜突击绘制设计图纸。全车 3000 多个零部件，不仅要测绘，还要设计绘制加工图纸、装配图纸，一个半月就完成了全部工作。

1958 年 6 月 20 日，一辆乳白色的小轿车呈现在所有人面前，它长 4.1 米，宽 1.56 米，高 1.45 米，四缸四冲程风冷发动机，4 个前进挡，1 个倒挡，最高时速能达到 110 公里。北京生产的第一辆小轿车诞生。

那一天，报喜的队伍将这辆白色轿车送到位于台基厂的北京市委，随后又送进中南海向中央领导报喜。毛泽东主席看完后称赞说：“附件厂能够制造小汽车，很好，谢谢你们！”

也就是在 6 月 20 日这一天，北京第一汽车附件厂更名为北京汽车制造厂，北京汽车工业的元年就此开启。时任国家副主席的朱德同志，亲笔题写了“北京汽车制造厂”的厂名和“井冈山”车名。

在老一辈党和国家领导人的直接关心下，北京汽车工业从此诞生了。随后的三个月，全厂上下又齐心协力制造出 100 辆“井冈山”牌小轿车，在当年的国庆典礼上，50 辆“井冈山”牌小轿车与来自全国各地的队伍一起，列队驶过天安门接受检阅。

从“井冈山”出发，北京人开始了逐梦之旅：试制生产过“卫星”牌微型轿车、“北京”牌高级轿车、“东方红”牌轿车、北京 210C 吉普车、北京 212 吉普车、北京 750 中级轿车、130 轻型卡车、“长城”牌摩托车……

北京 212 吉普车更是成为 20 世纪 70 年代至 90 年代县级及以下干部的标准“座驾”，甚至有民谚说：“听见吉普响，来的是首长，官儿也不大，顶多是县长。”

改革开放的大潮席卷至今，北汽人抓住机遇，创造了一个个“第一”。

1984 年，中国第一家中外合资汽车企业——北京吉普；

1985 年，中国第一家股份制汽车企业——北京市旅行车股份有限公司；

1988 年，中国第一家轻型载货汽车中外合资企业——北京轻型汽车有限公司；

2002 年 5 月，中国加入世贸组织后第一家中外合资汽车企业——北京现代；

2014 年 3 月，中国第一家股份制新能源汽车公司——北京新能源汽车股份有限公司；

2018 年 3 月，中国汽车行业第一个国家级技术创新中心——国家新能源汽车技术创新中心；

2018 年 9 月，中国第一家新能源整车 A 股上市公司——北汽蓝谷。

世界五百强，是一面镜子：2013 年，北汽首次进入世界 500 强。2018

年，北汽从最初的第 336 位上升到第 124 位，短短 6 年时间上升 212 位。

2017 年，在中国汽车市场规模整体仅实现 3.07% 微幅增长的背景下，北汽集团营业收入达到 4700 亿元，实现利润 280 亿元，同比增幅分别达到 15.7% 和 14.1%，旗下北京奔驰营收突破千亿元。北汽新能源整车销售 10.3 万辆，位居全球纯电动车市场第二。北汽越野车亮相香港回归 20 周年驻港部队阅兵式、庆祝中国人民解放军建军 90 周年阅兵等重要活动。

不说不知道，一说吓一跳。北汽现在的“分量”，有如此之重——

“自 2002 年以来，我们累计纳税超过 2400 亿元，累计工业总产值超过 2.7 万亿元，占北京市工业总产值的比重从 3% 提升到 19%，工业增加值占比提升到 20%。北汽集团党委书记、董事长徐和谊说。

精神的力量是无穷的

北京城南，作为奔驰在德国境外最大的工厂，北京奔驰厂区内，一辆辆刚刚下线的奔驰车不停驶过，蔚为壮观。一块巨石上，是四个大字“行则至极”。

“‘行则至极’是我们所追求的精神境界。”北京奔驰首席技师、工会副主席赵郁说。

1988 年，20 岁的赵郁从学校毕业，进入北汽，从在流水线上装 BJ212，到后来干三菱帕杰罗、大切诺基等，30 年里从流水线上的一名装配工人成长为国内顶尖的技术专家。

回忆起 13 年前组建北京奔驰的情景，赵郁仍然记忆犹新：“当年很多人担心能不能干成，超过百年历史的奔驰车代表着世界汽车工业最高水准，不仅外方担心，我们自己心里也没底。”

作为最早到德国奔驰学习的一百人之一，赵郁说：“那时憋着一股劲，要把人家的好东西都学回来。到现在，一些工艺上外方已经开始借鉴中国的经验，变化翻天覆地。一步一个脚印地走过来，真是很不容易。”

“北汽人身上有一股劲儿。”徐和谊说，一位老领导将北汽精神总结为“奋力拼搏，团结协作，知难而进，志在必得”，特别是后面八字“知难而进，志在必得”，说到了北汽人的心坎里。

这种精神，从“井冈山”开始，犹如一团火炬，始终照耀着前行的道路。

20世纪50年代末到70年代末，北京汽车工业逐步建成了专业化的协作体系，从北京汽车制造厂的一个点，发展成为北京内燃机总厂、北京齿轮厂、朝阳汽车配件厂、北京市装具厂、北京第一弹簧厂等一批汽车配套企业分工协作的“一条街”，不仅以BJ212越野车、BJ130轻型货车、北内492发动机为主导的“两车一机”产品全国闻名，还支援包建陕西汽车制造厂、陕西汽车齿轮厂，以及湖北、河北等地汽车工业建设，成为当之无愧的中国轻型汽车摇篮。

“文革”中，北汽干部职工依然坚守生产研发，逆境中依旧坚守着梦想。BJ212越野车产量从1970年的7000多辆发展到1976年的14 500多辆，创当时最高水平。

这是现代造车史上的奇迹——2002年4月，中韩双方正式签署协议，当年年底就要出车。10月，北京现代汽车有限公司正式挂牌，11月，首款车型正式下线。整个项目的建设实现了当年签约、当年建厂、当年投产。当时，全球最快纪录是23个月，而北京现代仅用6个月。

“现代速度”成为中国汽车工业迈入新千年的一个响亮音符。韩国现代会长郑梦九主动要求调高北京现代产量，并将在中国市场推出的车型从两个增加到三个。2003 年 3 月，北京现代冲压、焊机、涂装、总装四大工艺全面启动，10 月初产销双双突破 4 万辆，国产化率达到 64%，带动国内 50 家配套企业。

闪亮成就背后，是北汽人无数个日夜的拼搏，最初的艰难和挑战超出外界想象。

在北汽，流传着一个“500 把镰刀创业”的故事：初到北汽的徐和谊带领员工挥镰斩棘，在一片荒地上建起一座现代化汽车工厂。

由于历史原因，北汽是在北京汽车制造厂、北京内燃机厂、北京齿轮厂、北京第二汽车制造厂等众多各自独立的汽车和零部件企业松散联合的基础上发展而来的，子公司的历史比母公司还长，“先有儿子，后有老子”。

2007 年，针对北京汽车工业力量分散、产业链整体竞争力弱的局面，北汽提出“走集团化道路，实现跨越式发展”的企业战略，开启了一系列大刀阔斧的改革。

产权整合、派驻人员管理、重大事项集团决策报备……二级企业从 32 家整合为 14 家，整合为整车、零部件、服务贸易、研发和改革调整五大平台，实现资源集聚，完善产业链，北汽集团总部也成为高效的决策中心和有力的运营中心。

“没有改革开放，就没有今天的北汽。”徐和谊说，在改革开放的每一个阶段，北汽都是直接的受益者。

多年的不懈努力，换来的是规模和实力的迅速提升。

在国内，北汽先后重组镇江汽车制造厂、昌河汽车、宝龙汽车、黄海汽车等企业，还与合作伙伴建立了北京、株洲、重庆、广州等八大自主品牌乘用车生产基地，基本完成了全国性产业布局。

在海外，北汽成功收购萨博技术、威格尔变速箱、全球第二大汽车天窗企业荷兰英纳法公司，使整车、核心零部件研发制造水平迅速提升至国内领先水平。

追梦路上，北汽始终与世界携手前行。

2017 年，北京奔驰全年产量突破 43 万辆，同比增长 29%，国产车型占在华总销量的比重超过 70%；所有车型的国产化率都超过 55%。这一年，北汽集团与戴姆勒集团共同投资人民币 50 亿元，建立纯电动车生产基地和动力电池工厂，开展一系列新能源高端技术产品研发和生产。

“北京奔驰已经成为全球产量最高、面积最大、综合性最强的梅赛德斯 – 奔驰乘用车生产制造基地，也是德国境外最大的研发中心，全球唯一同时拥有前驱车、后驱车和动力系统三大平台的合资企业。多年来的合作成果，充分证明了双方对能力和品格的相互信任。”北京奔驰党委书记、高级执行副总裁陈巍说。

未来之路，唯有“创新”

北京亦庄，往昔诺基亚在中国的总部大楼——一栋蓝色玻璃大楼，早已成为北汽新能源总部。

9 年时间，北汽新能源的资产规模已经翻了 30 倍，营业收入翻了 38 倍，人员扩大 7 倍，产品销量也达到了 63 倍。

2018年，国家新能源汽车技术创新中心更是在这里挂牌。

“刚开始决定要搞新能源汽车时，很多人都不相信我们能搞成。”北汽新能源党委书记、总经理郑刚说。过去5年，北汽新能源研发投入占销售收入比重平均达到20%，拥有的专利和标准数量，尤其是人均专利和标准数量在行业内遥遥领先。同时，还在美国、德国、日本、西班牙、意大利等5个国家布局7个海外研发中心，涵盖造型设计、电驱动技术、智能化技术、轻量化技术、互联网技术等前沿技术领域。

不仅加大技术研发力度，北汽新能源在商业模式创新的路上也在不断探索。2018年，针对纯电动车充电不方便、电池成本高、电池回收利用难度大等一系列产业瓶颈问题，北汽新能源推出“车电分离”的商业模式，与智能化换电站布局相结合，率先在全国开展探索。目前，仅在北京地区就已经建了110个换电站，服务的可换电新能源车超过5000台。

知难而进，志在必得。北汽新能源是北汽集团的一个缩影。

汽车业形势，已悄然发生变化——从2011年开始，中国汽车市场在经历十年爆发式增长后需求明显放缓，进入“微增长”时代；风云变幻的全球政治经济局势，让中国汽车产业发展的外部环境更加艰险复杂。中国汽车企业只有加速转型升级，才能把命运牢牢掌握在自己手中。

随着首都北京构建高精尖产业结构的步伐不断加快，北汽人正开启新征程，围绕“高、新、特”战略加速转型升级。

2017年，北汽集团确定全面实施“引领2025战略”，开启以全面新能源化为重要特征的集团化发展2.0时代。

2018年，北汽宣布，到2020年率先在北京市全面停止自主品牌传统燃油乘用车的销售，到2025年在中国境内全面停止生产和销售自主品牌传统燃油乘用车。

2018年北京车展，北汽新能源推出整车人工智能“达尔文系统”，惊艳全场：利用积累的25万用户数据，实现高达98%的自然语音唤醒识别率、多达10种手势识别功能，还可根据用户日常使用习惯来进行深度学习和优化。

2018年7月16日，在北汽集团越野车分公司，员工在对即将下线的越野车进行检查（鞠焕宗摄影）

“汽车诞生132年来，其价值链和运营模式没有出现过大的颠覆性变革，欧、美、日主导的竞争格局牢不可破。但今天，这种转型的时代给了中国汽车企业向国际巨头发起挑战、从追随者成为领跑者的绝佳机会。我们正是从这个高度，来谋划自己的转型。”徐和谊说。

回望中国汽车工业和北汽走过的60年，徐和谊说，总体上可以分成三个阶段：第一个阶段是从新中国成立到改革开放前，打造了完整的汽车工业基础，但是技术积累非常慢。第二个阶段是改革开放后，从北京吉普开始搞合资，引进国外产品技术，带动整个行业大发展，培育了我们自己的产业链。第三个阶段是2000年以后，特别是党的十八大以来，中国汽车工业从自主研发到自主品牌建设全面驶入快车道，中国自主汽车品牌从雏形进入快速成长的阶段。

“从当初的‘井冈山’，到北京现代、北汽新能源、北京绅宝、北京奔驰，几代北汽人造小轿车的梦想算是已经实现了，但新的梦想又开启了，那就是成为一个国际化的汽车领军企业。”徐和谊说。

如今，国内外众多掌握优势资源的一流企业，纷纷与北汽结成重要合作伙伴，一同开拓前沿技术领域。

北汽设立规模超过百亿元的新能源汽车产业发展基金，收购德国铝合金巨头特锐迈特，并与宁德时代、孚能等企业开展深度合作，不断强化产业链核心资源。

2017年，北京汽车集团新增专利申请5052件，完成率达134%；新增专利授权3430件，完成率达167%，其中发明专利申请数占比达到31%。

这一年，北京汽车动力总成有限公司还推出了首款高性能小型发动机A102T，同时在智能网联方面实现了近10项L1–L2智能驾驶关键技术的整车搭载及量产。

“奋斗本身，就是一种幸福、一种获得。”在 2018 年新春贺词中，徐和谊这样说道，“在新时代的春天里，我们北汽人抖擞精神、整装出发，在为北汽事业忘我奋斗的征程中，去追逐、去获得真正的幸福！”

梦想无止境，追梦无止境……

“在全球的合作与竞争中不断发展自己”
——对话北汽“掌门人”徐和谊

“北京汽车”，一个以中国首都城市命名的汽车品牌。60 年前，一批怀揣着梦想的先驱，用双手打造出了北京第一辆小轿车，埋下第一颗梦想的

徐和谊接受采访（鞠焕宗摄）

种子。60 年间，北汽集团从中华人民共和国成立之初一个家底儿单薄的汽车修配厂，成长为一个年营收近 5000 亿元、研发中心遍布全球的中国汽车产业巨头。

60 年追梦之路历尽沧桑与荣耀，使北汽成为中国民族汽车工业的一个缩影。未来民族汽车工业将走向何方？我们应如何迎战更加激烈的全球竞争？中国从汽车“大国”到“强国”的路还有多远？带着一系列问题，记者和北汽集团徐和谊面对面，倾听这位北汽“掌门人”的思考和奋斗。

“回头看这 60 年的历史，真是不容易”

问：2018 年是汽车诞生 132 周年，也是北汽成立 60 周年。回首这 60 年的改革发展历程，您是一个什么样的感觉？

徐和谊：60 年的历史，走过来挺坎坷的，虽然收获成就很大，但我个人认为不应该这么漫长。太漫长了，不仅是北汽，整个中国汽车工业也是如此，跌宕起伏。

总体来看，分为三个历史阶段：第一个阶段是在苏联“老大哥”的帮助下打基础，一汽就这么诞生了，那时候的解放牌卡车，完全是苏联的技术支持。但在这之后，一直到改革开放开始引进产品和技术，这个第二阶段路走得非常漫长，技术进步非常缓慢，实际上五几年的时候，我们国家造车水平跟日本、韩国可以说基本是一个水平，韩国是 1967 年汽车才开始起步，咱们起步比韩国还要早得多。

问：那我们现在正处于的第三阶段又有什么样的特征？

徐和谊：第三阶段是 2000 年以后，特别是党的十八大以来，中国汽车工业从自主研发到自主品牌建设，获得了快速发展。这一阶段是整个中国汽车行业真正从小到大、大力开拓民族自主品牌之路的阶段。改革开放为中国汽车行业发展铺就了快车道，培育了动力源。一方面由于汽车进入家庭，巨大的中国汽车市场展现出了强大的消费能力，另一方面中国汽车工业的自主品牌也得到了快速发展。在今年最新的世界 500 强排名中，北汽集团从去年的第 137 位上升到了第 124 位。

现在，自主品牌和合资品牌基本各占半壁江山，这很不容易，这半壁江山是和西方国家汽车巨头的品牌竞争，人家已经有几十年甚至上百年的历史，所以我觉得这十来年行业的发展算比较健康。所以回头看这 60 年的历史，真是不容易。

“没有比干自主再难的事儿了”

问：在培育自主汽车品牌的问题上，业内一直有不同的看法。北汽在这方面投入很多资源，也承受着很大的压力，为什么做出这样的选择？

徐和谊：关于培育自主品牌之路，这些年大家的认识不是非常统一，有的认为搞合资品牌的日子挺好过，产业也有竞争力，回报也挺高，也不那么累，以后发展还是以合资为主吧，要搞自主太难，还早着呢！这是一派意见，但这一派是少数。

还有一派主流意见认为，中国汽车这么大产业，要想真正做强，没有自主的品牌、产品、技术，那怎么做强？不可能强，最多沦为代工的工厂。那中国汽车工业怎么才能做强呢？要真正有话语权，不干自主是不行的。干自主是真难，特别难，没有比干自主再难的事儿了。要有巨资投入，还要培养锻炼自主的团队，搞品牌建设，漫长而又艰难。

问：北汽的自主品牌培育之路是从什么时候开始的呢？

徐和谊：要说自主，从20世纪60年代就开始了，老北京吉普212等都是自主，但毕竟已经时过境迁了，那篇儿早就过去了。改革开放以来这40年，北汽的自主品牌之路，真正起步是2007年之后开始，基本上是从零起步，费了老大劲儿了，有限的资金和力量几乎都投到了自主品牌的打造上。非常难，但是北汽走得一直非常坚定。

现在很多品牌的产品基本都同质化了，样子也都差不多，只不过这个内饰做得好一点，那个配置高一点，大同小异，水平、技术含量都差不多，打到最后全是靠拼价格，这么走下去我认为是一条死胡同。通过北汽这些年培育自主品牌的探索，我们发现最关键的还得是培养自己的自主品牌“撒手锏”。

“真正做好自主品牌，还得靠技术不断地创新”

问：那北汽自主品牌的“撒手锏”是什么？

徐和谊：北汽是越野世家，造越野车的技术那是一门绝技，谁学也学不了，这叫“独门绝技”。像我们现在的越野车BJ40销售非常火爆，很多都是加价在销售，还供不应求，它的血脉就是源于北京吉普212，从大结构上还能看到北京吉普212的影子，这个血脉一直在传承。

我们的体会是要真正做好自主品牌，还得靠技术不断地创新，汽车这种产品，越好市场越需要。过去有一种观点，认为干自主品牌就要减配拼价格，结果越减越低，品牌最后做到“地板”上了。市场真正需要的是好东西，特别是现在整个社会消费在不断升级，大家不愁东西好。通过这些年的实践来看，科学技术真的是第一生产力，创新是驱动力，没有创新不行。

“有一种精神叫‘志在必得’”

问：回顾北汽这60年的历史，从最早的“井冈山”牌小轿车到今天生产这么多高技术含量的汽车，蕴藏在一代代北汽人身上的基因密码是什么？

徐和谊：有位非常熟悉北汽历史的老领导给总结了16个字：“奋力拼搏，团结协作，知难而进，志在必得”。我觉得这16个字应该就是您所说的北汽人身上的这种遗传基因，这16个字说到北汽人的心坎里面了。

特别是这后面8个字“知难而进，志在必得”，可能更重要，北汽的家底儿薄，一个地方的企业，很不容易。北京工业的基础就薄，不是制造大省、工业大省，配套的工艺也不多，过去主要就是首钢，其他那些都很小很弱。这些年汽车也起来了，那真叫“知难而进”，那是真难，但是有一种精神叫“志在必得”。

问：60年前北汽还是配件厂的时候，当时就选择要做“井冈山”牌小轿车，是不是就是有一股劲儿一定要干成？

徐和谊：北汽人这股劲儿，还有这个梦，我是深知的。北汽人五几年就要造这个轿车，所以当时真是手工打造出来的，但是毕竟那个时候力量太薄弱了。后来又干了几款，“井冈山”牌小轿车之后还干了好几款，最后都没有大量生产。一直到2002年我来到北汽搞北京现代，2002年12月份第一辆自己制造的轿车正式上线了，所以大家都说圆了几代北汽人的轿车梦。

“‘天方夜谭’最后还是实现了”

问：大家经常说起的“500把镰刀创业”的故事，如今已经成为北汽精神的一种象征，您能不能讲讲当时的情景？

徐和谊：那是真的，当时买了一批镰刀，那是一个停产的企业，过去生产BJ1041这款车，后来经营不善停产了。当时我到那个厂去看，车间没一块儿完整的玻璃。整个厂子里头有养猪的、养狗的、养鸽子的，还有种地的。因为汽车厂有大块空地停整车用，所以有好多的空地，后来停车场没东西了，这空地干什么？很多人就在这儿种地了，种地还不解渴，干脆圈一块儿养猪。那荒地的野草真是惨不忍睹，我都没法儿形容。

因为是跟韩国现代搞合资，这厂房和地还算一块资产，评估完了还要作价计入合资公司里，得让外方看看这破厂子。所以就干吧，尽量打扫得亮丽点。2002年7月，我印象特深，那是最热的时候，买了一批镰刀就开始割草，然后清理破棚子、猪圈。当时创业什么都没有，刚开始4个人用一张破办公桌，也没有钱买家具，没有计算机，就东拼西凑借了点台式计算机。一个小组有一台计算机，椅子都不够坐。

问：当年就是在这种条件下打造出了第一个现代化轿车生产线，而且创造了“北京现代速度”？

徐和谊：对，就是在这种情况下干出一个现代工厂。当时市里给我们提了一个目标，要求“当年签约、当年建设、当年投产”。当年4月29号签约，7 月份进驻企业工厂，当年年底就得出车，所有的人都认为这是不可能的事儿，但这个“天方夜谭”最后还是实现了。下线那天，很多人都掉眼泪了，那半年天天通宵干。从韩国合作伙伴身上，我们也学到很多艰苦奋斗的精神，人家也充满了干事业的那种精神，韩国合作方没一个偷懒，都是跟我们中国人一起加班加点。这些年跟外资合作，我们从他们身上学到了很多好的东西，严谨的工作态度，就像现在说的“工匠精神”。通过不断合作，这些年也培养锻炼了一批优秀干部。

“没有改革开放，那真的就没有今天的北汽”

问：从“井冈山”牌小轿车开始，北汽人一直有个“轿车梦”，现在这个梦实现了吗？

徐和谊：轿车梦算是实现了，但是新的梦又展现在眼前了。比如说最明确的一点就是梦想着北汽真正走向国际化，这就是我这些年始终在做的一件事，把北汽培养成真正的国际大公司。

现在也在出口，但是比例还是太低了。要有三分之一以上的产品出口才算实现国际化，才算是一个国际大公司。2018 年我们在南非建立了第一个汽车厂，四大工艺齐全，是真正完整的轿车厂，就生产咱们自主品牌的三款产品。2018 年第一辆车已经在南非下线了，这是具有里程碑意义的。

问：改革开放 40 年，北汽一直奔跑在最前沿，您如何看过去的 40 年和今天的北汽？

徐和谊：没有改革开放，那真的就没有今天的北汽。改革开放 40 年，北汽是一个直接的受益者。改革开放之后，中国汽车行业第一家中外合资企业——北京吉普，就是在北汽诞生的。那时对整个行业震动非常大，随之而来的汽车行业第一家上市公司、第一家跨地区的股份制公司等都是诞生在北汽。没有改革开放，这些都是不可能的事儿。

“让改革开放的门开得更大”

问：北汽是国际汽车巨头戴姆勒集团最密切的中国合作伙伴，甚至有人半开玩笑半认真地说北汽与戴姆勒是汽车行业最“暧昧”的一对“异国情侣”。这些年与外资企业的合作，到底给我们带来了什么?

徐和谊：关于汽车工业的对外开放与合作，业内一直有许多争论。通过改革开放 40 年的实践，我认为开放与合作的路是正确的，先通过合资合作把我们国家汽车零部件产业培育起来，才能有发展自主品牌的产业基础和人才基础。

正是有了一定的基础，近年来中国的自主品牌才会忽然一下都起来了。所以我觉得总体的路子走的是对的。没有改革不可能有今天，这点毋庸置疑，不用再讨论。有人说“市场换技术没有换成，把市场也丢掉了”，这是微观层面的，从整个产业层面看，今天现代化的零部件体系是得益于改革开放 40 年来合资合作的发展。

所以 40 年的改革开放，对中国汽车工业走到今天真的起着至关重要的作用，合资合作这条路走对了。下一步应该怎么走？我觉得还是要按照现在国家的大思路，让改革开放的门开得更大，在全球的合作与竞争中不断发展自己。

“未来百年，中国有潜力在新能源领域引领全球汽车工业的变革发展”

问：130 多年前德国人发明第一辆燃油汽车，随后欧美国家诞生了一批汽车企业，创造了百年的辉煌。现在中国已经是全球最大的汽车市场，下一个汽车业的百年辉煌有可能是在中国发生吗？

徐和谊：我觉得可能性是有的，但是传统的燃油机领域的辉煌不会在中国发生了。未来百年，中国有潜力在新能源领域引领全球汽车工业的变革发展。因为新能源技术给汽车工业带来了巨大的变革，中国原来的劣势现在反而变成优势了。在传统燃油汽车领域，西方汽车大国有着巨大的固定资产和投入，在转型过程中有很重的包袱。我们在传统燃油机上家底儿很薄，反而可以轻装快步地转型。

新能源技术对于汽车领域的很多东西是颠覆性的，它的核心就是“三电”：电池、电机、电控。在这方面，中国起步的基础是非常好的，电池、电机等方面的技术我们已经处于国际领先地位。现在国家专门在北京设立了国家新能源汽车技术创新中心，整合全行业的力量加快科技研发，未来中国将成为当之无愧的全球第一。

“我忠实于这个时代，献身于时代”

问：在一期电视朗读节目上，您选择了艾青的《时代》？为什么选择了这样一首诗？

徐和谊：这里面有我的一些情感和理念，特别是里面的“我忠实于时代，献身于时代”“奉献给那使我如此兴奋如此惊喜的东西”。现在我们中国越来越繁荣和强盛，我作为一个企业的领导，在党的领导下投身于这个伟大的时代，更深深地感恩这个时代、热爱这个时代。在 2018 年的新春贺词里，我写了这样一段话：“奋斗本身，就是一种幸福、一种获得。在新时代的春天里，我们北汽人抖擞精神、整装出发，在为北汽事业忘我奋斗的征程中，去追逐、去获得真正的幸福！”这是发自肺腑的，在未来的路上，北汽人将不忘初心、逐梦前行！

第四编

千秋梦想

导言

梦想之城

一个人有梦，一座城也有梦，北京城有大梦。

这个梦，是由这个城市里每一个普通人的梦组成：

蓝绿交织，水映京城，这是这座千年都城的水乡梦——构建看城市、看山水、看历史、看风景的城市景观眺望系统。

这是故宫博物院院长单霁翔的梦——“要珍惜北京的水和有水的空间。如果水环境能跟人们的生活环境更融洽就好了”。

“敦煌以它灿烂丰富的文化产生了‘敦煌学’，北京历史文化如此丰富，应该有‘北京学’知识体系。”正阳书局创办人、把万松老人塔所在的院子变成“砖读空间”的年轻“老北京”崔勇希望更多地出版图书，“著书以卫城”，唤醒大家共同的北京记忆。

从西城区一系列特色阅读空间，到角楼图书馆等一系列东城区的特色阅读空间，在北京城，越来越多的老建筑正在被重新利用。一座书香之城、文化之城，正日益清晰地浮现在人们面前。

水乡梦，书香梦，都不如健康老年梦令人心动，就像北京市民政局局长李万钧所警告的那样：“如果没有做好准备，（应对老龄化）将会是一场惨烈的‘遭遇战’，从2018年到2048年还有30年，大约是一万多天，所以我要说，一万天太久，只争朝夕！”

到 21 世纪中叶，会是怎样一种景象？预计届时中国老年人口数将达到 4.87 亿的峰值，占总人口的 34.9%，这意味着将近每三个人中就有一个超过 60 岁的老年人！

第十六章

水映京城——千年古都水之梦

引言

“山水城市”北京

人类逐水而居，城市沿水而兴。

作为一个极度缺水的城市，北京城竟然还有一个“水乡”的梦想？

回顾历史，京城盛水景观曾令人称美，而在2017年国庆前夕出台的北京新总规中，一个“水”字，竟然出现了272次，并且提出了“建设水城共融的生态城市”“强化山水城市意象”等目标。

笔者走进这座城市，探寻“水乡梦”的内涵、可能性……

自古以来，人类逐水而居，城市沿水而建。

北京市委市政府提出，北京要做到林成片、湖相连，绿满京华，水映京城，鸟语花香。

在城市快速发展的今天，水和一座城市，究竟有着怎样的关系？

伴随着地下水连续上升，首都北京，这座同样因水而起，曾被泉水浸润的千年古都的水安全形势究竟是怎样的？

如今属于极度缺水型城市的北京，能重圆水映京城的“水乡”梦吗？

1993年，第四十七届联合国大会做出决议，确定每年的3月22日为“世界水日”。

2018年“世界水日”前夕，笔者走进北京这座古都，在历史和现实的交织中，探寻这座城市的“水乡”梦。

北京新总规，“水”字出现272次

——建设水城共融的生态城市。

——落实以水定城、以水定地、以水定人、以水定产。

——按照互连互通、集约紧凑、提高韧性、亲水宜居的原则，促进水与城市协调发展。

——构建绿水青山、两轴十片多点的城市整体景观格局，尊重和保护山水格局，加强城市建设与自然景观有机融合，突出山水城市景观特征，让居民望得见山、看得见水、记得住乡愁。

——构建看城市、看山水、看历史、看风景的城市景观眺望系统，形成银锭观山、钟鼓楼北望、太和殿经玉渊潭西望、景山万春亭西望四条由核心区向外眺望自然山体的景观视廊，强化山水城市意象。

——努力让人民群众享受到蓝天常在、青山常在、绿水常在的生态环境。

…………

翻看2017年国庆前夕党中央、国务院批复的《北京城市总体规划（2016年—2035年）》，细心的人会发现，去掉102次“水平”，“水”字出现了272次。水，犹如一条红线贯穿始终。

不论是人的生存，还是城市的发展，都离不开水。水特有的柔润，孕育了人类文明，承载着绵延的文化根脉。北京，也不例外。

白浮泉“引”水、永定河泛滥造成城址不断北迁、在西山潜水溢出带上兴建“三山五园”、新中国成立后兴建密云水库……在3000多年的建城史中，水的问题，始终如影随形，相伴北京这座东方大城。

永定河是北京的母亲河。《永定河史话》一书记载，通过地质工作者的勘察断定，至晚第三纪上新世末期，距今300多万年，永定河全河贯通，奔流的河水涌入“北京湾”（即北京小平原）。“北京小平原地域通达，水陆交通便利，是都城发展的必要条件，而山水同时构成天堑之险，以捍卫都城的安全。纵观历史上古都的定鼎与迁移，山水形胜，使北京成为盛产古都的地方，有史可鉴。”

回顾历史，京城盛水景观曾令人称羡

历史上，建城都要有水源支撑，一座城的选址、规划、建设和发展往往由水源决定。北京地区历史上河网密集，湖泊星罗棋布，其优良的水源和水利条件是吸引诸多王朝在此先后建都的因素之一。

发源于山西的永定河与发源于河北的潮白河等五条河流冲出山谷，形成了肥沃的冲积扇平原——北京，就位于这个先天发育良好的北京小平原，即“北京湾”上。

“这种地质构造使得平原地区地下水位高，容易形成涌泉、湖泊、湿地。”北京大学城市与环境学院教授唐晓峰说。莲花池、一亩泉、白浮泉等大量泉水基本都是这样形成的出露泉水。

从北京市区出发，沿京藏高速驱车40多公里就到了昌平龙山度假村，度假村最北头儿有一座简易小亭，里面有一座雕刻着“白浮泉遗址”的汉

位于北京昌平城南龙山脚下的大运河源头白浮泉遗址

白玉石碑。著名历史地理学家侯仁之对此有过这样的评价："与历史上之北京城息息相关者，首推白浮泉。"足见其地位之重。

北京首次成为一个统一国家的都城是元大都，这是北京城市发展历程中的一个转折点。北京地势西高东低，地理学家郭守敬因势利导，从昌平白浮泉开始，开凿一条沿50米等高线蜿转而行的水道，将白浮泉水引向西南，流入瓮山泊，再向南汇入积水潭，然后穿过城区，最终与通州的潞河相汇。为了控制水流，沿途"置闸二十有四"，抬高水位，漕船逆流而上。据记载，当时忽必烈来到积水潭畔，走上万宁桥，见到"舳舻敝水"的场面非常高兴，命名"通惠河"。

北京，曾出现过令人称羡的盛水景观。

在如今的通州区南部，曾有一个大湖，名叫延芳淀，方圆数百里，芦苇丛生，水面广阔。历史上北京地区很多河流都能够通行漕船，水井也很多。清末的朱一新撰《京师坊巷志稿》，记录了北京内外城共有水井 1265 眼。

“可以说，北京历史上的盛水景观持续了很长时间，一直到清代都基本保持了这个格局。”唐晓峰曾撰文分析，原因有三：一是 3000 年来大部分时期北京的降水量比较丰富，二是主要河流源头水源涵养情况良好，三是水资源消耗不大。

“北京历史上确实是水乡。”北京市西城区文委主任孙劲松认为。

《北京西城历史文化概要》一书如此记载历史上的北京：打开北京城区地图，中轴线以西的西部城区可以说是“清波入眼，比比皆是”，由南到北，陶然亭水域、西华潭、梁家园、万明寺、南官阁、太平湖（南）、后水泡子、二龙坑以及皇城之中、禁园之内的南海、中海、北海和皇城北垣外的什刹前海、后海、西海（积水潭）。沟沿的水道（今赵登禹路、佟麟阁路）更是纵贯了西城的北部地区……

通运桥，地处通州张家湾镇的一座明代石桥，如今仍人来人往，一道道斑驳的石痕见证着历史的更迭。

明代石桥、古运河码头……张家湾镇镶嵌在大运河北端，这里集中了一些和水有关的历史遗迹。

作为大运河的北起点，通州成为明清两代水陆都会，大量的船只载着粮食、建材等物资从南方运抵京城，都是在这里的码头卸载。难怪有人说，北京是“一座运河上漂来的城市”。

“远看通州城啊，好大一条船啊，嘿嘿嘿，嘿呀嚯……”一曲激昂豪迈的“运河号子”仿佛让人看到当年延绵不息的运河古道上白帆蔽日、船歌嘹亮的繁荣景象。

地下水位连续上升，依然极度缺水

在顺义区南陈路与白马路交叉路口的东南角，树荫下的两口井看似普通。水文工作者贾万清拿着一把特制的钥匙，在井盖锁孔里转了 20 多圈，再使用扳手才能彻底打开井盖。

这是北京市 1000 余眼地下水监测井中的一眼。历经多年建设，深藏在北京城地下的一张地下水监测网已经形成。

地下水被称为北京的“生命之水”。曾经，北京人每三杯水中就有两杯来自地下水，北京成为国际上为数不多的以地下水为主要供水水源的城市。

据统计，从 1980 年起，北京地下水水位因超采、气候等因素呈现加速下降趋势：平均埋深从 1980 年的 7.24 米下降到 2015 年的 25.75 米。

北京超采地下水也是无奈之举。从 1999 年起，北京持续干旱，多年平均降雨量仅 479 毫米，年水资源量约 21 亿立方米，然而全市用水的需求量约 36 亿立方米，缺口达 15 亿立方米左右。

多年来，北京年均超采地下水约 5 亿立方米。长期的超采造成北京地下水位不断下降，平均每年下降近 1 米。

转折点，出现在 2016 年。自从南水北调之水入京和减少了地下水开采，北京地下水位连续两年回升。

虽然地下水位回升，北京依然是一座极度缺水的城市：人均水资源量只有不到 100 立方米，这一数字还低于缺水的以色列。

水不仅少，并且有的河流仍比较脏。水少，是北京的短板；水脏，是北京的痛点。

北京治水："第一位的还是节水"

习近平总书记曾提出“节水优先、空间均衡、系统治理、两手发力”十六字治水方针。

北京市就是按照习近平总书记的这“十六字治水方针”，节水优先、系统治理，统筹山、水、林、田、湖，进行系统生态治理。

“第一位的还是节水，节水优先应是新时期治水工作必须始终遵循的根本方针。”北京市水务局局长潘安君说。由于历史欠账多，在今后相当长的一段时期内，北京水资源供给依然趋紧，水资源短缺仍将是制约首都经济社会发展的主要瓶颈。

北京市水利规划设计研究院副院长张彤说，要减少对地下水的开采，还要加强回补，进一步涵养水源。

水脏，问题在水，根子在岸。北京市用系统治理的思路，统筹河岸和水上，系统解决水污染问题。

在推行第一个污水处理三年行动计划后，2016 年，北京推出第二个污水处理三年行动计划，重点瞄准城乡接合部、风景名胜区以及一些新城地区的污水问题，让河长和“警长”、“检长”协同治理，部分案件直接移送司法，大大提高了违法排污的震慑力，建立水污染防治的长效机制。

这是超常规的行动速度和力度。目前，北京市污水处理率达到 92%，再生水利用量达到 10.5 亿立方米。

多管齐下，北京大做“水”文章

节约用水，加大再生水利用；逐步恢复历史河湖水系；构建“三环碧水绕京城”的大尺度水带……面对“水”这篇大文章，近年来北京多管齐下。

让水流起来——“河流水质差，一方面是由于水量少，另一方面是由于流动性差”。北京市水务局水资源处处长胡波说，“流水不腐”，城市河湖环境用水的主要来源是再生水及雨洪水补给，水体缺乏流动，河湖基本丧失自净能力，极易成为“一潭死水”。

北京市水务局规划处相关负责人说，水网的规划不仅是实现所有的干涸河道有水，实现污水再利用，还要让水流动起来，形成水景。

“要规划好水的使用，一水多用，算好水账。河道用水可以用再生水来补充，但是也需要一部分清水，才能增加自净能力，最终提升水质。”张彤说。

让水景再现家门口——在前门附近的三里河流域，胡同、院落间再现了“水穿街巷、庭院人家”的景观。河道曲折蜿蜒，四合院、胡同依着水系的走向逐渐伸展开。

整治三里河流域就是历史河湖水系恢复的一个尝试。明朝时期，这里河道纵横，居民沿河而居，许多戏楼、外地会馆聚集于此，河道两岸逐渐聚集了人家。清末，附近的人口骤增，三里河逐渐被填平，盖上了民居。

为重现历史风貌，在搬迁腾退部分居民后，从2016年8月起，东城区开始重修三里河。依据历史上的位置和走向，三里河已经基本还原历史风貌。现在，河边扶老携幼散步的居民多起来，还有不少市民专程来这里赏景，拍照留念。

“记得改造前这里又脏又乱，平房简陋，一间挨着一间，屋顶上长着草。”退休职工王奶奶说，“看到新闻报道，我和老伴儿专门过来，真不敢相信，这里变得这么好看。”

作为京杭大运河重要一段，玉河穿越了元、明、清三代，在历史的长河中逐渐衰败，被深埋在层层叠叠的民房之下。2007 年，玉河改造工程正式立项，2017 年 9 月，700 多岁的“玉河北段故道”终于重见天日……曲桥、水榭、亭台，宛如江南水乡。

根据北京新总规对“恢复历史河湖水系”的描述，北京未来将“形成六海映日月、八水绕京华的宜人景观，为市民提供有历史感和文化魅力的滨水开敞空间”。

六海包括北海、中海、南海、西海、后海和什刹海；八水包括通惠河（含玉河）、北护城河、南护城河、筒子河、金水河、前三门护城河、长河和莲花河。

让水干净起来——随着北京水质的持续改善，有更多的美景重现京城。在密云区的清水河，“阔别”多年的野生白天鹅再次回归。这得益于当地大力进行生态清洁小流域治理，同时进行湿地改造，以增加水草、藻类等浮游生物。

萧太后河曾经是有名的“牛奶河”。20 世纪六七十年代，萧太后河就开始遭遇工业污染，前几年每天有数万立方米的污水直排入河。

通过截污水、补中水等方式，如今的萧太后河清澈起来，鱼类也大幅增多，白鹭等水鸟纷纷栖息于此。

在北京城市副中心，不仅水变清了，道路也变绿了，而且河流周边形成林水联动的美景。一些河流两岸成为水绿相融的生态廊道，聚集了大量野鸭、白鹭、天鹅等过去难得一见的鸟类。

“这源于近两年通州区实施控源截污、垃圾清理、清淤疏浚、水系连通、生态修复的系统治理措施。”通州区水务局局长房亚军说。

通州多河富水，区内 19 条河流汇聚，河道总长 245.14 公里。在通州居住了十多年的柳先生目睹了通州水的变化。“这一两年，河道的水质变得好多了，两岸的绿地也多了。”

看城市、看山水、看历史、看风景

仁者乐山，智者乐水。

中国人自古以来就高度重视“水”。

新总规数提“山水城市”，北京，能重圆“水乡”梦吗?

“明永乐迁都北京前，先迁江南地区的富人‘实京师’，加上明清时期大量江南人士入京为官，什刹海一带形成了浓郁的水乡氛围，保留至今。”孙劲松认为，如果单纯从水资源角度，北京要重圆“水乡”梦还有很长的路要走，但是如果从文化角度观察，恢复水的历史景观、重圆“水乡”梦不是没有可能。

中国水利水电科学研究院水力学研究所陈兴茹在《中国典型水城基本内涵分析》一文中指出，水城类型众多，对于北方城市而言，以北京、济南为代表的城市，就属于城中大湖型的水城。

水养育人，人亲近水，水聚成景，人融于水景中。水利部水资源司原司长吴季松表示，历史上北京水系不仅造成了独特的城市文化地理格局，更构造了突出的城市生态文化，赋予了传统北京水、山、林一体化的“城市山林”的水乡野逸气质。

水脉滋养文脉。但是随着时间的推移，由于北京严重缺水，水脉遭到了破坏。

目前，北京城区及近郊区有昆明湖、玉渊潭、北海、中海、南海、前海、后海、西海、龙潭湖、陶然亭湖、紫竹院湖等小湖泊30余个，主要集中在紫禁城西部和三五环之间，多与城市河道相通。

这些湖泊主要分为三种类型：一是地处城市中央地带的什刹海、北海、中南海等；二是位于城市西部冲积扇山间洼地，汇集西山地表和地下径流的昆明湖、玉渊潭、紫竹院湖、动物园湖等；三是地处城市东南部冲积扇边缘地带的龙潭湖、陶然亭湖等。

北京市社会科学院历史所研究员尹钧科说，在保护文物、保护古建筑、保护历史文化街区的时候，要把水脉也加入进来。

北京市社会科学院历史所研究员吴文涛说，回顾历史，我们可以看到很多合理利用、有效改善水环境的宝贵经验，如历代都把水脉纳入城市布局，使城市增添山水园林特色；兴建一些大型皇家苑囿，如辽代的“延芳淀”、元代的“下马飞放泊”、“柳林海子”、明清的“南苑”等。

“重视这些历史的经验教训，对于我们当今协调城市发展与环境的关系，继承与完善自然和人文风貌，有重要的指导意义。”吴文涛说。

陈兴茹认为，水城是古人有规律地利用自然、改造自然的结果，人水和谐、人与自然和谐在水城得到了具体体现。我们要学习古人朴素的治水思路，做好水生态修复、水环境改善、水景观重塑、城市水系的合理规划和利用、人水关系的和谐。

“要珍惜北京的水和有水的空间。如果水环境能跟人们的生活环境更融洽就好了。”故宫博物院院长单霁翔说，如果历史河湖水系的恢复能穿过平安大街，到东黄城根，再恢复到菖蒲河，对于古都北京风貌会有一个大的改变，“过去在历史水系上盖盖板主要是因为雨污合流，如果慢慢地把污水系统建好，逐渐把盖板揭开，恢复水环境，城市才有灵动的人文气息。”

北京要建设国际一流的和谐宜居之都，离不开城市的健康水系。

历史启示我们：人与水的和谐共生，就是要保护好水源地的自然风貌，遵循规律，注重涵养水源，重视水的生态功能，合理加以利用。

第十七章

一个人的书局和一座城的书香梦

引言

打造书香之城

虽早已进入电子时代，书仍然是文化的主要载体。而在古都北京，一些历史建筑更是承载历史和文化的物理载体。

将这两大载体结合起来，就成了北京尤其是北京核心区即西城区、东城区倾力建设的特色阅读空间。

2018 年 4 月 23 日第 23 个“世界读书日”之前，笔者走进已有 700 年历史的万松老人塔，走进在这里营业 4 年的“砖读空间”，倾听致力于传播北京文化的年轻的“老北京”崔勇和他的书局、他的正阳文库的故事，还有那些热爱这座城市和文化的人们的故事……

老门板、老桌椅、老窗棂、门墩儿、城砖、胡同门牌……

在北京西四南大街 43 号院这个普普通通的院子里，堆满了和老北京相关的物件，房内的书架上密密麻麻摆放着关于老北京的图书，还有挂在墙壁上的老地图。每一样东西，都仿佛透着历史的沧桑、时光的味道，似乎在讲述着北京这座千年古都的悠悠岁月。

没有人能想到，这个如此宁静的小院儿就坐落在繁华的西单北大街，坐落在北京最早有文字记载的、具有 800 年历史的砖塔胡同口，周围总是

正阳书局内关于老北京的图书

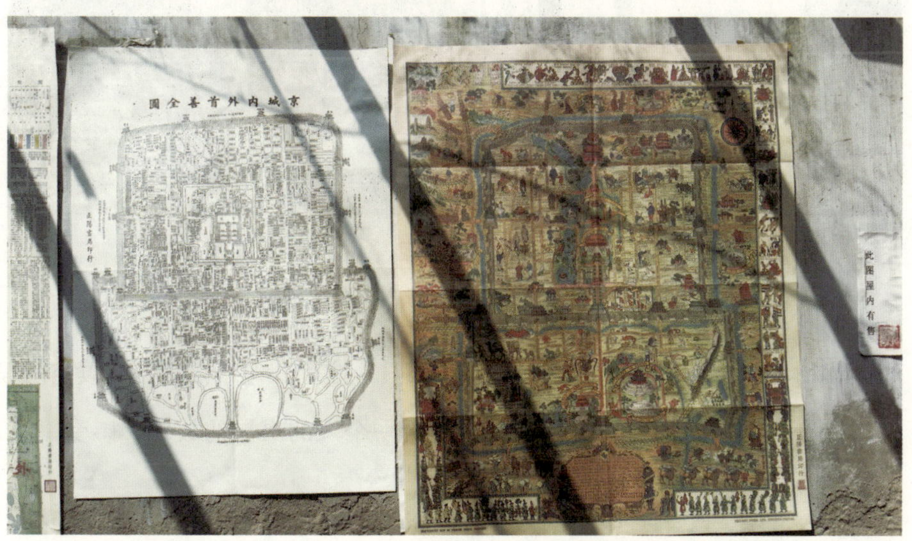

正阳书局墙壁上的老地图

熙熙攘攘、车水马龙，院内却仿佛另一个世界。院子中央，巍然矗立着那座同样有着 800 年历史的国家重点文物保护单位——万松老人塔，一切都显得如此静谧、自然。

这个又被称为万松老人塔院的地方，早在 4 年前就已经成为公益性的阅读空间，运营者是颇有名气的正阳书局创办人崔勇。慕名而来的人们，总是把小院塞得满满当当，充满无限生机。

万松老人塔朱门

2018 年 4 月 23 日第 23 个“世界读书日”之前，笔者走进“砖读空间”这一富有古都韵味的特色阅读空间，倾听一个人的书局的故事，感受一座古城营造“书香之城”的梦想。

“给这个城市留点念想”

作为正阳书局的创办人，崔勇对万松老人塔院的一草一木都充满了敬畏之情，每天都要仔仔细细地巡视好几遍，唯恐出现一丝纰漏。

“800 年的老古董，可不能出问题。”崔勇说。

计算机专业出身的他没有想到，自己会开一家书店，还把书店开进了有 800 年历史的万松老人塔院。

2007 年危房改造，已经在前门大栅栏居住了 20 多年的崔勇，搬离了那片从小长大、再熟悉不过的地方。

“这件事儿对我触动太大了，故土难离！”一口京腔的崔勇说，搬家时，从床底下发现了几样珍贵的老物件：一张在胡同里拍摄的全家福，老照片上有高祖父的身影；还有一本曾祖父在新中国成立后撰写的家族回忆录。

他回忆，拿到那些老物件感觉就像被电到一样，原来家族历史是这个样子。从那时起，他就留心收集有关北京城的历史文献，旧书摊、图书馆、废品回收站以及搬迁老宅，凡是能收到老书的地方，他都尽量寻访，范围越扩越大，书越收越多。

“前些年伴随城市改造，大量老建筑被拆掉，我们记忆里的胡同弥足珍贵，能收一点是一点，给这个城市留点念想。”崔勇说。文献里的故纸陈字，能从一个侧面客观真实地记录一个地方、一座城市的形成以及发展。

崔勇笑称，他收书就是没有底线、没有原则，书把家都堆得满满的。短短几年工夫，单是图书他就收了 6 万多册，堆满了 5 个仓库，还准备再

正阳书局创办人崔勇

租一个仓库。

“现在不只是书了，古籍、古旧期刊、地图、金石拓片……只要涉及北京的，我都收。”说到这些收藏品时，他一脸骄傲。

书局收藏了很多孤本图书。清康熙二十七年刊印的《日下旧闻》，是一部记述北京历史的著作，也是一本如今在很多博物馆和图书馆都找不到的书。

“一般副本只有超过了三本，我们才拿出来卖，孤本图书一概不售，卖出去再想找就难了。”崔勇说。

“政府和我们在一起”

“书店刚开始那几年确实是艰难维持。”2009 年，崔勇离职创业准备开设书局，转了一圈，最终回到了他生长的前门大栅栏，在一间不到 20 平方米的小铺面里开办了正阳书局。

“北京需要什么样的书店？”“北京市民有什么样的阅读需求？”

正阳，用九门之首——正阳门来为书店命名，表达自己传承北京文化的心愿。

“刚开始的时候客流量可差了，去前门大栅栏旅游的人没多少会来这儿看书啊，收书、卖书、算账，都是我一个人。”崔勇笑称，自己当了好几年的“光杆司令”。

2009年，恰逢中国互联网经济快速腾飞，实体书店受到很大冲击，读者对象小众的正阳书局也没能例外，只能苦苦支撑。崔勇回忆，最困难时，书店的电费都只能五十块、五十块往里面充，自己的社保都是找发小东拼西凑才能交上。

就这么苦苦支撑了五年，情况终于在2014年出现了转机。当年北京市西城区文化委员会（以下简称“西城区文委”）开始探索文物保护单位的保护利用新模式，将万松老人塔院作为试点项目。几经筛选，西城区文委选择专营老北京历史文化典籍的正阳书局作为委托运营方，打造公益性质的北京“砖读空间”，政府提供免费的空间和基础运营设施，并主导成立了由区公共图书馆、属地街道社区居民代表等共同组成的运营管理委员会。

对此用心颇多的西城区文委主任孙劲松说，2013年，中央在文化体制改革的文件中提出文博图场所要试行法人治理结构，组建理事会，引进社会力量。而传统的文博图场所从财政保障、人员管理和具体运营机制上相对固化，于是，万松老人塔院被拿出来作为文物活化利用和文博图场所社会化运营的综合性改革试验田。

2014年，也是4月23日世界读书日，“砖读空间”作为北京首个非营利性阅读空间正式开放：它既是一个文物活化使用的展览展示馆，又是兼具图书馆和实体书店功能的阅读空间。

“斜阳草树，寻常巷陌。”

看似普通的砖塔胡同可是非同寻常：万松老人塔是金末元初高僧万松行秀的葬骨塔，砖塔胡同因此塔而得名，是元大都唯一有文字记载并流传至今的一条胡同，被称为“北京胡同之根”。

将800多年历史的文物和传承文明的图书阅览相结合，充分挖掘利用既有空间，短短4年时间，“砖读空间”和正阳书局的影响力越来越大，很多人慕名而来，年接待群众量达到35万人次，被坊间称为“装满老北京的奢侈品店”。

家住朝阳区的高女士专门抽出周末，带着孩子来正阳书局看书。

“我想让孩子在这里感受到老北京的传统文化，这些砖砖瓦瓦、门门框框，都是历史。”高女士说。孩子非常喜欢，拿着纸笔不停地画。

正阳书局搬到砖塔胡同以后，开展读书会、摄影展、美术作品展等活动，他们花费更多功夫来服务读者，搜集老北京的文化印记。

“以前觉得政府离我们很远，现在政府和我们在一起，房租也免了，看书的人也越来越多了。”崔勇说，正阳书局还要继续立足老北京的特色，广泛收集老物件，“‘睹乔木而思故家，考文献而爱旧邦。’北京是我们生长的地方，这里的胡同，这里的老书，这里的一切，都是我们的根和魂，我要把正阳书局做成‘百年老店’。”

应该有“北京学”知识体系

文化是一个城市发展的根基与灵魂，是更内在、更持久、更具渗透性的基因，决定着一座城市的深度、厚度、广度。

2014年2月，习近平总书记在北京考察时指出，历史文化是城市的灵魂，要像爱惜自己的生命一样保护好城市历史文化遗产。

2017年9月，《北京城市总体规划（2016年—2035年）》出炉，首次提出“老城”的概念，加强老城和“三山五园”整体保护。“老城不能再拆”，不再成为一句口号。

“总书记的讲话让我很振奋，我们存的这些书啊，老物件啊，都是地方史料性质的，就是起个存史、资政的作用，现在老城也不拆了，文物也保住了，我们心气儿特别足。”崔勇说，北京新总规提出了“老城”概念，正阳书局也将自己收的书叫“老书”。

借着政策的春风，正阳书局的“砖读空间”已从传统的图书文献搜集、借阅、售卖，向北京历史文化挖掘整理和再版、出版、策划等功能提升和转变。

一个更加宏伟的计划正在逐步实现，由正阳书局牵头编纂的“正阳文库”系列丛书已经付梓出版，这些主要关于老北京的系列丛书，既有学术专著，也有坊间珍闻，还不乏瑞典汉学家喜仁龙先生的《北京的城墙与城门》等重磅图书的再版。

“出版这事儿以前我是无能为力，想都不敢想，现在我敢想了。我们将把搜集的关于北京的古籍、口述历史、美术作品、影像资料和史地民俗等编纂后，成系列出版。”崔勇说。2018年第一批只有5本书，后续会持之以恒地做下去。

新鲜的血液，也在不断汇集正阳书局，小院吸引了一批喜爱北京文化的伙伴。从“40后”的古稀老人到“90后”的青年，各个年龄段都有。

在书局工作还不到一年的朱琳，自上高中开始就泡在正阳书局，至今已经六七年的时间。准备出国深造的她说，正阳书局给她提供了一个很好的平台，让她能够近距离感受和学习北京历史文化，希望能把北京的历史文化推广出去，推向全世界。

在首都机场工作的郑璐，喜欢收集北京城的城砖和琉璃瓦，曾把自己收藏的文物捐赠给北京市的相关博物馆，两年前与崔勇一见如故，时不时把自己收集的老物件送给正阳书局。

“现在这些老物件、老城砖越来越少了，能收一块就是一块，算是留存记忆吧，放在他这里，我更踏实。”刚刚把一块明代城砖送给崔勇的郑璐说。

作为规划专家，年逾八旬的朱祖希先生也将在“正阳文库”系列丛书中出版自己的著作《北京城：中国历代都城的最后结晶》。

“我和正阳书局算是一见如故，在这里出书也是我对于自己几十年的一个总结吧。”朱祖希说。自北京大学毕业后，他就在北京市规划部门工作，研究了一辈子的北京城。

“在北大上的第一堂课，就是著名历史地理学家侯仁之先生讲北京城，印象太深了，爱得太深了，从那时起我就铆足劲要搞清楚北京城。”朱祖希告诉笔者，他在北京生活了 60 多年，攒了很多资料文献，正阳书局给他提供了一个很好的机会，通过出书的形式，讲述自己对于北京城的历史渊源和保护利用的理解。

“外文翻译成了中文，下一步，我们计划还要把中文的书翻成外文，向世界传播北京的文化。敦煌以它灿烂丰富的文化产生了‘敦煌学’，北京历史文化如此丰富，应该有‘北京学’知识体系。”崔勇说。著书以卫城，他想做的就是唤醒共同的北京记忆。

加快构建书香之城

崔勇并不孤独，在政府的支持下，越来越多的同路者开始同行——从万松老人塔下主打老北京文化的砖读空间到地安门雁翅楼 24 小时营业的中国书店从白云观北里依水而立、设有图书交换空间的白云驿站到以艺术和戏剧为主题的繁星戏剧村书吧，从坐落于金中都公园的宣阳驿站第二书房到什刹海边上以老北京文化和非遗专题文献为主题的皮影文化酒店，从坐落在故宫西华门护城河边的西华书房到位于万寿公园之中的海棠书斋，从杨梅竹斜街的模范书局到北京坊 Page One24 小时书店，北京西城已经形成了以两个区级公共图书馆、一个青少年儿童图书馆、23 家街道图书馆为骨架支撑，25 个挂牌特色阅读空间为特色，流动阅读、数字阅读设施设备为补充的“书香网络”，率先成体系地推进特色阅读空间的转型发展，形成了特色阅读空间社会化运营的“西城模式”。

“这种模式主要是指政府搭平台、把方向、配资源、定标准、买服务、严考核，用政府的资金资源撬动和吸引社会资源的投入，从而实现社会效益最大化。”孙劲松说，“未来两年，西城区要将特色阅读空间的模式和经验，复制到公共文化服务全领域，在文博图场所全面推广，完善政策体系，以首都公共文化示范区标准为基准，创新建设与首都核心区区位、资源及需求相匹配的公共文化服务标准体系。”

从西城区一系列特色阅读空间到角楼图书馆等一系列东城区的特色阅读空间，在北京城，越来越多的老建筑正在被重新利用。

与此同时，书店建设和阅读活动日渐加强。

——2015年北京市明确提出要将实体书店建设工作纳入全市“十三五”时期公共文化服务体系建设；从2016年起，北京市财政每年对实体书店进行资金扶持，两年共扶持100余家实体书店。

——2017年北京市综合阅读率持续提升，达92.73%，高于全国平均水平12.69个百分点，全市举办各类阅读活动近3万场次，覆盖人群超过1000万；近年来，北京年人均纸质图书阅读量从9.49本升至10.97本。

——根据有关计划，2018年北京市完成30至50家特色书店的建设工作，到2020年北京市居民综合阅读率达到95%以上，人均纸质图书阅读量达到中等发达国家水平，数字阅读率实现90%以上……

面向未来，北京将更有“文化”：2018年3月，北京市规划国土委发布《建设项目规划使用性质正面和负面清单》，在首都功能核心区中，鼓励历史建筑调整为博物馆等公共文化设施，鼓励中轴线两侧的建筑调整为传统文化、传统商业、传统餐饮等历史文化项目，以及图书馆、博物馆等公共文化设施……

一座书香之城、文化之城，正日益清晰地浮现在人们面前。

此外，正阳书局砖读空间对面，建于20世纪40年代、曾在1980年建成北京第一家宽银幕立体电影院、闲置多年的红楼电影院经过3年的策划，已在2018年4月23日读书日揭开新面纱，变身为全国首创的以众藏共阅为主打特色的新概念阅读空间——红楼公共藏书楼。

“这里的书采用托管或捐赠方式入藏，收藏已故专家、学者、作家的全部或大部分藏书，以及当代作家、人文社科学者自己写的书和部分藏书，还有一些出版机构提供的新书，新书旧书均可免费借阅……”孙劲松说，“1600多平方米的红楼电影院已经闲置多年，我们要让它重新披挂上阵，延续文化脉络，植入时代烙印，焕发文化活力。”

第十八章

应对老龄化
——一座城和一个国家的持久战

引言

抗击衰老的“战争”刚刚拉开序幕

这是一组组沉甸甸的数据：

——进入老龄化社会，法国用了115年，瑞士用了85年，英国用了80年，美国用了60年，而我国仅用18年。

——2017年我国新增老年人口首次超过1000万，中国老龄化，成为人类社会一道史无前例的人道主义问题。

——预计到2050年前后，中国老年人口数将达到4.87亿的峰值，占总人口的34.9%，这意味着将近每三个人中就有一个超过60岁的老年人。

——“北京一天增加500多位老年人，其中80岁以上的120多！”

——北京共有户籍老年人口333.3万，占全市户籍总人口的24.5%，其中65周岁以上户籍老年人口219.9万，占比为16.2%；80岁及以上高龄老年人口占老年人口的16.72%，失能老年人口占比4.78%。

…………

这是一位位业内人士振聋发聩的声音。

——北京市卫生计生委主任雷海潮：“人口生育政策亟待调整，呼呼尽快提供更多的生育福利和生育便利，刺激和提高生育意愿，保障生育权利。”

——万科集团高级副总裁、北京万科总经理刘肖：“这是一场持久战，形势会一年比一年紧迫。”

——携程创始人兼董事局主席、北京大学光华管理学院经济学研究教授梁建章：“这真的是一场战争，是一场长期战争。中国的老龄化问题比日本要严重，这样大规模的老龄化全世界都没有遇到过。”

——泰康保险集团副总裁兼泰康健康产业投资控股有限公司（以下简称“泰康健投”）首席执行官刘挺军：“老龄化加高龄化，再加少子化，共同导致中国的老龄化问题越发突出，而大家还远远没有充分感受到问题的严重性。”

2018 年夏天，笔者花了两个月时间，遍访养老照料中心、高端养老社区和这座城市的医疗卫生、民政等行政职能部门，以及进军养老事业的保险、房地产企业负责人，蓦然发现，在我们这个世界第一人口大国，一场抗击衰老的“战争”才刚刚拉开序幕，这既是一场阻击战、遭遇战，更是一场攻坚战、持久战。

“采访我的时候请别惊动我的母亲，她刚从医院回来，医生叫她多休息。”笔者不久前采访 75 岁的周幼马时，老人反复叮嘱笔者。

老人的母亲——马海德夫人周苏菲，年已 99 岁。

北京户籍老年人口中，100 岁及以上老人达 833 人——长命百岁是许多人的愿望，如今，伴随医疗条件改善等因素，人们的寿命越来越长，中国早已进入老龄化社会。作为首都，北京更是“春江水暖”，率先感受到进入老龄化社会带来的种种影响……

北京的老龄化形势究竟怎样？意味着什么？北京的应对举措，能否跟得上形势需要？从北京这座特大城市，能看出一个国家怎样的“抗衰老”形势？

带着一系列疑问，笔者历时数月，走访北京市有关部门、养老机构、社区街道后发现，中国人口老龄化态势远比想象的要严重。这场抗击衰老的“战争”才刚刚拉开序幕，这既是一场阻击战、攻坚战，还是一场持久战。

党的十九大报告指出，促进生育政策和相关经济社会政策配套衔接，加强人口发展战略研究。积极应对人口老龄化，构建养老、孝老、敬老政策体系和社会环境，推进医养结合，加快老龄事业和产业发展。

“中国老年人口规模巨大，养老任务极其繁重，是人类社会一个史无前例的人道主义问题。”专家学者和受访公众普遍呼吁，应该将应对人口老龄化作为防范化解重大风险、精准脱贫、污染防治之后的第四大“攻坚战”，上升到国家战略层面，进行顶层设计，系统加以应对……

形势严峻：预计 2050 年 1/3 的中国人是“老人”

“我这里每天有好几拨弟兄来聊天打牌，你说以后养老的事？我不想那些，就过个眼前。”59 岁的赵登芝家住北京昌平区阳坊镇四家村，从小患有小儿麻痹症，平时行走需要靠拐杖支撑，与妻子离异。对这位没有工作的低保户来说，养老似乎是想都不敢想的事。

夜幕降临，平日里和邻居“打成一片”的赵登芝早早睡下，小院里平日的喧嚣和夜晚的寂静形成鲜明反差。

其实，在北京农村，像赵登芝这样对自己老年生活还未做好准备的人还有不少。

北京市民政局局长李万钧说，与众多发达国家人口老龄化程度相比，中国人口老龄化呈现两大特点，即“老龄人口增长迅猛”和“未富先老、未备先老”。

据国家统计局发布的老年人口统计数据显示，2017 年年末，我国 60 周岁及以上人口 2.409 亿人，占总人口的 17.3%，平均近 4 个劳动力对应 1 位老人。老年人口中，65 周岁及以上人口 1.5831 亿人，占总人口的 11.4%。此外，失能半失能老年人仍有约 4063 万人，认知症患者 700 多万。

从 1999 年我国开始进入人口老龄化社会到 2017 年，我国老年人口净增 1.1 亿，其中 2017 年新增老年人口首次超过 1000 万。预计到 2050 年前后，中国老年人口数将达到 4.87 亿的峰值，占总人口的 34.9%，意味着每三个人中就有一个超过 60 岁的老年人。

数据显示，法国老龄化进程用了 115 年，瑞士用了 85 年，英国用了 80 年，美国用了 60 年，而我国仅用 18 年（1981 年—1999 年），并且老龄化速度还在加快。

据联合国预测，1990 年至 2020 年世界老龄人口平均年增速度为 2.5%，同期我国老龄人口的年增速度为 3.3%，世界老龄人口占总人口的比重将从 1995 年的 6.6% 上升至 2020 年的 9.3%，同期我国将由 6.1% 上升至 11.5%，无论是增长速度还是比重都超过了世界老龄化水平。

北京作为特大型城市，老年人口众多，其老龄化态势更加严重并且具有代表性。据 1990 年第四次全国人口普查时统计，北京市老年人口约占当时全市总人口的 10%。而截至 2017 年年底，北京共有户籍老年人口 333.3 万，占全市户籍总人口的 24.5%，其中 65 周岁以上户籍老年人口 219.9 万，占比 16.2%；80 岁及以上高龄老年人口占老年人口的 16.72%，失能老年人口占比 4.78%。

作为北京核心区的西城区，其老龄化形势呈现“数量大”“高龄化”的特点。截至 2017 年年底，西城区老年人口占全区户籍人口的 27.1%，比 2016 年增长了 0.6%，全区老年人数量相当于门头沟区人口的总和。此外，80 岁及以上老年人的数量占全区老年人口总和的 22.3%。

“没想到老龄化速度这么快，形势非常严峻，挑战非常大！”北京市西城区副区长郁治说，西城区 144 万人口，老龄人口已达 39 万多，一年增长 1 万多。

“北京平均一天增加 500 多位老年人，其中 80 岁以上的 120 多！”北京市民政局分管养老工作的副局长李红兵说，放眼北京，从 2025 年至 2030 年，20 世纪 80 年代第一批独生子女的父母都将陆续进入 70 岁至 75 岁阶段，总人数约为 80 万人。“这就意味着 80 万人将集体进入高龄阶段，他们的家庭也成为‘421’的家庭人口模式。”

“发展迅猛，影响长远。”李万钧用八个字形容老龄化形势，“2048 年前后会出现人口最高峰，老龄人口将占总人口的 1/3，老龄化占比将长期居高不下，进入一个平台期，21 世纪后半叶都会在这个平台上，会一直持续到 21 世纪末。也就是说，在 21 世纪后半叶，无论怎么放开生育政策，我们国家基本上都会是三个人中就有一个老年人。”

他指出，如果能提前从社会、家庭、个人等多方面做好准备，那么

“老”将平稳且“有所养”，但如果没有做好准备，将会是一场惨烈的“遭遇战”，“从 2018 年到 2048 年还有 30 年，大约是一万多天，所以我要说，一万天太久，只争朝夕！”

在北京市西城区，政府多举措应对区域人口老龄化，全力构建以居家为基础、社区为依托、机构为补充、互联网为平台、政策为保障的具有中心城区特色的养老服务模式。

以什刹海街道为例，辖区 13 个社区居委会，建设有宁心园老年公寓、金秋园敬老院、华方养老照料中心、光华社区养老服务驿站等养老服务机构，通过不断夯实养老基础设施，为辐射居家服务创造条件。

2018 年 1 月 10 日，由万科和北控联合运营的光熙康复医院正式开业，与怡园光熙长者公寓毗邻，组成整体的医养结合中心。

从 2009 年起在杭州试水养老业务，截至 2018 年 5 月，养老业务布局 16 个城市，目前万科集团在全国已拥有 160 多个养老业务试点。

“目前我们在北京大约有 5000 张养老床位，计划 2018 年布局 1 万张。”尽管北京万科从 2015 年起将养老作为北方区域六大转型业务之一，稳健推进，但是多年从事养老地产探索的万科集团高级副总裁、北京万科总经理刘肖坦承，养老地产业务目前还是难以做起来，一是因为经营性物业拿地成本高，二是缺乏规范服务的标准体系，三是因为养老护理学校非常稀缺。

“这是一场持久战，形势会一年比一年紧迫。”刘肖认为，如果说房地产企业的养老业务在美国已经进入“白银时代”，在中国则属于“青铜时代”，一二十年后才会进入“黄金时代”。

“接下来的 20 年里，中国将出现人口的负增长和急速的老龄化，2040 年以后，中国将拥有世界上顶部最重的人口结构，而且每年人口将减少

1000万，这在世界历史上是前所未有的。”梁建章，携程创始人兼董事局主席、北京大学光华管理学院经济学研究教授，已出版《人口创新力：大国崛起的机会与陷阱》一书，“这真的是一场战争，是一场长期战争。中国的老龄化问题比日本要严重，这样大规模的老龄化，全世界都没有遇到过”。

“在人口老龄化的国家中，创业活动要稀少得多，老龄化一个最根本也最不可弥补的弊端，就是导致整个社会创业精神和创新活力的减弱。”这位斯坦福大学经济学博士表示。

“人口老龄化是全球的共同挑战，相比较而言中国的形势更为严峻，进程快、规模大且物质准备不足，表现出典型的未富先老和未备先老的特点。”泰康保险集团副总裁泰康健投首席执行官刘挺军说，最大的准备不足，是医疗保健服务供给体系没有结合人口老龄化趋势和需求有针对性地设计和调整服务供给结构。过去，社会疾病以传染性疾病和急性病为主，健康服务模式以治疗为中心，国家支持和医保支付向大医院倾斜。随着老龄化社会的到来，人群主要疾病转向慢性病和老年综合性疾病，更需要以健康为核心的预防保健、初级诊疗、家庭医生、养老照护、康复护理、精神心理、社会支持等服务，当前这些“院外”服务的供给还远远不足。

“服务供给与需求不匹配的问题在一定程度上影响了健康服务体系的整体效率，未来会进一步加重医保基金和养老金储备不足的问题。如何通过支付体系引导医疗资源和健康服务的供给侧结构性改革，发挥市场机制的资源配置作用，完善医养服务体系的构建，还有一个过程。”刘挺军表示。

“老龄化加高龄化，再加少子化，共同导致中国的老龄化问题越发突出，而大家还远远没有充分感受到问题的严重性。”刘挺军说。

家里的床变成养老的床：北京积极构建“三边四级”体系

作为人口老龄化程度在全国最高的城市之一，北京市近些年做了不少探索，在无障碍适老化改造、建立老年友善医院、建设“三边四级”体系、医养结合试点、共有产权养老等方面做出诸多努力和尝试。

北京市丰台区南方庄社区颐养康复养老照料中心内，78 岁的陈益君老人每天都会往来于家和照料中心之间。

陈益君的老伴张永禄因患帕金森病、糖尿病等多种慢性疾病，需长期卧床，他说：“儿女雇了两个保姆在家都不行，有时候还得给上班的儿子打电话叫回来帮忙照顾，真的是伺候不过来。现在住进照料中心，看到都是像我老伴一样不能下床的老人，我也就每天过来照看，给护理员们减轻点儿工作量。”

在照料中心内，笔者看到，大多数老人都属于超过 80 岁的失能老人，因家中缺少专业护理人员，儿女们不得不将老人送到照料中心照护。但是让他们想象不到的是，大部分老人们住进照料中心后身体情况好转，甚至有的气管切开后的病人在照料中心康复治疗下，伤口愈合并且可回家休养。

独居老人是老年群体中尤其需要关注的人群。据了解，北京 300 多万老年人中，独自在家居住的老年人占 9.8%。北京 2017 年年底提出将建立居家养老巡视探访服务制度，由街道乡镇委托指定就近的养老服务驿站、养老照料中心等开展服务。

69 岁的朱阿姨住在北京市西城区新街口东大街一个 1988 年开始使用的老旧小区，家中两个儿子因为工作原因看望老人的次数屈指可数。

儿女不能常回家看看，老人只能另寻精神寄托，朱阿姨就将情感寄托在小动物上："十几年来我和老伴收养了流浪猫、狗等小动物，我把它们就当作自己的孩子对待。"

社区居委会主任徐军介绍，对于这样儿女不在身边并且因身体原因生活不便的老年人，经过儿女同意后，老人到了附近的养老照料中心接受照料。朱阿姨表示，有了照料中心护理员的陪伴，生活十分踏实。

朱阿姨的例子，是北京近些年探索就近养老的一个缩影。根据《老年人权益保障法（修订版）》，国家提出了以居家为基础、以社区为依托、以机构为支撑的养老方针，以及 9073（90% 的老人居家养老，7% 的老人社区养老，3% 的老人进机构养老）或者 9064（90% 的老人居家养老，6% 的老人社区养老，4% 的老人进机构养老）的养老格局。

居家健康养老，成为积极应对老龄化的有力抓手。北京市致力于构建"三边四级"体系。"三边"指的是老年人的"床边、身边和周边"；"四级"指的是"市、区、街、居"四个层级的责任体系，让养老服务融进街道、社区，做好"最后一公里"的服务工作，近几年北京市在政策设计和设施布局层面形成了一套体系。

"如何把家里的床变成养老的床"，成为近几年北京一直在思考的问题。立法先行。2015 年，北京市人大出台《北京市居家养老服务条例》，将居家养老纳入法律范畴。

2018 年 5 月 22 日，北京市人大常委会听取和审议了北京市人民政府关于推进居家养老健康服务工作情况的报告，并开展专题询问。此前，2015 年至 2017 年，北京市人大常委会坚持每年对《北京市居家养老服务条例》进行执法检查，督促、指导市政府深入推进全市居家养老服务工作。

“北京市人大常委会对养老工作的支持、监督，是空前的，更是连续的。”李万钧说。

为老年人建立健康档案 337.05 万份，与 201.34 万老年人签约，为 155.5 万老年人提供包括免费体检在内的健康管理服务；2017 年为老年人提供出诊服务 14.64 万人次；为老年人提供诊疗服务近 3000 万人次，对符合相关政策的老年人免普通门诊医事服务费约 2467 万人次……截至 2017 年年底的一系列数据，折射出北京在应对老龄化挑战方面脚步铿锵。

一系列改革新尝试，2018 年开始实施。

——北京市人力社保局在石景山区开展政策性长期护理保险，目前已完成两个社区的入户评定，参保人员 5 月份开始享受长期护理保险提供的护理服务，支付长期护理保险待遇，计划 2018 年年底前实现石景山区内全面试点，届时 48 万参保人员中将有 3000 名左右重度失能人员享受护理服务。

——北京市金融局牵头在海淀区试点开展居家养老失能护理互助保险，截至 2018 年 5 月 1 日，个人参保已有 480 人，保费规模 48 万元。海淀区对 1165 名低保对象和 4065 名计生特殊家庭人员等政府全额补助对象的集体投保工作已办理完毕，合计保费 670 余万元。2018 年 2 月起，正式启动护理险理赔试点工作，已有 9 位老人申请并享受失能照护服务。

——2018 年一季度，通过自愿申报、区级评估、市级复核、综合评价等环节，北京市卫生计生委最终确定了首批 20 家老年友善医院。老年友善医院将建立实施连续性的医疗、康复、护理和安宁疗护等服务，倡导对患者进行综合评估，利用多学科整合管理团队为患者提供个性化、有针对性的医疗照护。

——北京市近年建立了巡视探访服务制度，主要面向80岁及以上的独居老年人、与重度残疾子女共同居住的老年人、无子女或子女不在本市的独居老年人等，通过电话问候、上门巡访等方式，一周至少巡访一次。2018年，北京市拟巡访老年人不少于5万人。

“通过推进居家养老健康服务，延长老年人的健康预期寿命，改善老年人的生活质量，减轻家庭的养老和医疗负担，部分抵消老龄化给社会带来的消极影响。”北京市政府负责人说。“十三五”时期既是我国第二次人口老龄化高峰到来前的平台期，也为做好各项政策研究和制度设计提供了窗口期。

“居家养老健康服务处于发展阶段，还存在服务总量供给不足、服务质量有待提高、服务队伍人员短缺等问题。”这位负责人强调，各相关部门要下大力气把情况摸清，把问题找准。

“随着这些年的探索，在北京，市、区两级的养老责任体系已经形成，现在在‘攻’街道这一层。在有的区，比如石景山，这项工作是双牵头，一位是区委副书记，一位是副区长，通过党委进行全面领导。”李万钧表示。

学院派、保险派、地产派：养老“江湖”有“三派”

位于北京昌平新城，总投资超50亿元，总建筑面积达31万平方米，未来可容纳3000户居民入住的都市高品质医养社区——泰康之家燕园，自2015年开业以来入住率就居高不下。

“现在有超过 1000 位长者居住在这里，平均年龄约 80 岁，有 200 多人有高级职称，其中有 3 位院士、160 多位教授、多位高级工程师和研究员。”燕园养老社区总经理葛明介绍。

笔者了解到，在社区的房间里都能看到拉绳报警装置，至今已有 300 多人次拉绳，有效抢救 120 多人次。

1933 年出生的北邮教授章继高是中国电接触学科的开拓者之一，他是于 2016 年 6 月 26 日入住燕园的第一批居民。阳台上，还摆放着他 2007 年获得 IEEE 霍姆科学成就奖的奖状。

“我卖了一套大的房子。”退休前，章继高和曾在美国伊利诺伊州立大学任教的老伴李蘅在美国考察过多个养老社区，回国后发现泰康养老社区不错，很快就交了定金入住。

“现在还出去开些会，帮同行提提问题。”章继高说。

“三餐不用管了，家务活也解放了，有事就找‘管家’。”李蘅教授笑着说，原来住的学校小区房子有电梯，不过很小，养老社区的电梯很大，上下很容易。

李蘅还参加了社区合唱队：“29 个人，80 岁以上的 10 多个，最大的 89 岁了，大家生活在一起，不会有寂寞感、孤独感，老人很怕孤独的。”

有业内人士指出，燕园这样的养老社区门槛相对较高，在“抗衰老”之战中为一部分高收入人群的养老提供了选择。

“泰康的定位不是奢华，而是高品质养老。”刘挺军说，“泰康致力于为老人打造‘五位一体’的幸福生活：温馨的家、高品质医疗保健中心、开放的大学、优雅的俱乐部、长辈心灵和精神的家园，让老人实现老有所养、老有所乐、老有所学、老有所医、老有所为和老有所伴。”

北京某养老社区内的公共活动空间

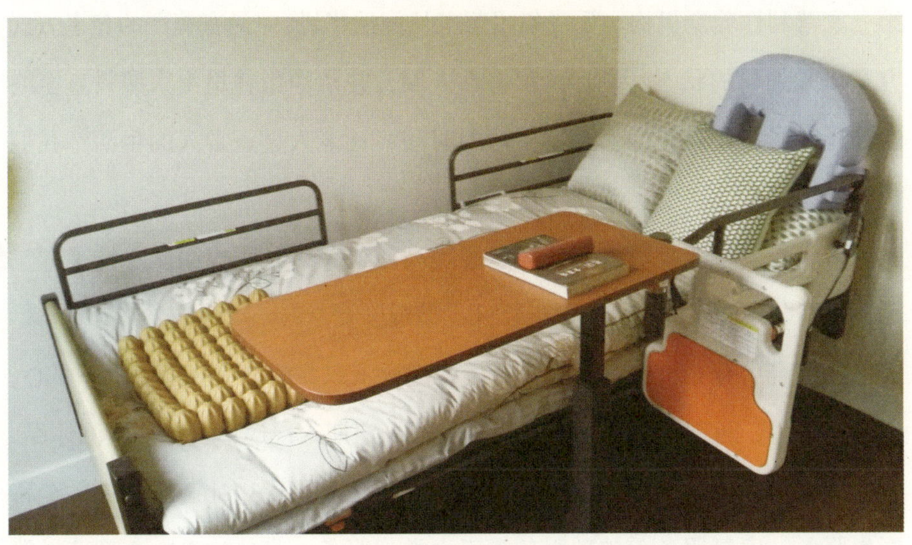

北京某养老公寓内适老化的床

据了解，目前，泰康已在全国 12 个核心城市布局以大规模、全功能、医养结合、候鸟连锁为特点的现代化高品质医养社区，规划超 2 万户养老单元，可容纳约 3 万老人。

在医养领域，泰康无疑是先行者。而在北京市民政局养老行业主管者眼里，目前进军养老领域的“江湖门派”有“三派”，除保险派以外，还有学院派和地产派。

医养结合、养老机构上门进行居家护理服务、老年公寓的 PPP（公私合营）项目、共有产权养老……伴随社会力量的介入，一系列创新试验，在北京这片土地上诞生。

北京市朝阳区双井桥，与三环路一墙之隔矗立，着一栋名叫“恭和苑”、用于养老的建筑，不少老人选择居住在这里。

恭和苑是乐成老年事业投资有限公司（以下简称“乐成养老”）建立的第一家营利性养老机构。乐成集团董事长倪浩华说：“最有尊严的养老方式究竟该是怎样的状态？是远离都市熟人圈，在清净山林里由人照料直至终老，还是尽可能延长他们自主生活的时间，让老人过正常人的生活？我们选择后者。”

乐成养老事业投资有限公司总经理高峻松介绍，乐成团队总结了“三贴近原则”，即贴近医疗、贴近社区、贴近子女。

2015 年，乐成养老在恭和苑旁投资建设了双井第二社区卫生服务中心，有全科医生、药剂师、专业护士和营养师，定期入户巡诊，定期监测体温、脉搏、血压、体重指标等健康状况，为老年公寓及周边社区居民提供全科医生服务、康复服务、护理服务等三大类型服务，身体检查、心理疏导等 30 余项入户医疗服务，形成了“养、护、医、住”一体化服务体系。

“中医在基层现在特别受欢迎，有很多上班劳累的白领下班后都来我们这边做中医推拿、针灸，我们现在最忙的是上午和中午。”中医科医生王俊楠说。

恭和苑是“医养结合”试点的产物。北京市发改委有关人士指出，这里每平方米建筑面积补贴 600 元，给予 2005 万元投资支持，同时实行用水、用电、用气、供暖与居民同价。

北京市朝阳区民政局局长李靓介绍，朝阳区在医养结合试点上不断创新，目前已经搭建了老年人医养服务综合评估体系，为高龄失能老人家庭安装“一键智慧养老”设备，开展临终关怀机构建设试点，支持医养机构融合发展，多种形式提高医养结合服务覆盖率。

在北京，一批养老机构的健康服务功能得到增强，数据显示，截至 2017 年年底，经批准独立内设医疗机构且已经通过医保定点审定的达 80 家，引入医疗机构分支或经卫生部门批准内设医疗机构的 63 家，与周边医疗机构签订书面协议的 286 家。

位于朝阳区双桥地区的北京恭和家园，是北京市首个共有产权养老设施试点，在全国也是首创。这是北京在养老领域的又一次创新：恭和家园 40% 的公共面积由企业即乐成养老完全持有，而对于每一个居室，购买人持有 95% 的产权，企业持有 5% 的产权。每个入住于此的老人都有属于自己的房子，同时“享有”社区养老服务设施。

“共有产权养老设施试点将居家养老、社区养老和机构养老融合在一起，为‘有房子’的老人提供 24 小时的养老服务。”高峻松介绍，“共有产权养老试点项目打通了居家、社区和机构养老相互独立的养老供给格局，让老年人在自己家，就可以享受到专业服务。”

在北京农村，应对人口老龄化的步伐也在加快……

昌平区史家桥村69岁的赵淑冉老人的老伴和儿子均已离世，她与上大学的孙女孙金艳相依为命，低保是主要生活来源。她的膝盖做过手术，不能长时间站立。孙女非常孝顺，但不久后也将立业成家。

孙金艳说："奶奶每天都只能在院子里走一走，从来不出院门，每天我出门以后她都把大门反锁，回家的时候都要提前打电话叫奶奶开门才能回到屋里。"

史家桥村副书记崔淑芝介绍，像赵阿姨这样的现象村子里不在少数。村子720人中有120人左右是老年人，儿女会把老人放在家中照料，但上班时间许多老人只能把自己反锁在屋中，平日里陪伴老人的主要就是电视。

位于史家桥村不远的阳光之城养老院，被昌平区政府定为区域养老照料中心，为周边10个村的老年人提供上门居家服务、老年人的日间托管和短期照料等服务。

阳光之城养老院院长龚晓燕介绍，作为附近唯一一家养老照料中心，村子里的老人大多不太能够接受住养老院的方式，所以上门服务也成为养老院服务周边老年人的一种重要方式。

在赵淑冉老人家中，笔者看到，4位平时在养老院为其他老人服务的护理员，有的拿着拖把打扫卫生，有的在为老人测量血压。

为帮助农村人口实现居家养老，北京市鼓励村民以自有住宅和闲置房屋兴办农村幸福晚年驿站，设置就餐服务、健康指导、呼叫服务、照料服务、休闲娱乐五个功能，并将与乡镇卫生院、村卫生室建立绿色通道，医疗机构将为驿站内老年人就医提供便利。

预计到2020年，北京市将建成458个农村幸福晚年驿站。参照城市驿站建设支持政策，政府将根据驿站具体规模给予平均 30 万元的一次性建设支持和设备购置支持。

“我们 2016 年就有了一张老年人口热力图，显示 1 平方公里的老年人密度，老年人口的分布有了形象的底数。”李万钧说，有了这张图，北京应对人口老龄化，也可以像“精准脱贫”一样进行，全市要实现 85% 以上的老年人真正被养老驿站覆盖。

“三老”和“三农”相对应：“多管齐下”积极应对老龄化

“作为超大城市，北京的困惑、尝试，都将为其他城市提供样板和借鉴。”李万钧说，一是一些经验可以复制，比如，北京市委、市政府将老龄化工作作为综合性民生事务予以高度重视；二是立法推动，如出台《北京市居家养老服务条例》；三是就近支持体系的形成，以需求为牵引，整合资源，把身边的床变成养老的床。

笔者调研发现，尽管取得了一系列成绩，但面对人口老龄化问题，北京这座特大城市仍然面临多重困难。应对人口老龄化，从北京到全国，都亟须在几个方面予以加强：

第一，真正从战略上高度重视人口老龄化问题，在国家有关部委设立专门的应对人口老龄化的司局级职能部门，加强规划和顶层设计。

中国的老龄化是“痛并快乐着”的一个过程。老龄化是社会文明进步的显著标志。“逝世一个老年人相当于我们丢掉了一个图书馆。”李万钧说，“不少老年人有经验、有技能。”

北京市卫生计生委主任雷海潮表示："不能将老年人看作社会供养的人群而漠视了他们的活力和价值。健康老年人的作用要发挥好，这样不仅能减轻社会压力，更有助于社会稳定。"

北京市卫生计生委多年前就将老年人口的管理纳入职责范围，整合成立了老年与妇幼健康服务处，在应对人口老龄化上发挥了重要作用。

郁治建议在国家有关部委里设立专门的应对人口老龄化的司局级职能部门，加强顶层设计。

当前，"养老"的需求日益呈现出品质化、个性化、差异化的趋势。"我的姑姑 94 岁，姑父 98 岁，他们没有子女，我照顾他们。我常说他们是我的'实验室'，通过多年照顾，才知道老年人原来有这么多的需求。"李红兵说，"只有打开老年人家里的大门和老年人的'心门'，才能够真正挖掘出老年人的刚需。"

"面对老龄化形势，我们现在的政策必须从长计议。"李万钧说，"比如城市信号灯就得重新设计，变灯节奏得适应老年人过街的节奏。"

"我们的观念要改变，'三农'是基础性问题，那么老年人口、老龄产业和老龄化社会这'三老'，是不是可以和'三农'相对应？"李万钧说。

第二，应对人口老龄化，应该进一步聚焦"失能老人"。

"到底什么是政府的责任边界？"李万钧表示，虽然老龄化来势汹汹，我国在应对人口老龄化的过程中也走了一些弯路，但是通过这些年的摸索，在北京、上海等特大型城市，养老开始聚焦"失能老人"。

对于失能老人，我国有一套专业的评估体系。

"简单地说，你自己能不能洗澡、上厕所、穿衣服吃饭、在室内自己走动移动等六项能力中，只要有一项老人不能独立完成，说明其能力开始受限，这些老人才是‘特刚需’。”李万钧介绍。

第三，加大养老护理员培养力度，提高待遇。

位于北京市西城区的金融街养老照料中心内，有的老人长期卧床，无法正常进食；有的老人由于腿脚问题行动不便，需要依靠轮椅助行。一批“90 后”护理人员在为老人提供服务。

照料中心负责人高敏介绍，包括自己在内，护理员都是从职业院校养老护理专业学习养老服务与管理专业毕业，是老人们的专业护理师。

像高敏这样的年轻护理员在北京也属少见。据统计，目前北京市持有护理员资格证的护理员约 7000 名。而截至 2017 年年底，北京已建立 16.48 万经评估认定为失能老人的数据库，按照国际公认的 3 名失能老人配备 1 名护理人员的标准计算，北京市护理员的缺口很大。

对于养老机构和选择居家养老的老人而言，护理员能覆盖的范围同样有限，数量更是供不应求。

护理人员的薪资标准不高，也是限制年轻人从事这个职业的关键因素。在北京经营多家养老机构的北京首开寸草养老服务有限公司总经理王小龙说，养老机构在用人待遇和收取老人的养老费用方面有一定矛盾。

王小龙介绍，以自己的公司为例，一方面，一名普通护理员每月拿到手里的现金收入在 4000 元至 6000 元之间，加上管吃管住、培训费用、保险等，聘请一个护理员，企业每月要付出将近 7000 元至 8000 元不等。养老机构还有房租、水电等硬开支。一个 100 张床的养老机构，按照标准化、规范化运营，光人员成本占到总收入的 50% 至 60%。另一方面，老人直接支付能力有限。据了解，2017 年北京市退休职工每月养老金平均提至 3770 元，而护理费用一般在每月 5000 元至 8000 元不等。

第四，呼吁更多社会力量投入养老。

2018 年 4 月，北京市民政局表示，全市仍有 114 个街道乡镇没有建立相配套的养老服务机构，呼吁更多的社会力量参与养老事业。

“北京国有企业有大量存量资产，应该加快老房子的改造，鼓励民营资本在社区建立养老的市场化服务机构。”刘肖表示。北京市应积极发挥国企的引领作用，加强和社会力量的合作，投入养老行业的建设中。

李万钧也表示，一些国有企业由于产业升级、重组等原因，在城区拥有一些物业，其中很多就在居民身边。养老行业具有一定的公益性质，在赢利能力、回本周期等方面不具有优势。国企普遍资金雄厚，有实力进行连锁规模运营。建议对从事养老的国企在赢利指标、国有资产保值增值要求等方面因地制宜进行调整，进一步鼓励国企参与养老行业建设。

第五，推出“生育福利包”，刺激和提高生育意愿。

在携程，高度重视人口问题的梁建章推出了一些鼓励员工生育的举措，如向生育后的女性员工发放生育礼金和补助，孕妇乘出租车可向公司报销等。

“‘老龄化’是个渐变的过程。”雷海潮说，人口生育政策亟待调整，针对生育意愿较低这一目前生育政策面临的主要问题，呼吁尽快提供更多的生育福利和生育便利，通过“生育福利包”来刺激和提高生育意愿，保障生育权利。“甚至可以和西方国家相似，对生育二孩的家庭予以奖励，比如发放教育券、食品券，甚至包括延长父亲的假期。”

“必须花大力气加以解决，必须增加人力资本投入，财政上花钱鼓励人们生孩子。”梁建章呼吁在税收、教育、医疗、就业等各方面切实减轻养育家庭的负担，让普通家庭愿意生、敢于生、乐于生，生得起、养得起、养得好。

第六，加快适老化改造和无障碍环境建设。

对于老人而言，无障碍范围决定老人的行动半径。几位受访者都呼吁加快无障碍环境建设步伐。

“北京真正意识到无障碍出行是2008年举办北京奥运会、残奥会时。但当时提供服务针对的对象仅仅是残疾人，后来慢慢意识到‘老残一体’，老年人到了真正的失能、半失能或者部分失能时，需要家庭的无障碍化、适老化，出行半径的无障碍化。”李万钧说。

低收入家庭若无法承担家庭无障碍改造，可对其家庭能力进行评估后，通过公共财政、社会慈善或企业社会责任进行支持和保障。“等到老年人真的摔倒了再花大把的钱去治疗，都不如提前拿出资金做预防。”雷海潮说。

雷海潮举例，老年人的视力随着年龄增长逐渐下降，由于室内灯光昏暗，杂物较多，容易引发绊倒摔伤。他说：“只要我母亲在北京住，我睡前一定会将室内的鞋和杂物归置整齐，给老人的活动空间‘扫清障碍’，还在客厅或走廊给她留一盏灯，以防她起夜时由于光线不足而影响活动。”此外，他建议食品、药品等说明书的字体应加大，以免影响老年人辨识阅读。

第七，加快培养基层全科医生护士。

“全科医生护士培养太急切了，现在真正能入户为失能老人提供家庭病床服务、打针服药服务的，能有多少啊？应该大力加强家庭医生服务，加快培养全科医生护士。”郁治建议国家有关部门加强顶层设计，大力加强志愿服务队伍建设，利用市场机制，建立激励机制。

第八，改革支付体系，促进医养结合。

“还是要充分依靠支付体系引导服务体系结构的调整。当前医保支付为了控费，限定很多项目只有住院才可报销，相较而言，在门诊、康复、护理、心理等服务的支付项目较少，项目定价较低，报销比例不高。而事实上，在预防、全科、康复、护理上的支付更有助于提升整体效率，降低昂贵医疗资源的消耗。国外研究表明，在疾病预防和康复上投入 1 元钱，能节省医疗花费 8 元钱。”

采访过程中，作为经济学博士的刘挺军反复强调改革支付体系的重要性。他说：“应对人口老龄化，完全有必要作为一场‘攻坚战’来打。应立足长远，改变支付体系现收现付的发展模式，在保证实现‘健康中国’这一宏伟目标的前提下，思考如何实现整体资源的最优投放和服务导向；要站在人口老龄化和疾病谱系转变的角度，结合医疗和养老完整地看待医养健康服务和支付体系的发展；要顺应人的需要，发挥市场主体的作用，促进服务体系的效率提高，丰富和改变医保、社保的筹资模式，通过税收杠杆发挥商业保险在社会筹资中的积极性，依靠增量投入引导和促进服务体系的结构改善，促进医养结合。”

“百年大计，从长计议。”李万钧说，“若把老龄化称为一场战役的话，我认为目前还处于短兵相接的阶段，北京从各个方面都要进一步做好准备。”

第十九章

大桃里隐藏的 40 年“时光密码”

引言

大桃的“味道”

凡是到北京来的南方人，每每夏秋时节，品尝肉多汁甜的平谷大桃，都会不禁感慨，北方才有这样的桃子。

笔者去平谷采访之前，先学习了有关平谷的资料，才发现平谷大桃有上千年的种植历史，但是成气候、成规模，就是在改革开放之后。

到了平谷，听区委常委、宣传部部长等人介绍，发现这平谷大桃非常像改革开放的“同龄人”：一起成长，一起壮大。

大桃的命运和发展，更是时代的弄潮儿：伴随着现代科学、技术手段的发展而发展。

听桃农讲述这 22 万亩“世界桃园”的成长故事，酸甜苦辣都在里面，这大桃里的“味道”，只有当事人最知道——

不仅北京、北方乃至全国甚至一些其他国家的人，品尝到了香甜的“平谷大桃”，自己更是从中尝到了实实在在的“甜头”，桃农的生活更加有滋有味……

瓤肉莹润，浆液甘甜……每年夏秋季节，街头板车、水果超市，人们不时可见这种水果：平谷大桃。

平谷大桃，有着怎样的“前世今生”？身上隐藏着怎样的故事？记者多次深入地处北京东北方向的平谷区，深入面积达 22 万亩的“世界最大桃园”采访桃农、基层干部。

从改革开放之初平谷一个小村庄“冒险”种下桃树，到如今 7 万桃农年人均从“桃”身上收入 1.8 万元，从往昔“无名小卒”到中国驰名商标、地理标志产品，小小大桃里，折射出一个个普通中国人在过去 40 年里为创造美好生活而不断奋斗、科学求实的精神，蕴藏着过去 40 年一个东方古老国度从“站起来”走向“富起来”的“密码”。

2002 年，平谷区以 16.8 万亩的连片桃林赢得了上海基尼斯总部颁发的“种植桃树面积最大的区（县）”基尼斯世界纪录奖牌

一亩地能卖两万多元：“亏了这桃树，要不真供不起孩子上学”

2018年10月中旬的一天早上，老卢正在自家的桃园里，摘着今年最后一批“桃王九九”，这也是2018年全平谷最晚成熟的一批桃。老卢全名为卢宝生，是平谷区黄松峪乡黑豆峪村的果农。已经59岁的他，是土生土长的北京平谷人，他家的桃园有6亩7分地。

“今年最大的桃有两斤三（两），我卖了200块。”老卢坐在桃园的石墩上跟记者笑着聊，他是附近小有名气的桃王，得过两次全区的甜桃王，还获得过京津冀地区的金奖。“‘桃王九九’是从中科院引进的品种，就是你旁边这棵树，结过我种的最大的桃，两斤六一个。”老卢总是笑着。他口中的“桃王九九”是公认个头大的晚熟品种，不仅高产、稳产，而且甜度很高。

“亏了这桃树，要不真供不起孩子上学。”坐在树下，老卢很认真地讲，自己原来在附近打工，只能挣个吃饭钱。后来琢磨种桃树能有稳定收入，就开始种大桃。从一无所知到自学看书摸索，再到听老师讲课，看老师示范修剪、学习防治病虫害，终于得心应手。如今一亩地的桃，一年能卖两万多元。据他讲，自己都是靠种桃供两个孩子上学，一个在首都医科大学博士毕业留校当教师，一个已经成为北京公安特警。

在桃园陪着老卢的，是平谷区果品办公室的科长喻永强，他就是老卢反复强调的“老师”之一，这会正在叮嘱老卢记得早点打“碧护”，这是一种主要给果树抗冻用的无害喷雾。

喻永强对记者说，别看老卢说得轻松，其实种桃树挣的都是辛苦钱。从修剪桃枝到套袋（一种生产无公害水果的有效措施），不仅要登高爬梯，而且为了果实密度，桃农几乎要观察到每一寸桃树枝，四季无闲时。

不仅如此，由于凌晨温度低，糖分易积累更香甜，所以桃农都在凌晨摘选大桃。如果凌晨四点摸黑进到村里，一定会被吓一跳，像赶市集一样的果农们早已完成摘桃和打包，大口地吃起了早饭。

老卢满是褶子的脸上，没有露出半点抱怨，一门心思想着自己的桃子："我种桃奏（就）是一个乐趣，每天上桃地来挺美的，累点也不觉着。来找我买桃的都是回头客，有的大客户一下就买上万块钱的桃，他们满意了，我才能挣钱。"

心满意足的老卢，是平谷区桃农的缩影，如今的平谷有 7 万人从事这一产业。经历 30 多年发展历程，平谷已成为中国著名的大桃之乡，是拥有 22 万亩面积的"世界最大桃园"，年产量超过 3 亿公斤，总收入超过 13 亿元，占北京全市大桃收入的 80%。

记者调研发现，"平谷大桃"不仅成为名副其实的富民产业，有良好的经济效益，更有良好的社会效益和生态效益：不久前在深圳召开的 2018 年森林城市建设座谈会上，由国家林业和草原局组织评选的"国家森林城市"揭晓，北京市平谷区成为北京首个"国家森林城市"，森林覆盖率高达 67.9%，林木绿化率为 71.58%，其中大桃占林木绿化面积的 25%。

大桃一品带动果品产业："卖这老多钱可咋花啊？"

平谷区是北京市 16 个区之一，位于北京东北部，北靠燕山，南有洵河，与天津蓟州区、河北三河、兴隆接壤。由于三面环山，故以平川谷地命名为"平谷"。据记载，自汉高祖十二年时，建立平谷县，历经 2000 余载，境域多变，但“平谷”的名称一直沿用至今。

金秋十月，站在平谷区大华山镇后北宫村附近的半山腰上，一望无际的桃树林迎着微风，犹如碧波荡漾。64 岁的桃农岳长保说，“平谷大桃”就发源于后北宫村，当时村里生活并不好，为了让村民富裕起来，当时村里的老书记顶着“以粮为纲”的政治压力种起了果树。

“好地种大田，破地种果树”，在牙缝里挤出土地的后北宫村人在浅山区的角落开始尝试，打起直径几米长的敞口大井。山区环境原本不好种植果树，但人们渐渐发现和苹果树相比，桃树在“上山下滩”的土地上也能成活，再加上平谷土地含钾量高，利于种植，逐渐有群众和村庄加入种植大桃的队伍。

党的十一届三中全会后，特别是 1983 年全国实行双层经营、家庭联产承包责任制后，后北宫村仅在短短两年时间内，将全村 5000 多亩土地都种上了桃树，成为平谷第一个大桃生产专业村。

“那阵桃也不好卖，卖不出去，有的把树都砍了，不挣钱不是？后来信息一发展起来，东北的大车都到这儿来收桃来了。”卢宝生说。

平谷区刘家店镇党委宣传部部长于学军回忆，1984 年后北宫村有一户桃农因为肯于吃苦坚定选择种桃，当年就卖出了 9000 多元大桃，成为远近闻名的万元户。而那时，普通工人每个月只挣 50 多元，在农村盖五间瓦房只要 2000 元。

农民对美好生活的不懈追求，成就了平谷大桃产业。

“当时场面记忆犹新，北宫村大街上都是人，看着人家数着一张张‘大团结’，大家都在感慨——卖这老多钱可咋花啊？”于学军形象地说。由于尝到甜头，农民从一开始对种桃树“心里没底”，到转身积极地栽树，很多家庭一下卖出三四万元的大桃，心里都乐开了花。

转眼到20世纪80年代中期，平谷区政府在总结后北宫村大桃富民的成功经验后，提出了“山区要想富，必须栽果树”“一家一亩果园，一户一名技术员”等口号和措施，一直到20世纪80年代末，平谷形成了4万亩大桃的种植规模。

20世纪90年代初，缺少专业化的大桃产业出现了波折。大桃因不易保存也俗称“隔夜愁”，受制于物流能力及供需不平衡等问题，市场一度出现滞销，“销售难”难住了农民。“不该继续发展了”“再种谁也卖不出去”等声音此起彼伏。

平谷区政府果品办公室总工程师张文忠说，事实上，20世纪80年代末，平谷还没有形成专业化的大桃种植，一提到专业化总被人嘲笑“农民有啥可专业”。那时正值全国红富士苹果大发展时期，乡镇、村负责人多次去山东栖霞考察红富士苹果生产。

1991年初，平谷县（2002年改设平谷区）政府专门成立果品办公室，在大量调研的基础上，因地制宜提出“大桃一品带动果品产业发展战略”的科学决策，加快了大桃产业发展。

实践是检验真理的唯一标准，这一科学决策的效果开始显现，专业化种植在平谷得到了认可。一些勇于“吃螃蟹”的村民得到了实惠，住进了二层小楼。一直到2004年，平谷形成了22万亩的种植规模。

桃花早开，被称为“报春花”。杜甫曾深情写道“桃花一簇开无主，可爱深红爱浅红”。从20世纪90年代开始，如何让平谷大桃为更多的世人所知，成为迫切需要解决的问题。平谷桃花节由此诞生，1992年“第一届大华山桃花节”的成功举办，实现了“从桃到花，以花卖桃”。到1996年，桃花节连续举办了 5 届，共吸引了 30 多万游客，不仅促进了旅游业的发展，更让大桃再也不愁卖了。如今，桃花节已经发展为集传统文化、音乐文化、休闲文化、体育运动和美食文化于一身的“北京平谷国际桃花音乐节”知名品牌，2018 年总体接待游客超过 360 万人次，旅游收入近 2.5 亿元。

20 世纪 90 年代中期，平谷大桃产业的发展突飞猛进，规模和品种也大幅提升。张文忠说，20 世纪 70 年代，只有“久保”等老式品种，80 年代黄桃、毛桃流行，90 年代初开始油桃更受欢迎，从一些农林研究所引进的国内外新品种不断面世，到目前已发展出 200 多个品种。

国家统计局在“改革开放 40 年经济社会发展成就系列报告”中指出，以土地家庭联产承包责任制为标志的农村改革，拉开了中国改革的序幕，建立了以家庭承包经营为基础、统分结合的双层经营体制，极大地调动了亿万农民的生产积极性，大大地解放了农村生产力，为农业农村发展提供了坚实的制度保障。几十年来，我国主要农产品产量快速增长，13 亿多中

春花怒放（耿大鹏摄影）

国人彻底告别了长期的农产品“短缺经济”状态。

种桃科学化、专业化：“脸晒得最黑的肯定就是‘果办’的”

平谷大桃的发展绝非一帆风顺，但大桃产业发展的内核，自始至终有一种奋斗者的心态在支撑。

专门成立的果品办公室功不可没。1991 年成立的平谷县果品办，是当前北京市唯一保留的区县级果品办。如于学军所言：“全区公务员站出来，脸晒得最黑的肯定就是‘果办’的。”

每年在老百姓田间地头指导生产的“果办”老师，往往在农民还没起身时，就已赶到田间地头。

张文忠说，“果办”老师被平谷果农“追星”追了几十年。“老师”一到村里去，果农立即放下手中的饭碗，跟着追上去咨询，因为“果办”给农民带来了切实的技术。

“一开始您种桃时，自己掌握技术吗？”记者问卢宝生。

“没掌握，一点都不懂，就是‘果办’的人来教。按他们说的回来再看看书，一点点地摸索。桃要怎么管理才长得好、口感好？用什么农家肥？我总结，农家肥不能是鸡粪，得是牛羊粪，这样种出来的桃甜度最高。”这位曾经在区里比赛摘取“甜桃王”桂冠的桃农透露了种桃的秘诀。

平谷大桃产业曾爆发“潜叶蛾”和“黑斑病”危机，其中名为“桃细菌性黑斑病”的传染病发病快、传染性强、对果实影响大，如不加以控制，大桃必将减产减收，甚至绝产绝收。平谷“果办人”通过调研走访，下地观察病虫害，与相关专家进行研究实验，逐步找到了遏制病害方法，申报重点防控项目，并在全区推广，为果农减少近亿元经济损失，帮助平谷大桃产业迈过难关，也成为解救危机的“亲人”。

平谷区 2017 年甜桃王擂台赛（崔东亮摄影）

相比之下，在 20 世纪 90 年代末，临近的某县原本和平谷种植同等规模大桃，但因为出现了严重病害，而没有专门机构负责管理研究解决，眼睁睁地看着十四五万亩的大桃产业日趋衰落。

正如一位基层干部所言：“‘果办’在百姓心中的地位非常高，村里组织活动时只要一广播，一会儿果农骑电动车排大队跟检阅一样就来了，比发东西还好使。”

产业规划、技术引进、品种升级……如今平谷大桃正越来越走向专业化发展。张文忠也颇为自豪，大桃对农民起到了不可替代的作用，很多农民对此津津乐道，一大批人因为大桃买了楼房，供子女上学读书。“我们做农业的，为农民生活提供保障，为社会添砖加瓦，我觉得很骄傲。”他说。

近年来，平谷区刘家店镇还发起了种“诚信桃、厚德果”倡议，呼吁全镇百姓诚信经营，杜绝缺斤短两，争做诚信桃农。想要获得诚信之星，需完成不使用除草剂、施用有机肥等诚信公约 30 条的严格标准。例如，桃园内不能使用除草剂。杂草影响桃农劳作，干扰果树生长，相比机器和手动除草，除草剂可以快速除草，但其农药残留对人身体有害，也会影响大桃味道。

“农业局会进行督查和执法，‘果办’指导并检查，保证最好的绿色产品供给到市场。”张文忠说。

产品分级:“原来按筐卖，现在按盒，甚至按个儿卖”

伴随网络技术的发展，互联网化逐步深入。2018 年开始，平谷区在“互联网 + 大桃”的基础上，鼓励果农从传统销售向个人电商转型，大幅提高农民收入，助力产业转型。

平谷区商务委副主任高杰说，“互联网 + 大桃”在 2014 年起步时主要以平台电商为主，但如今京东和天猫旗舰店流量和维护成本过高，生存困难。近两年，平谷区通过对果农培训，使他们直接面对消费者，借助手机直面顾客推介，再通过快递等实现销售，掌握农产品的交易权、定价权、收益权，让农民成为互联网时代有尊严的新农人。数据显示，2018 年平谷共有 700 万公斤大桃通过自电商销售，农民实现增收 1.12 亿元。

政府组织进村入户的“新农人讲学班”等电商培训，培养了农村电商人才，推动大桃流通标准化。通过培育本土电商讲师团队，采取线上线下相结合的方式，对大桃主产乡镇开展“地毯式”培训。

“好多桃农在讲课后都跟我们咨询买啥样的手机好，课后就买去。”负责培训的讲师团讲师王丹说。培训从如何使用智能手机到给产品照相开始，教授农民在网上诚信经营，提高农民互联网营销的意识和技能，目前已经建立了 169 个微信群，进行线上跟踪服务，课上掌握不了的内容，以图片、文字、小视频等形式讲解，在群内统一解答。

除此之外，培训还包括桃树的产中、产后养护，化肥农药的管控理念，以及分级销售策略等。相比果农之前将大桃成筐卖给桃贩子遭遇压价，电商培训和产品分级理念让大桃销售单价提高到原来的四倍多，农民积极性大幅提高。

在前北宫村大桃交易市场，一筐筐大桃通过传送带进入新引进的大桃分拣设备，帮助桃农实现机械设备下大桃甜度的规模化无损测糖和等级细分，提高产业竞争力。

五年前还在一家网络公司上班的白领张华，如今已返回平谷成为专业桃农，通过网络销售，给她的前同事带去了新鲜的大桃，不仅收入更高，而且自己还成了讲师团的讲师，心中充满成就感。“桃子质量越来越好，原来按筐卖，现在按盒，甚至按个儿卖！”

首都最大“果园”：向集约型高质量现代化模式发展

进入 2018 年，老岳和老卢都迎来了新问题——谁来接班？

64 岁的岳长保说，这是自己最担心的事情，果树不比大田，需要多年培育过程，孩子们都在外工作，没有人愿意回来接班。他认为自己身体能再干个八年、十年，可这之后，自己真就成为“末代农民”了。“年轻有学问的，人家上外边闯世界去了，我们这代人以后怎么办？这是我现在最担忧的事。”

张文忠说，农业专业化的产业要求在提升，但农民的综合能力在下降。市场激烈竞争下，对产品的要求更高，以“五六十岁”为主的这代农民不仅年龄偏大，而且知识、体力受限，因此亟须补充高素质的精英型农民。“而年轻人眼高手低的多，大学生下决心要从事果树产业，没有四五年积累做不出眉目，往往知易行难。”

老岳和老卢面对的问题，是中国一些农业地区的普遍现象。党的十八大以来，平谷区通过探索经营体制、栽培模式、个人电商和技术引领等手段，帮助果农建设标准化、规模化、集约化、现代化的新型果园，让管理技术更加简化，果农更易接受与掌握。

2018 年，在大兴庄镇，三福庄果农孙永东种植的清水白桃，不出地头就以每箱 100 元的价格被收购一空，每亩效益达 2.6 万元；在大华山镇，大峪子村果农胡晋军种植的新品种金秋蟠，采摘价格为每公斤 30 元；南独乐河镇北独乐河村王庆林种植的水蜜桃领凤、红清水销售价格达每公斤 20 元……品种引进、示范、推广体系的建立，现代化的新型果园，为大桃产业的优化发展提供了关键保障。

同时，平谷还在探索经营体制创新，采取土地流转方式，将土地收归村集体或承包大户。另一方面，在“互联网 + 大桃”的基础上，平谷区与顺丰、京东、EMS（中国邮政速递物流）等物流企业对接，由政府提供场地，顺丰物流在大华山大桃市场建立物流分拨中心，减少了 5 个中转环节，投入专机、高铁、冷运车等运力优势，让“枝头”直达“舌尖”。目前平谷大桃销售覆盖全国，并销往泰国、柬埔寨、新加坡、马来西亚等地。

平谷区农委、果品办主任李小丰说，在2018年的平谷区委五届六次全会上，平谷区提出了紧扣“三区一口岸”的功能定位，坚持生态立区，推动绿色发展，努力打造宜居宜业宜游生态谷，山水平谷、森林城市、花果田园正在成为平谷的“金名片”。为落实全会精神，平谷正在坚定不移地实施大桃精品战略，紧盯育种前沿，分析引进优新品种，提高桃农科学管理水平，并强化绿色、安全体系建设，确保“舌尖上的安全”。

不仅如此，一系列创新举措同时为减轻桃农压力、提高农民收入开辟了新的途径。在平谷区多部门指导下，平谷青年返乡创业成立的“北京桃娃”农业科技公司发起提前认购、预售平谷大桃的“情定桃花”认购活动，以“桃花开时卖大桃”帮助农民完成近万单大桃预售，不仅价格是前一年的两倍，还同时开发出桃罐头、果干、桃茶叶、桃木剑等工艺品和衍生产品，一举成为互联网认领模式下的“爆品”。

被称为“天下大桃第一镇”的大华山镇人常富东还记得，1990年年初，父亲开着手扶拖拉机，用大筐装上七八十斤桃，到附近的批发市场去卖，那时没有合作社也没有商超和电商，面对的都是来自天南海北的批发商。

“我是‘靠’大桃长大的，大桃产业确实存在‘老龄化’的问题，小时候父母教我‘打死也不能回家种地’，因为农民要靠天吃饭，投入高，回收慢，果树种下去，三年才结果。”常富东说。而如今，从“商超”到“互联网+”模式，从线下到线上全民电商，从批发市场到盒马鲜生，党的十八大以来，大桃产业正在向集约型的高质量现代化模式发展。

张文忠说，种植技术的改进升级也在助力农业的可持续发展。近年来，平谷大桃产业推广高密植栽培，桃树株距由原来的1.5米至2米缩减到1米至1.5米，并辅助铺上黑色地膜，提高地面温度。这种小株距、大行距的栽培模式，既可节水灌溉，又可以容下机械化栽培，解决了老龄农民施肥难的问题。截至2017年年底，全区已有2.3万亩桃园实现了高密植栽培。

长枝修剪、密植栽培、树形控制……一系列果树技术的运用，也助力大桃产业实现新的跨越。

在大桃产业的带动下，平谷一大批特色果品产业实现高质量增长。金秋时节，北京平谷金海湖镇600余亩特色果品——佛见喜梨喜获丰收；峪口镇、南独乐河镇等地共9000亩优良品种苹果面世；井峪盖柿、磨盘柿、杵头柿……5万亩柿子栽种面积位于京郊各区首位。

2017年，平谷区苹果、梨等园林水果产值超过1亿元，核桃、板栗等坚果产值超过7000万元，葡萄、柿子、鲜杏、鲜枣、樱桃产值都已超过千万元。平谷区果品种植总面积达38.19万亩，成为首都最大的“果园”。

京郊的京白梨、吉林延边的苹果、南疆的库尔勒香梨、辽宁大连的樱桃、山东枣庄的石榴、浙闽的杨梅、陕甘豫的猕猴桃、闽粤沿海的龙眼、粤桂南部的荔枝、海南西部的杧果……放眼全国，和平谷大桃一样，一种种特色果品、一个个知名品牌、一个个特色果品产业化生产基地，成为各地富民兴农的有力支撑。

党的十九大报告提出实施乡村振兴战略，揭开了中国“三农”发展的新篇章。

桃之夭夭，灼灼其华——《诗经》名句，如此赞美盛开桃花的浓艳多姿。从无到有，从小到大，大桃产业寄托了平谷人的梦想。喜悦、期待、幸福……一棵棵桃树写满了改革开放的时代印记，蕴藏了中国农民的精神密码。

告别时，张文忠在纸上写下12个字：“平谷好风光，百里桃乡百里香。”

后记

北京最大秘密
——一座“全域文化”之城

李斌

古都密码，北京秘密。

过去两年时间里，我和我的同事们一头扎进北京这座千年古都的大街小巷、学校医院、街道乡村……寻访一块块青砖、一栋栋古建筑背后的故事，探问其中蕴藏的奥秘。

这是怎样的一座世界级历史文化名城？应该用一个怎样的理念，概括这座千年之城？

从明清北京城中轴线，到凸显“凸”字形城郭与宫城、皇城、内城、外城四重城郭构成的独特城市格局，再到恢复北京特有的“胡同—四合院”传统建筑形态，其规制之大气、格局之开阔、历史之辉煌，在全世界大城市乃至首都中都屈指可数……

如今，北京世界文化遗产数，在全世界城市中位居翘楚，正奋力建设长城、西山、大运河三大蕴藏无数宝藏的文化带。而从非物质文化遗产看，在北京，已有昆曲、京剧、古琴艺术等10个项目入选《人类非物质文化遗产代表作》名录，国家级非遗代表性项目达126个，国家级非遗项目代表性传承人达82位……

所有这些，究竟意味着这是一座怎样的文化之城？

我一直在苦思冥想，忽然眼前一亮：我们所走过的大街小巷，无不蕴藏着历史故事，而今天却呈现别样的风采，此外，大家总是说什么“全域旅游”，其实旅游“深处”就是文化了，能不能说“全域文化”呢？提出建设一座“全域文化”之城的理念？

2017年上半年，北京市西城区就历史文化名城保护情况向区人大汇报之前举行了专家意见座谈会，我有幸和一些老前辈一起出席，当时大着胆子提出了这条建议：北京历史文化如此悠久，尤其是老城数十平方公里，从朦胧蓟城到辽金遗存，从会馆烟云到名人祠堂，从百年老店到胡同小巷，人文荟萃，源远流长，既然有全域旅游，那能不能提出“全域文化”的理念，实现文化的全景化、全覆盖和全民参与？培育“全域文化”，既要加强对现存文物、文化的保护和利用，也要对已经在物理上不存在的许多文物、文化通过现代高科技手段方式予以呈现，如通过互联网手段告诉人们一个个地方、一座座建筑背后的历史、故事。

没想到，这个理念一经提出，就被西城区委区政府接受了，他们多次召集会议，研究“全域文化”的理念、呈现方式等。

“至少西城区181个区级以上文物已经建立了一个初步的二维码系统。”西城区文化委主任孙劲松说，区里15个街道都要建立自己的历史文化博物馆，首都博物馆加专业博物馆，再加区级、街道的博物馆，构建起一个博物馆体系，还要研究构建“虚拟全域文化博物馆”，“至少可以把一些博物馆、名人故居通过内在逻辑联系起来，比如鲁迅先生，在北京除了故居，还有其他活动地点，如鲁迅中学、大栅栏的青云阁，这些原本孤立的文物、故居等可以通过现代手段串起来，你在一个地方看了，还能指引你到其他地方去，这就增加了文化的'含量'。”

处处是历史，到处是故事，面积逾1.6万平方公里的北京确实应该打造“全域文化”之城。

构建“全域文化”之城，还因为北京已经确定了“全面保护”的方针。从过去的整体保护，到现在的全面保护，其内涵和外延大不一样。

“全面保护就是分层次、分类型、分时间、分地域地保护北京古都风貌的所有历史文化要素，弘扬与复兴优秀传统文化，塑造兼具历史感与现代感的大国首都。”北京市规划和国土资源管理委员会负责人曾经这样表示。

《北京秘密：你不知道的“全域文化”之城》，就是我们在这种理念指导下，走进北京城的角角落落，挖掘历史，古今交融进行采访、思考的产物。

就像2017年我们“独家”发现、深入采访写出的万字长文《北京，一条街巷储存的民族“复兴密码”》中披露的——从西城区新文化街北侧文华胡同24号的李大钊故居一路向东，穿越曾经是清朝“铁帽子王”克勤郡王府的实验二小，就是李大钊和鲁迅等都曾任教、发生过“三一八惨案”的原国立北平女子师范学校旧址、现在的鲁迅中学，再往东，是原四川饭店所在的西绒线胡同51号，据说小平同志曾在那里发表过“白猫黑猫”论，而再往东就是今年“一带一路”国际合作高峰论坛“千年之约”晚会举办之地的国家大剧院，这次主场外交标志着过去5年中华民族稳步走向“强起来”的新的历史阶段，而就在这个大剧院，中国共产党成立90周年时曾上演过一场名为《寻找李大钊》的话剧……从李大钊故居到国家博物馆约3公里，一路走来，就犹如一部近现代史的浓缩画卷。建设“全域文化”之城，北京，应该有这个自信和底气。

正是因为有了“全域文化之城”的理念，我忽然发现生活中也能处处感到历史的痕迹、印记：

我住的小区，离天宁寺桥下的护城河没有多远，虽然住了10多年，却因为工作繁忙从未去走过。最近两年，我才有机会去护城河走，竟然惊奇发现那里就是北京城发源之地：广安门外滨河公园北部，蓟城纪念柱高耸，一侧是刻有“北京城的守望者”侯仁之先生所写“北京建城记”的石碑，就在不远处的西便门明城墙遗址内，也有一块不太醒目的石碑，上面是侯仁之题写的《明北京城城墙遗址维修记》。我天天生活在历史遗迹之中而浑然不觉。

2017年是全民族抗战爆发80周年，我专门到古北口凭吊古战场，结果发现，那里不仅有长城文化、抗战文化，还有杨家将文化，保存至今的杨令公庙，仿佛将你带回金戈铁马的辽宋时期……

这些感受，有点像著名历史地理学家侯仁之先生回忆初到北京、走出前门火车站时感受到的冲击一样：“当我在暮色苍茫中随着拥挤的人群走出车站时，巍峨的正阳门城楼和浑厚的城墙默然出现在我的眼前。一瞬之间，我好像忽然感到一种历史的真实。”

放眼半个多世纪后的今天，这种“历史的真实”亟待保护，正因为如此，北京新总规强调“老城不能再拆了”——2017年国庆前由党中央、国务院批复的北京新总规，明确提出加强老城和三山五园地区两大重点区域的整体保护，老城原则上不再拓宽道路，不再拆除胡同四合院，构建看城市、看山水、看历史、看风景的城市景观眺望系统。而大运河文化带、长城文化带、西山永定河文化带，已将北京16个区县全部纳入文化带其中。

“建设全国文化中心，要集中做好首都文化这篇大文章。”正如北京市委书记蔡奇所说，首都文化是我们这座城市的魂，主要包括源远流长的古都文化、丰富厚重的红色文化、特色鲜明的京味文化和蓬勃兴起的创新文化这四个方面。

吴良镛先生多年前曾这样形容北京历史文化的无与伦比：“放眼世界，要认识到把北京历史文化名城保护好、整治好、发展好，是最有现实意义的，是中国最大的甚至是无与伦比的‘中华文化枢纽工程’。”——将古都文化、红色文化、京味文化和创新文化这4种文化叠加、层垒，首都北京是最有可能率先成为“全域文化”之城的城市。

“治天下者以史为鉴，治郡邑者以志为鉴”，在北京，街道建博物馆，村庄修志……传承历史文脉，从“名城”做起，从首都做起。

中华文明已有5000多年，而且是世界上唯一没有断流的文明。北京如果能建“全域文化”之城，其他120多座历史文化名城甚至整个中国何尝不可以倡导“全域文化”的理念呢？

全域文化，意味着处处蕴藏着历史和文化的北京城，尚有许多“秘密”期待我们去发现、挖掘，《北京秘密：你不知道的“全域文化”之城》，就是旨在帮助有缘的人们换个角度看古都北京，也许你就会发现一个不一样的北京，品读出不一样的“古都密码”。

出书之前，我又到东莞会馆、龚自珍故居、绍兴会馆去看了看，令人惊喜地发现：腾退正在加速，东莞会馆内一些违章建筑已经拆除，露出了原有建筑的轮廓；龚自珍故居、绍兴会馆内许多居民已经搬走，门上贴上了封条。沈家本故居已经悄然对外开放好几个月，里面用文字、图片、资料、书籍以及沈家后人捐献的实物介绍这位清末律政大臣的生平故事以及中国历代法治人物，有两位讲解员为大家免费讲解……

最后，在这里，我要感谢这两年和我一起探寻“北京秘密”的同事们、战友们，感谢出版社“慧眼识珠”，决定出版这本小书。

这本书是集体智慧的结晶。全书共十九章，其中四章即第九章《另一座“北京老城”尚待引起进一步重视》、第十一章《一个城市的灵魂和荣光——北京宣南名人故居、会馆探访》、第十二章《这个世界，有一种精神不死——三访燕南园》、第十三章《从今不薄读书人——鲁迅的“北京印记”》的作者是李斌一个人，其他章节的作者是多个人：第一章《北京，找到“北”后》是李斌、孔祥鑫、阳娜，第二章《“金名片”里的政治经济学》是李斌、张漫子、孔祥鑫、罗晓光，第三章《九问北京“老城重组”》是李斌、孔祥鑫，第四章《老城“绣花”记》是李斌、季小波、关桂峰、孟菁、谢晗、魏梦佳、王君璐，第五章《一条街巷储存的民族“复兴密码”》是方立新、李斌、谢锐佳、乌梦达、黄海波、孙琪，第六章《一所60多岁的中医院蕴藏着怎样的“民族自信”》是李斌、林苗苗、侠克，第七章《这所120岁的最高学府蕴藏着怎样的“民族密码”》是李斌、魏梦佳、刘苗苗，第八章《“神州第一街”蕴藏着怎样的“强国密码”》是方立新、李斌、谢锐佳、乌梦达、孔祥鑫、赵琬微，第十章《让人欢喜让人忧——长城探访记》是李斌、魏梦佳、赵琬微，第十四章《刀尖上的“勇”者之舞——中国第一台“细胞刀”手术20年之际的寻访》是李斌、侠克、屈婷，第十五章《从“井冈山”到“战狼”“奔驰”——一辆车承载的启示》是李斌、李萌、侠克，第十六章《水映京城——千年古都水之梦》是李斌、关桂峰，第十七章《一个人的书局和一座城的书香梦》是李斌、吉宁、张漫子，第十八章《应对老龄化——一座城和一个国家的持久战》是李斌、郜思聪、侠克，第十九章《大栅里隐藏的40年“时光密码”》是李斌、郭宇靖、夏子麟、田晨旭，一共有27人。